一日一诗

李元洛——原著
海滨——编纂

CNS
湖南美术出版社

目录

一月

图 清院本十二月令图之正月[1]

己酉新正（节选）

[元] 叶颙

天地风霜尽，乾坤气象和。
历添新岁月，春满旧山河！

“元日”一词，最早见于《书·舜典》：“月正元日，舜格于文祖。”元旦是我国旧历一年中的第一个传统佳节，“一岁节序，此为之首”（宋·吴自牧《梦粱录》），据说尧舜时代，就有庆祝岁首的习俗。除了元旦之外，还有“元正”“元辰”“正日”“新正”等等名词，可见这一天的地位之高。

孙中山领导的辛亥革命成功，以公历 1 月 1 日即当今世界公认的元旦节为新年，定农历正月初一为春节。

元代的叶颙是江苏吴县（今江苏苏州）人，远避仕途，放情山水，曾署和靖书院山长，大约相当于今天的代理校长或代理院长。他的这首五绝中，“风霜尽”与“气象和”、“新岁月”与“旧山河”两两相举，笔力概括，意象开张，而“春”为全诗之眼，“满”则是对盎然春意的期待，令人诵读之余，顿感新春的蓬勃之气扑面而来，油然而生一年之计在于春的喜悦。

1. 图注末尾未添加“原图”二字的图均为局部图。

图 清 冷枚 百子图

元旦试笔

［明］陈献章

天上风云庆会时，庙谟争遗草茅知。
邻墙旋打娱宾酒，稚子齐歌乐岁诗。
老去又逢新岁月，春来更有好花枝。
晚风何处江楼笛，吹到东溟月上时。

一月一日的元旦是阳历新年的开始。对过去一年的蓦然回首，对新的一年的引颈企望，使得历代诗人都不禁要弹动自己的琴弦，繁声竞奏，汇成了一部多姿多彩的新年交响曲。

明代宣德年间的思想家、书法家与诗人陈献章，在给他的东莞学生林光的信中，抄示了自己的《元旦试笔》一诗。惊韶光之易逝，乐新年之来临，喜壮心之犹在，且让我们今天一起重温他的这一与日常新的诗篇。我十分欣赏全诗，更喜欢这首诗的颈联，对仗精工而警策动人。“生”为万物之性，重视生命是中国艺术的基本特征，这首诗尤其是其颈联，表现的正是一种日日新又日新的生命意识与年既老而不衰的生命精神。好诗可以清心励志，可以令人口颊生香，让我们吟诵佳句华章，迎接年年如约而来的新年，永远永远！

图 五代 周文矩（传）合乐图

阿那曲

［唐］杨贵妃

罗袖动香香不已，红蕖袅袅秋烟里。
轻云岭上乍摇风，嫩柳池塘初拂水。

沉鱼落雁之容，闭月羞花之貌。杨贵妃不仅天姿国色，而且能歌善舞，通晓音律。“阿那曲”之阿那又名“婀娜”，乃杨贵妃之创制，单调，二十八字，四句，三仄韵。它是可以歌唱的唐声诗，世人又视之为词，它的另一题目见之于《全唐诗》，题为“题赠张云容舞”。“风吹仙袂飘飘举，犹似霓裳羽衣舞”，杨贵妃善舞，见之于白居易的《长恨歌》，其侍女张云容亦善舞此舞，她曾在华清宫内的绣岭宫表演，贵妃此诗，即为此而作。

首句为总写，视觉意象与嗅觉意象交织，“动”与“不已”用词传神，次三句分别以红莲花、岭上云和池边柳三个意象，集中描摹张的美不胜收的舞姿舞韵，表现了青春的朝气与喜悦，这是诗的比喻中所美称的“博喻”。千年后的读者吟咏之余，心中如醉而恍兮惚兮，仿佛也领取了一张去华清宫绣岭宫观舞的入场券。

图 元 佚名 寒江待渡图

渡汉江

［唐］宋之问

岭外音书断，经冬复历春。
近乡情更怯，不敢问来人。

宋之问在武则天时期，因谄媚权贵张易之等，而在神龙元年（705年）被贬官至泷州（今广东罗定）参军。次年，他就从岭南贬所私自逃归洛阳。这首诗，就是他逃归途中经汉水时所作。

前两句平平而起，后两句运用的是矛盾逆折的诗艺。一般来说，久客他乡的人万里归来，越是接近家乡就应该越是兴奋和期待。可是诗人却一反常情，在“近乡”之后，忽然逆折一笔，出之以“情更怯”，在“问来人”之前，出人意料地以“不敢”来修饰。这些矛盾的意念和词句，便构成强烈的冲突。新颖而富有力度地表现了诗人对家乡和有关消息怀想的殷切深至。

法国思想家伏尔泰曾说：“要用‘美’这个词来称呼一件东西，这件东西就须引起你的惊赞和快乐。”宋之问这首诗是“美”的，它不仅在艺术上引起读者的惊赞和美感，而且超越了宋之问作为逃犯那种特定的比较私人化的感情，而在读者的欣赏过程中具有了游子怀乡的普遍意义。

图 明 戴进 春耕图

十二月八日步至西村

[宋]陆游

腊月风和意已春，时因散策过吾邻。
草烟漠漠柴门里，牛迹重重野水滨。
多病所须惟药物，差科未动是闲人。
今朝佛粥交相馈，更觉江村节物新。

南宋大诗人陆游的诗词，慨当以慷，风格豪放，多表现力图恢复旧山河的宏图大志，年既老而不衰的爱国精神，以及对肉食者鄙的上层统治集团的揭露批判。然而，在金刚怒目的同时，他也不时菩萨低眉，歌咏坚贞的爱情，赞美壮丽的山川，抒写真挚的友谊，咏叹淳朴的民情风俗，记录读书的情怀乐趣，如此等等，不一而足。《十二月八日步至西村》一诗，就是描写季候节令、民俗风情的佳作。

腊八节俗称“腊八”，是汉族的传统节日。这一天有喝腊八粥（又称佛粥）的习俗。此诗作于初春，当时陆游因立主抗金而从隆兴府（今江西南昌）通判任上罢职回山阴故里闲居。诗中的“西村”是陆游居处的近邻，是典型的江南水乡小村，是陆游常去游赏吟咏之地，今日人所熟知的哲理名句“山重水复疑无路，柳暗花明又一村”，就如百琲明珠，闪亮在他的《游山西村》一诗里。

图■元 姚廷美 雪山行旅图

长相思

［清］纳兰性德

山一程，水一程，身向榆关那畔行，夜深千帐灯。
风一更，雪一更，聒碎乡心梦不成，故园无此声。

在唐诗宋词的高潮过后，元明两代之诗本已江河日下，而纳兰性德的诗与词，尤其是他的爱情词中的五十余首悼亡词，更轰然而成清初诗的河床中之九级浪。有谁没有读过他的“谁念西风独自凉？萧萧黄叶闭疏窗。沉思往事立残阳”（《浣溪沙》），有谁不为他的“泪咽却无声，只向从前悔薄情”（《南乡子 · 为亡妇题照》）而一洒同情之泪呢？

然而，大词人既有柔情似水，也有豪气如虹；既有月下花前，也有金戈铁马。在纳兰性德以婉约阴柔为主的词章中，也偶有阳刚而兼悲壮之作，这首《长相思》就是如此。康熙二十年（1681 年）三月，玄烨出榆关（山海关）至盛京（沈阳）祭祖，纳兰扈从，全词以整齐对称的诗语，以空间与时间的互文夹写，既表现行军途中的壮观，也抒发乡梦难成的感慨，在沉雄大气之中，仍不乏婉约悲凉。

图 明 沈周 雨江名胜图

过垂虹

[宋]姜夔

自作新词韵最娇，小红低唱我吹箫。
曲终过尽松陵路，回首烟波十四桥。

南宋诗人范成大宦海浮沉，有志难申，于是在淳熙十年（1183年）回到苏州故乡，隐居石湖。宋光宗绍熙二年（1191年）冬天，正是腊梅初放之日，比他年轻三十岁的朋友姜夔前来探访，此时范成大已是六十六岁的老人。姜夔做客逾月，少不了吟诗作赋，而恰逢花园里梅花盛开，范成大便请姜夔为赏梅而创制新曲，等于今日之命题作文。因为范成大的催请，我们才读到姜夔当时所作而不朽至今日的两首新词《暗香》与《疏影》。

范成大命家中乐工与歌伎演奏歌唱，演唱的歌女小红十分钟爱这两首新词。除夕之夜，姜夔回返湖州，爱才的范成大成人之美，将小红赠之为妾。姜夔是终生潦倒的布衣，既非达官贵人也非暴发户，而只是一位才华俊发的文士，小红色艺双全，而且喜爱他的旧作与新词，可算是风尘中的红颜知己。姜夔满载而归，喜悦的心情当然远胜今日的彩民中了头彩，便即兴吟出了“自作新词韵最娇，小红低唱我吹箫”的旖旎动人的千古绝唱。

图 宋 赵佶 听琴图

听颖师弹琴

[唐] 韩愈

昵昵儿女语，恩怨相尔汝。
划然变轩昂，勇士赴敌场。
浮云柳絮无根蒂，天地阔远随飞扬。
喧啾百鸟群，忽见孤凤凰。
跻攀分寸不可上，失势一落千丈强。
嗟余有两耳，未省听丝篁。
自闻颖师弹，起坐在一旁。
推手遽止之，湿衣泪滂滂。
颖乎尔诚能，无以冰炭置我肠！

读韩愈此诗，如果你有西方一位哲人说的“音乐的耳朵”，那就有如聆听一场绝美的独奏会。此诗开篇十句以五个比喻写琴声的五种变化：忽如亲密的小儿女之间的恩怨私语，忽然激昂奋发如勇士奔赴沙场，忽如浮云柳絮之纵横变态随风飞扬，忽如百鸟鸣啭凤凰孤绝，忽如攀高坠下起伏抑扬。诗的后八句则写听者的感受，亦即琴声的效果：诗人起坐不宁，泪湿衣襟，止住颖师叫他不要再弹，不要让冰炭水火来煎熬他的心！冰火两重天，韩愈若非“乐迷”而兼颖师的“粉丝”，怎能写得如此传神而奇妙？

图 明 戴进（传） 太平乐事图

欲与元八卜邻，先有是赠

［唐］白居易

平生心迹最相亲，欲隐墙东不为身。
明月好同三径夜，绿杨宜作两家春。
每因暂出犹思伴，岂得安居不择邻。
何独终身数相见，子孙长作隔墙人。

“元八”，指元宗简，河南人，作者的同乡、同僚与诗友，唐时习俗以曾祖父以下之兄弟排行数目称人，故谓元八。白居易以“最相亲”领起全篇，句法层层推进。他说元八是他平生可以推心置腹的朋友，他想隐居墙东作邻居并非只为自身，由此而展开全篇。

陶渊明《归去来兮辞》：“三径就荒，松菊犹存。”后以“三径”指隐者的田园。《晏子春秋》：“君子居必择邻。”诗人说，常常还要因暂时外出而选伴，岂有长久定居而不择邻之理？诗的结尾照应开篇之“不为身”，作者说卜邻不但是想和元八经常相见，也是希望双方的子孙永远是友好之邻。

俗语有云：万金买宅，千金买邻。今日主动择邻已非易事，只好被动结邻。如果你结的是善邻甚至是芳邻，那同样称得上是三生有幸，假若你不幸结的是恶邻或不芳之邻，那就只好自认倒霉，或者惹不起躲得起了。

图 宋 马麟 梅竹图页

颂黄檗断际禅师

［唐］裴休

尘劳迥脱事非常，紧把绳头系一场。
不是一番寒彻骨，争得梅花扑鼻香？

希运，福建人。幼时出家，早年因参谒百丈禅师而悟道，后于洪州（今江西南昌）黄檗山传法，世称黄檗禅师，圆寂后谥断际禅师，是中国禅宗史上的著名人物，其弟子义玄禅师为著名的临济宗创始人。唐宣宗大中年间的名相裴休对他执礼甚恭，编其语录为《黄檗山断际禅师传心法要》与《黄檗断际禅师宛陵录》各一卷，上述诗颂就出自《宛陵录》。

这首偈颂，强调的是静心养性的参悟之法，和修禅礼佛的得道过程，以及明心见性终成正果的喜悦。裴休说，尘事纷繁，俗务丛集，要摆脱尘俗绝非易事，要收紧羁勒心猿意马的缰绳，潜心苦修。“争得”，怎得。后两句乃诗中警语，比喻苦修得道的喜悦，它本是寓指对佛法的透彻领悟，但后世的读者却赋予原义之外的全新的意义：只有付出艰辛的劳动才有丰硕的收成，只有付出百折不挠的努力才能获得巨大的成功。

图 宋 马远 林和靖图

山园小梅二首（其一）

［宋］林逋

众芳摇落独暄妍，占尽风情向小园。
疏影横斜水清浅，暗香浮动月黄昏。
霜禽欲下先偷眼，粉蝶如知合断魂。
幸有微吟可相狎，不须檀板共金尊。

梅花与隐士签订盟约，一方面是因为梅花登场的时空背景和它本身的精神气所致，一方面得归功于北宋的隐者，那位身隐而名著的林逋的颂扬。

林逋名和靖，字君复，杭州钱塘人，结庐隐居于西湖孤山，足迹二十年不及城市，屡征不就。他不是那种口头上声明“看得很淡”，而骨子里却热衷于官场生涯与飞黄腾达的“高人”，那种人既要文名也要官名，或者既要官名也要文名，子孙至今绵绵不绝。林逋爱梅成癖，喜养白鹤，终身不娶而人称“梅妻鹤子”。他以隐逸之真性，发爱梅之至情，并且写了多首咏梅的篇什，其中最有名的还是为欧阳修所激赏的《山园小梅》。

这首诗中的梅，就是林和靖自己隐士形象的化身，尤其是颔联，一语双关，不仅是梅的逸群绝尘的写照，也是神清骨秀的诗人自己及同类人的象征。此诗一出，梅花与隐士之盟就大典告成。

一月十二日

图 五代 胡环（传）番骑图

塞上听吹笛

［唐］高适

雪净胡天牧马还，月明羌笛戍楼间。
借问梅花何处落，风吹一夜满关山。

一千多年的风沙吹过去了，但那悠长而苍凉的羌笛之声，在月明之夜，却仍然从遥远的穷边绝塞，从高适的绝句里隐隐传来。汉代与唐代的北方，汉有匈奴南侵之患，唐有突厥、吐蕃东扰之忧。古时称北方少数民族为“胡”，“胡天”即北方的天空。大雪纷飞，胡天霜净，敌人离边塞而远去，此时军情已经缓解，月光照临在戍边战士守卫的城楼上，声声羌笛显得分外悠闲而清亮。

“梅花”，《梅花落》的简称，笛曲之名，多表现别绪离愁。李白《与史郎中钦听黄鹤楼上吹笛》诗就曾说：“一为迁客去长沙，西望长安不见家。黄鹤楼中吹玉笛，江城五月落梅花。”李白直言，高适曲说，以“借问”故作问答，笛声传遍关塞山河是实，纷纷扬扬的梅花落满关山为虚，虚实相生。怀乡之情写得如此壮声英概，是为正宗的“盛唐之音”，足可令壮士闻声而起舞！

图■明 唐寅 柴门掩雪图

书斋漫兴二首

［唐］翁承赞

池塘四五尺深水，篱落两三般样花。
过客不须频问姓，读书声里是吾家。

官事归来衣雪埋，儿童灯火小茅斋。
人家不必论贫富，惟有读书声最佳。

当今之世，权位与金钱几乎成了普遍的人生取向与价值标准。因此，我特别要赞美晚唐诗人翁承赞的《书斋漫兴二首》。

翁承赞，乾宁三年（896年）登进士第。《书斋漫兴》的第一首诗重在写诗礼传家，前二句描画居家的清雅脱俗的环境，后二句自诩读书声里便是吾家，欣悦与自豪之情跃然纸上。第二首重在表现诗人的贫富观，他说“惟有读书声最佳”，认为无论贫穷还是富有，读书声是最动听的，精神财富才是最重要最可贵的。“过客不须频问姓，读书声里是吾家”“人家不必论贫富，惟有读书声最佳”，这位古代的高官（左散骑常侍、御史大夫）能如是说，真令人油然而生敬意。

图 宋 杨邦基 出使北疆图

上元怀古

[唐] 李山甫

南朝天子爱风流，尽守江山不到头。
总是战争收拾得，却因歌舞破除休。
尧行道德终无敌，秦把金汤不自由。
试问繁华何处有？雨苔烟草石城秋。

李山甫，生卒年不详。唐懿宗李漼咸通（860—874年）年间屡举进士不第，于唐僖宗李儇在位时流落河朔，后不知所终。其诗长于七律，多感时怀古，托讽寄寓。过去的选家或囿于儒家“温柔敦厚”之诗教，或拘于晚唐诗乃唐诗末流之成见，对其诗往往视而不见，未免有失公平。

“上元”，即今日江苏南京市。《上元怀古》写南朝宋、齐、梁、陈的灭亡，其灭亡自有内在的规律，主因是诗中的以“风流”与“歌舞”所象征的腐败。多行不义必自毙，自以为一统天下、固若金汤的秦朝尚且如此，何况偏安一隅、莺歌燕舞的南朝？全诗主旨在“却因歌舞破除休”与“尧行道德终无敌”，鉴古观今，其中并不过时的深层意蕴发人深省。

一月十五日

图 宋 佚名 雪山行骑图

左迁至蓝关示侄孙湘

［唐］韩愈

一封朝奏九重天，夕贬潮州路八千。
欲为圣明除弊事，肯将衰朽惜残年。
云横秦岭家何在？雪拥蓝关马不前。
知汝远来应有意，好收吾骨瘴江边！

唐代开国皇帝李渊认祖寻宗，以道教祖师爷李耳为始祖，道教遂成国教。代宗李豫而后，佛教兴盛，帝王趋奉成迷。凤翔府（今陕西扶风县北）法门寺藏有释迦牟尼的一节指骨，李豫奉迎于前，宪宗李纯元和十四年（819年）正月迎奉于后。五十二岁的韩愈时为刑部侍郎，这位儒学大家痛感迎佛骨之迷信荒唐，劳民伤财，于是上《论佛骨表》直斥此举"伤风败俗"，触怒当朝皇帝而欲将其处死，幸得宰相裴度等人说情援救，才被贬为潮州（今广东潮州）刺史。

此诗作于贬途路经蓝关（即峣关，今陕西蓝田境内）之时。"左迁"，汉时朝列以右为尊，左迁为降职之意。"侄孙湘"，韩愈内侄韩老成长子，即民间传说"八仙"之一的韩湘子。此诗七言八句之中，概括了当时的重大历史事件，描绘了贬谪途中的凄凉情景，抒发了自己绝不认错、视死如归的铮铮气节，格律精严，沉郁顿挫，乃千古传诵之名篇。

一月十六日

图 宋 郭熙 春江帆饱图

次北固山下

[唐] 王湾

客路青山外，行舟绿水前。
潮平两岸阔，风正一帆悬。
海日生残夜，江春入旧年。
乡书何处达？归雁洛阳边。

此诗当是作者中年远离故乡作客江南时的作品。时间是冬已尽而春将来，地点是北固山下的江边，全诗抒写的是诗人江行途中的所见、所感、所思。出句是写大景和远景，对句则是写小景与近景，笔墨由长远的旅程与浩荡的江面，缩小到近在眼前诗人所乘的江边一叶客舟，有如今日电影中的特写镜头，全诗构成了一幅万里长江图。

在如此铺垫之后，便逼出了全诗既金光四射复含意深长的两句："海日生残夜，江春入旧年。"此颈联之所以传诵古今，是因为诗人写出夜色尚未全残、朝日已然要从海平面上喷薄而出之景；旧年尚未终了，春天已然透露了即将来临的消息。还要特为拈出的是，此联是所谓的"倒装句"，循规蹈矩地平铺直叙，本应为"残夜生海日，旧年入江春"，现在一经倒装，句法变平顺为逆折，变直白为峭劲，如同急滩上翻滚的回流，更觉摇人心旌，动人心魄。

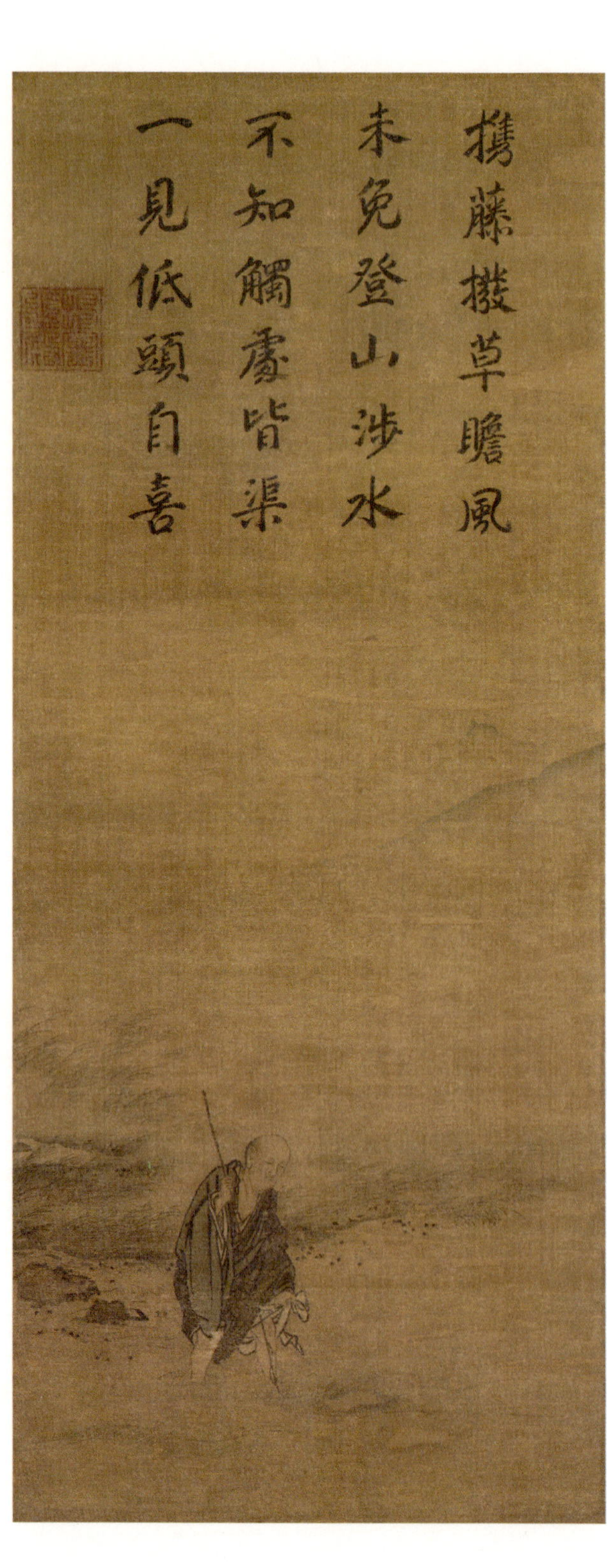
攜藤撥草瞻風
未免登山涉水
不知觸處皆渠
一見低頭自喜

图 宋 马远 洞山渡水图（原图）

失题二首

［唐］唐备

天若无雪霜，青松不如草。
地若无山川，何人重平道？

一日天无风，四溟波尽息。
人心风不吹，波浪高百尺。

《失题》之一，“天”“地”对举，出之以“无霜雪”与“无山川”的假设之辞，得出“青松不如草”及“何人重平道”的结论，其中蕴含的通过比较才能认识和发现的人生哲理，启人深思。《失题》之二，则是“四溟”与“人心”对举并对比，只要一日天风不吹，四海均波澜不惊，但即使纹风不动，人之心中却波翻浪涌。这是说人心之易于心潮起伏甚至汹涌澎湃，还是说人心之变幻莫测甚至喜欢兴风作浪？义有多解，全诗呈现的是不封闭未完成的状态，不同的读者当会有不同的体会。

除《失题》之外，唐备还存《道旁木》一首：“狂风拔倒树，树倒根已露。上有数枝藤，青青犹未悟！”诗中所含意蕴不说惊心动魄，至少也促人警醒。它是说当局者迷、旁观者清吗？它是说势将败亡而懵然不知吗？它是说大势已去而执迷不悟吗？它是说立身处世应该有预见性和警惕性吗？它究竟是说什么呢？由此可见，诗的多义性有时正是诗的一种美德。

旅次朔方

［唐］刘皂

客舍并州数十霜，归心日夜忆咸阳。
无端又渡桑干水，却望并州似故乡。

太原又名“并州”，乃自唐朝始。

从公元前497年古晋阳城问世算起，太原已有二千五百年的历史，乃中原北门的军事重镇，有“北方锁钥”之称。所谓“东带名关，北逼强胡，斯四战之地，攻守之场”，往日的雄风胜概，令人至今仍凛然可想。这里也是唐代李渊、李世民父子的“龙兴之地”，他们就是于此起兵，战马奔腾出一个新的鼎盛王朝，旌旗飞舞出历史上的大唐时代。

山西堪称地灵人杰，而并州更是人文荟萃之区。即以唐代而论，且不说唐宋八大家之一的柳宗元和花间词派的鼻祖温庭筠，籍贯并州的，除了自称“太原白氏”的唐代诗坛第三号人物白居易之外，至少还可以数出“三王”——王之涣、王昌龄和王翰，他们即使没有任何其他作品，仅仅只有一首《登鹳雀楼》（“白日依山尽”）、《出塞》（“秦时明月汉时关”）、《凉州词》（“葡萄美酒夜光杯”），其名字也可以历经时间风沙的吹刮而不朽了。

图 宋 赵佶 雪江归棹图卷

泊岳阳城下

［唐］杜甫

江国逾千里，山城近百层。
岸风翻夕浪，舟雪洒寒灯。
留滞才难尽，艰危气益增。
图南未可料，变化有鲲鹏。

唐代宗大历三年（768年）正月，杜甫从居留了将近两年的夔州乘船出峡，筹划回自己的故乡河南。晚秋时抵达湖北公安，因战乱未息，道路不宁，“如何关塞阻，再作潇湘游”，只好放舟南行，于该年深冬进入湖南境内并停泊岳阳。《泊岳阳城下》就是他的“湖湘诗”的最早篇章。

这首诗首先交代了“来龙”：“江国逾千里，山城近百层”。全句意为乘舟从水乡泽国千里而来，泊舟于高峻的岳阳城下。次联写的是岸风舟雪的肃杀冬日景象，晚风吹浪已令人感伤，雪扑寒灯更显凄凉落寞。这一联是写实，也是下一联的铺垫与反衬。“留滞才难尽，艰危气益增”，表现的是杜甫年既老而不衰的豪情，历尽坎坷而不挫的壮志。尾联承颔联而来，是所谓“去脉”，它化用《庄子·逍遥游》中徙于南溟的鲲鹏的典故，激励自己南行，希望仍会有所作为。此诗的颔联，可以作为落魄人与有志者的座右之铭。

图 五代 李思训（传）京畿瑞雪图

雪

［唐］罗隐

尽道丰年瑞，丰年事若何？
长安有贫者，为瑞不宜多！

罗隐，名隐而诗不隐。这是一首别有寄托的咏物诗。“瑞”为吉祥之意，此字在诗之首尾各出现一次，用意各有不同。前“瑞”，是大家都说瑞雪兆丰年，后“瑞”，是诗人独说京城长安也就是普天下啼饥号寒的人太多了，这种祥瑞还是少一些为好。咏物诗要入乎其内，同时又要出乎其外，寄情于物，托物言志，表达诗人由此而感发的对生活独到的发现和认识，让读者有所领悟与启迪，此诗正是如此。

今日贫富悬殊，甚至天差地别，每当我看到报刊电视对富豪们及奢侈品的热火宣传时，罗隐之《雪》就常常挟着一股冷风寒意袭上心头。读罗隐此作，我不禁想到民间由来已久的一首打油诗，三个富人对雪联句，一个说：大雪纷纷落地。一个说：都是皇家福气。一个说：再落三年何妨。有一饥寒交迫的穷人在旁续到：放你妈的狗屁！观今鉴古，鉴古观今，这就是作为古典的唐诗的与日俱新的现代意义。

图 宋 佚名 春宴图卷

祭灶诗

[宋]范成大

古代腊月二十四，灶君朝天欲言事。
云车风马小留连，家有杯盘来典祀。
猪头烂熟双鱼鲜，豆沙甘松粉饵圆。
男儿扎献女儿避，酹酒烧钱灶君喜。
婢子斗争君莫闻，猫犬触秽君莫嗔。
送君醉饱登天门，杓长杓短勿复云，
乞取利市归来分。

祭灶节，又称灶王节，在我国民俗中历史悠久。农历腊月二十三夜，灶王爷上天向玉皇大帝汇报工作，这一天也称为“小年”，是过年的开端。

范成大的《祭灶诗》通俗幽默，描绘的是一幅祭灶的民间风俗画。其中人间众生为求福免灾而对灶王爷招待贿赂，诗人于此写得穷形尽相，诙谐风趣，令人忍俊不禁而联想到今日的贪官污吏。元代文海的《祭灶诗》说：“何年呼得灶为君？鼻是烟囱耳是铛。深夜乞灵余不会，但令分我胶牙饧。”这是模仿灶王口吻的自嘲，别具一格。时至现代，鲁迅也有一首《庚子送灶即事》：“只鸡胶牙糖，典衣供瓣香。家中无长物，岂独少黄羊。”在记写传统风俗之中，也仍不乏鲁迅式的幽默与讽刺。

图■宋 苏汉臣 百子嬉春图

岁除夜

［唐］罗隐

官历行将尽，村醪强自倾。
厌寒思暖律，畏老惜残更。
岁月已如此，寇戎犹未平。
儿童不谙事，歌吹待天明。

岁除夜，就是中国传统风俗中所说的“小年”。罗隐这首诗大约写于他的晚年，其可贵之处，就是它不仅表现了自己的厌寒畏老之情，而且仍然从个人而及于苍生与时代，表现了正直的有良知的读书人心忧家国之意，这是中国士人最宝贵的精神传统。

此诗后四句如果仍然像前四句一样，只是抒写纯粹个人化的感受与悲欢，那全诗也就会不过尔尔了。罗隐生活于唐代末年，军阀混战，祸乱丛生，诗人不仅有“岁月已如此，寇戎犹未平”的正写，也有“儿童不谙事，歌吹待天明”的反衬。世事蜩螗，忧心忡忡，因为他一贯关注国计民生，所以描绘一片云彩可以让我们看到高天的气象，从个人悲观的咏叹可以让我们看到时代的侧影。

图 明 燕文贵 扬鞭催马送粮忙图

咏钱

［唐］徐夤

多蓄多藏岂足论，有谁还议济王孙。
能于祸处翻为福，解向雠家买得恩。
几怪邓通难免饿，须知夷甫不曾言。
朝争暮竞归何处，尽入权门与幸门！

诗中用了两个典故：汉文帝宠臣邓通获赐蜀郡之铜山而自行铸钱，富甲天下，后来却被罢官抄家，穷饿而死。东晋大臣王夷甫是位伪善的清谈家，从不言钱而只说“阿堵物”，实际上却家财万贯，可上当时的富豪排行榜。

诗中揭示了金钱对于“祸”与“福”、“仇”与“恩”的转化作用，令人不禁想起在他之前的西晋人鲁褒和在他之后的异国人莎士比亚。鲁褒痛感“风纪颓败，为官从政莫不以钱为凭”的世风时弊，作《钱神论》一文。而莎士比亚在《辛白林》《理查三世》《雅典的泰门》等剧中，对拜金主义的时风世弊也曾冷嘲热讽，其台词精彩绝伦。

此诗的结句尤其千古不磨，发人深省。“权门”指权贵之家，“悻门”指帝王君主宠爱的臣下之家，总之是有权有势化公为私的豪门贵族、特权阶级。唐代如此，后世何莫不然？

图 宋 任仁发 大豆图

豆腐

［明］苏平

传得淮南术最佳，皮肤褪尽见精华。
一轮磨上流琼液，百沸汤中滚雪花。
瓦缶浸来蟾有影，金刀剖破玉无瑕。
个中滋味谁知得，多在僧家与道家。

豆腐，由来久矣。这平民百姓喜爱的食物的发明者，竟然是汉高祖刘邦之孙刘安。明代罗颀在《物源》中说，他所见的西汉古籍中有“刘安做豆腐”的文字，他同时代的名医李时珍，在《本草纲目》中也写道：“豆腐之法，始于汉淮南王刘安。”这位喜好文学曾著有《淮南子》一书的王孙，也和历代帝王一样祈望长生不老，他招来术士以黄豆和盐卤炼丹，结果却因化学反应，阴差阳错炼出了豆腐。

清代诗人兼美食家袁枚，其烹饪专著《随园食单》洋洋万言，其中就盛赞“豆腐得味远胜燕窝”。明代诗人苏平《豆腐》一诗，开篇首句即写豆腐的来历生平，次五句表去皮、磨浆、煮浆、点浆和切割等豆腐制作过程，末句说明此盘中美味原来多为僧道享用之物，后来才普及寻常百姓之家。芥豆之微，却可以写出长情远义，山蕴玉而辉，水含珠而媚，关键在于作者的胸襟与眼光。

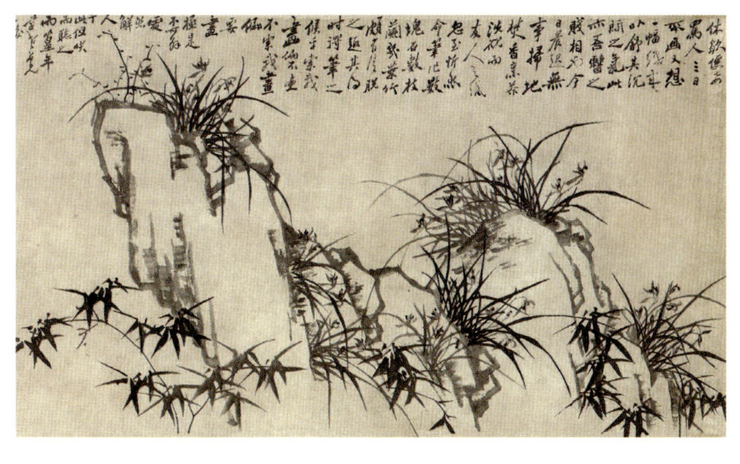

图 清 郑板桥 兰竹图

折枝兰

［清］郑板桥

多画春风不值钱，一枝青玉半枝妍。
山中旭日林中鸟，衔出相思二月天。

兰花，是中国传统名花之一，是最具观赏价值的花卉植物，有春兰、蕙兰、墨兰、寒兰和建兰五大类，其外形完美而芳香四溢，故而得到众生的普遍喜爱。清代画家兼诗人郑板桥，在他的小品文《兰》之开篇就对它极尽赞美之辞："叶短而力，花劲而逸。永其香，淡其色。邦国之瑞，山林之客。"

郑板桥对兰花情有独钟，他除了有不少题兰画之诗，还有许多专门的咏兰之作，如组诗《兰》就共达十五首之多。"兰花本是山中草，还向城中种此花。尘世纷纷植盆盎，不如留与伴烟霞"，《兰》诗中的兰花，显示的是诗人万物各适其天的思想，更表现了他对于个性自由的向往与追求。他的《折枝兰》不也是如此吗？折取枝条以供插瓶而让人观赏的兰花，山林原是它的母土与故乡，林中的旭日和飞鸟，本是它朝夕相对的同伴，如今被人为地移栽养植，在仲春时节，它会更加想念故土与故人。本诗的后两句，寓意深远，遣词造句新颖而秀逸，颇有现代诗的风采。

图 明 赵子俊 停舟访梅图

除夕口占

［明］唐寅

柴米油盐酱醋茶，
般般都在别人家。
岁暮清闲无一事，
竹堂寺里看梅花。

唐寅，这位出生于今日苏州的诗人与画家，虽然曾举乡试第一，但入京会试中却受到科场舞弊案的牵连，未能学而优则仕，一生只得以卖画鬻文度日。他曾自号“六如居士”“桃花庵主”“逃禅仙吏”“江南第一风流才子”，头衔颇多，相当自恋。

他当年作为宁王朱宸濠的座上客，见宁王有异志，便佯狂使酒，得还吴中，“筑室桃花坞，日与客醉饮其中”。那时的房价虽不像现在这样昂贵，但也该所费不菲吧。

唐寅上述之作虽有牢骚，但他仍有赏花的闲情逸致，可见家中还不至于冷灶无烟，揭不开锅。余姚有名为王德章者，大约真正处于“水深火热”之中，又受到唐寅的影响，也作有如下一诗：“柴米油盐酱醋茶，七般多在别人家。寄语老妻休聒噪，后园踏雪看梅花。”这，真是可谓“何以解忧，唯有梅花”了。

图 宋 郭熙 早春图

除夜太原寒甚

［明］于谦

寄语天涯客，轻寒底用愁？
春风来不远，只在屋东头。

于谦，钱塘（今浙江杭州）人，明朝名臣，民族英雄，其诗风质朴刚劲，如名作《石灰吟》（千锤万凿出深山，烈火焚烧若等闲。粉身碎骨全不怕，要留清白在人间）。除夕的诗作，不少人都是叹老嗟卑，感时伤逝，而于谦此诗却别调独弹。

除夕本来“寒甚”，他却说“轻寒”何用忧愁，而且以“屋东头”为喻，进一步表明时令虽为残冬，但春天已近在眼前。这一富有哲理意蕴和人生体悟的诗篇，使人不禁想起英国名诗人雪莱《西风颂》中的名句：“冬天来了，春天还会远吗？”

岁去暮矣，思如之何？我忽然想到荀子的话：“赠人以言，重于金石珠玉；听人以言，乐于钟鼓琴瑟。”在一年将尽之时，我抄录上述于谦的诗赠送给今日读者，特别是对形而上的精神世界有所追求的读者，他们一定乐于听取这一重于金石珠玉而胜过钟鼓琴瑟的好音。

图 北宋 张择端 清明上河图

元日

［宋］王安石

爆竹声中一岁除，春风送暖入屠苏。
千门万户曈曈日，总把新桃换旧符。

北宋的“拗相公”王安石，不仅是一位名标青史的政治家、改革家，同时又是一位不可多得的杰出散文家与诗人。宋朝开国之后，外有北辽与西夏的连年侵扰，内有不断的政治与经济危机，于治平四年（1067年）即位的神宗亟思改革。宋神宗于熙宁二年（1069年）拜王安石为相，由其主持变法。心雄万夫的王安石，在执政之初的春天即写下了《元日》一诗。

此诗将新岁与旧年、新法与旧规作强烈的对比，表现出积极进取的无畏精神与厉行改革的坚定意志。全诗分别抒写了四个意象：爆竹声、屠苏酒、曈曈日、新桃符。这四个意象均与“元日”有关：旧岁在欢快的爆竹声中消逝，驱疫避邪的屠苏草浸泡之酒闪亮登场，千家万户明亮的阳光照耀，万户千家书写神荼、郁垒两位神灵之名的新桃符代替了旧桃符。全诗不惟实写元旦景象，而且后两句因深远的哲理寄寓而成了千古不磨的警句。

图 现当代 齐白石 岁朝图

爆竹

［清］曹雪芹

能使妖魔胆尽摧，身如束帛气如雷。
一声震得人方恐，回首相看已化灰。

爆竹亦名“爆仗”，在我国已有两千多年历史。“夜未艾，庭燎晣晣”（《诗经·小雅·庭燎》），“庭燎”，是作照明用的以松枝、芦杆和竹子做成的火把，竹子中空多节，燃烧时迸发“晣”的爆裂之声，此为爆竹的起源。至唐代，爆竹“皆以真竹着火爆之”，称为“爆竿”。到了宋代，则开始以纸、麻、火药为原料制作单个的爆仗与串连的鞭炮，其意义除了驱怪压邪之外，更添增了除旧布新、祈求吉利之意。

这首诗是曹雪芹在《红楼梦》第二十二回中为贾元春所作的灯谜诗。写元妃贾元春派太监送谜语给众人猜测，贾政奉贾母之命一一去猜，第一个就是元妃这首隐喻爆竹的谜语。这是一首“咏物诗”，这首诗既对爆竹的特征和形象作了传神的描画，也含蓄地暗示了贾府现在烈火烹油之盛和他日烟消火灭的命运。

图 清 谢冰 涧曲家家图

田家元日

[唐] 孟浩然

昨夜斗回北，今朝岁起东。
我年已强仕，无禄尚忧农。
桑野就耕父，荷锄随牧童。
田家占气候，共说此年丰。

北宋的王安石，他的《元日》是伟大的政治家厉行改革以富民强国的宣言；盛唐的孟浩然，他的《田家元日》是一介布衣诗人关心农民与农事之可贵的心曲。

孟浩然与王维齐名，世称“王孟”，他们同为唐代山水田园诗派的掌门人。这首五律《田家元日》虽无惊人之句，却鲜明地表现了他清旷淡远的诗风。

这首诗是他开元十六年（728 年）去长安应试那年的春节所作。“斗”，指北斗星，古人认为北斗星的斗柄从朝北转向朝东时，天下皆春。古人也认为“四十曰强，而仕”，强壮之年即读书人应该出仕的四十岁。时年已四十的诗人说他虽不是政府公务员，没有民脂民膏作为俸禄，“带月荷锄归”，但他还是像陶渊明那样参加力所能及的田间劳作，和田夫野老一起从气象推测并预祝丰年。这种接地气的诗作，显示了孟夫子除了浩然正气，还有难得的与底层农民共呼吸之情。

图■明 姚绶 文饮图

将进酒

［唐］李白

君不见黄河之水天上来，奔流到海不复回。
君不见高堂明镜悲白发，朝如青丝暮成雪。
人生得意须尽欢，莫使金樽空对月。
天生我材必有用，千金散尽还复来。
烹羊宰牛且为乐，会须一饮三百杯。
岑夫子，丹丘生，将进酒，杯莫停。
与君歌一曲，请君为我倾耳听。
钟鼓馔玉不足贵，但愿长醉不复醒。
古来圣贤皆寂寞，惟有饮者留其名。
陈王昔时宴平乐，斗酒十千恣欢谑。
主人何为言少钱，径须沽取对君酌。
五花马，千金裘，呼儿将出换美酒，与尔同销万古愁！

李白的人生，是辉光耀彩的诗酒人生。在他现存的近千首诗作中，与酒有关的作品就占了六分之一。台湾名诗人余光中在《寻李白》一诗中说："酒入豪肠／七分酿成了月光／余下的三分啸成剑气／绣口一吐就半个盛唐！""将"，读 qiāng，愿，请之意。《将进酒》乃汉乐府曲调，即劝酒歌。李白此诗以七言为主，间以杂言，人生短促，有志难申，天生我材，当歌对酒，是一阕绝世天才的灵魂之《悲怆交响曲》！

二月

图 元 赵雍 马戏图

咏王大娘戴竿

［唐］刘晏

楼前百戏竞争新，唯有长竿妙入神。
谁谓绮罗翻有力，犹自嫌轻更著人。

唐人郑处诲《明皇杂录》曾经记载，明皇御勤政楼，罗列百技，时教坊有王大娘，善戴百尺竿。“戴竿”，系流行于汉代及唐宋时的一种技艺，由一人头顶长竿，一人或数人缘竿而上做各种表演。“百戏”，是古代各种乐舞、杂技、武术表演的总称。

刘晏为曹州南华（今山东东明县）人，生于开元三年（715年），七岁举神童，后授秘书省正字，天宝初迁侍御史，因而有资格领取入场券于勤政楼前观赏百戏。中唐的顾况有《险竿歌》，而生卒年不详的柳曾则有《险竿行》，可见这一技艺之出神入化，激动人心。在争新斗奇的百戏中，刘晏最欣赏的正是王大娘的戴竿表演。“谁谓”，谁料之意，“翻”，反而，反倒。诗人说王大娘虽为妇女，却勇武有力，头顶百尺长竿还要人在上面载歌载舞，神妙绝伦的技艺真是令人赞叹。千年之后读此诗，我们仿佛还能听到勤政楼前那经久不息的掌声。

图 宋 马远 华灯待宴图

长命女

[五代]冯延巳

春日宴，绿酒一杯歌一遍。再拜陈三愿：一愿郎君千岁，二愿妾身常健，三愿如同梁上燕，岁岁长相见。

清人王渔洋论词，有所谓诗人之词、词人之词、文人之词与英雄之词；当代词学专家王兆鹏仿其例而分之，说词又可分少年之词、青年之词、中年之词和老年之词；我复仿王之例而分之，恋情有少年之恋、青年之恋、中年之恋与老年之恋。冯延巳此词，写的至少是青年之恋甚至是中年之恋，因为等到祝愿双方健康长寿时，大约已属夏日或秋天，已非春日的少年情怀了。

此词从白居易《赠梦得》诗脱胎而出。白诗云："为我尽一杯，与君发三愿：一愿世清平，二愿身强健，三愿老临头，数与君相见。"冯作有出蓝之美。不过，白居易的诗是写与好友刘禹锡的友情，可见古人多笃于友谊；而冯延巳则是写爱情，是写白头偕老、天长地久的爱情，可见古人也多诚于爱情，两者各有千秋，别有境界。

图■元 赖庵 藻鱼图

京中正月七日立春

［唐］罗隐

一二三四五六七，万木生芽是今日。
远天归雁拂云飞，近水游鱼迸冰出。

“立春”，是我国延续了千百年的传统节日之一，唐诗人以“立春”为题的作品不少，绝句最胜者，我以为就应该是罗隐此诗了。

首句全用数字，极为罕见。罗隐《酬丘光庭》一开篇就说“正月十一日书札，五月十六日到来”，应是刻意为之，而他当年在京逢立春日正是正月初七，如斯首句可谓妙手天成，本来枯燥的数字顿然诗意焕发。而万树萌芽、南雁北飞、游鱼迸冰三个意象，则从不同角度不同侧面表现了春天生意盎然的景象。

“春，在山中／在蒲公英的翅膀上／春，在羞红着脸的／一次怀了千个孩子的桃树上”，台湾名诗人洛夫在《城春草木深》中如此写春。春天是创造的季节，只有古今这种富于创意的诗，才配得上新新不已的新春！

二月四日

图 清 王翚 桃花渔艇图

早春呈水部张十八员外

［唐］韩愈

天街小雨润如酥，草色遥看近却无。
最是一年春好处，绝胜烟柳满皇都。

韩愈诗所呈示的对象“张十八员外”，就是与他同时代的名诗人张籍。韩愈此时在京任兵部侍郎，与张籍既是同僚，更是关系密切的诗友，所以他们颇多唱和。这首诗写于长庆三年（823年）春天，韩愈与张籍在春花满树的好时光中同游长安近郊的名胜曲江。

细雨迷蒙中，大地上远看有一片草光照眼，近前细察，草芽星星点点，那朦胧的绿色却似有如无。清人黄叔灿也说：“‘草色遥看近却无’，写照工甚，如画家设色，在有意无意之间。”（《唐诗笺注》）要特别拈出和赞赏的，是诗的后两句所蕴含的似无实有的哲理。诗人认为如此早春景象，远胜烟柳繁盛的晚春，我则以为诗的意象可以启悟我们，欣赏美好景物，最美好的是其将生但还未生或未全盛之际，同样，创造美好事物，最美的也是初始的时期，因为一切都还充满了美的悬念和期待。

清新，空灵，深远，这就是韩愈的早春之歌！

图■唐 佚名 宫乐图

无题二首（其一）

［唐］李商隐

昨夜星辰昨夜风，画楼西畔桂堂东。
身无彩凤双飞翼，心有灵犀一点通。
隔座送钩春酒暖，分曹射覆蜡灯红。
嗟余听鼓应官去，走马兰台类转蓬。

此诗众说纷纭，论者有的说是托寓君臣遇合，有的说是咏叹不得立朝，有的说是言得路者与失路者之不同，等等。但不少人认为这是席上有遇而追忆绮事的情诗或曰艳诗，我赞成这一看法，不要将旖旎的春日风光贬为萧瑟的冬日图景吧，何况这一组诗的第二首是："闻道阊门萼绿华，昔年相望抵天涯。岂知一夜秦楼客，偷看吴王苑内花。"这一首绝句，正是前一首律诗所荡漾的余波。

清代王夫之在《姜斋诗话》中说："以乐景写哀，以哀景写乐，一倍增其哀乐。"这首诗虽非乐景写哀情，但却是以乐景写相思的惆怅之情。颔联"身无彩凤双飞翼，心有灵犀一点通"为爱情名句，千年来传唱不衰。不过，好诗常有多义而不至于单义，常有多解而不至于单解，颔联固然是抒写恋爱双方人虽异地而两心相遇的绝妙好词，但传唱至今，它的应用范围更广，已并非完全是男女之间抒发恋情的专利了。

图 明 仇英 渔笛图

春夜洛城闻笛

［唐］李白

谁家玉笛暗飞声，散入春风满洛城。
此夜曲中闻折柳，何人不起故园情？

开元十二年（724年），二十四岁的李白“仗剑去国，辞亲远游”，离开家乡四川而出三峡，下江陵，闯荡江湖，追求功业。他先是在湖北安陆入赘故相许圉师之家，娶其孙女为妻，从此“酒隐安陆，蹉跎十年”。其间与其后东奔西走，几度上书如韩荆州等封疆大吏，还初入长安，企图得到当朝的赏识，但始终坎坷不遇。

一个人对故乡思念最殷，大约一是在失意之时，一是在得意之际。失意时忆念故乡如同怀念母亲，得意时想的则往往是“衣锦而归故乡”了。

在历经江湖的风波之后，晚年的李白生平唯一一次参军就站错了队，因参加永王璘的部队而被唐肃宗流放夜郎。乾元二年（759年），他途经鄂州（今湖北武昌），与友人史钦同游黄鹤楼，虽然命途多舛，却仍然心系家国，何况又闻笛声，更撩动乡关之思，于是写下了《与史郎中钦听黄鹤楼上吹笛》这首名诗，与二十多年前写的《春夜洛城闻笛》遥相呼应。都是写闻笛而思故乡而怀故国，前者只有轻愁，毕竟旭日方升，还有许多憧憬与希望，后者却多苦恨，因为夕阳早已西下，前面已是一片暮色苍茫了。

图 明 戴进 葵石峡蝶图

长歌行

汉乐府

青青园中葵，朝露待日晞。
阳春布德泽，万物生光辉。
常恐秋节至，焜黄华叶衰。
百川东到海，何时复西归？
少壮不努力，老大徒伤悲！

乐府，是秦汉时设立的朝廷音乐机关，其任务之一就是搜集民间的诗歌作品，此诗就是其中之一。“长歌”，本指长声歌咏，亦指写诗；“行”，古代诗歌的体裁之一，字数与句子的长度不受限制，乃长声歌咏的自由式歌行体。

这首《长歌行》是古代诗歌中的名篇，也是时历两千年而仍然具有现代价值的瑰宝。惜时与自励，是全诗所要表现的主旨。“焜黄”，树叶枯黄凋落。全诗以景寄情，从青青的园中之葵起兴，抒写季节的变换、时光的流逝，自然界的万物如青青葵叶一样由欣欣向荣而枯黄凋谢，这是传统诗法的“托物起兴”，也是兴中有比的“兴而比”。

诗的最后，又以百川到海永不回归作比喻，出之以发人深省的问句，逼出了令人惊心的富有人生哲理的结句兼警句。“少壮不努力，老大徒伤悲”，是警钟也是号角，是古人与今人的励志之曲，是古人也是今人的座右之铭！

图 元 佚名 竹榻憩睡图

酌酒与裴迪

［唐］王维

酌酒与君君自宽，人情翻覆似波澜。
白首相知犹按剑，朱门先达笑弹冠。
草色全经细雨湿，花枝欲动春风寒。
世事浮云何足问，不如高卧且加餐。

裴迪，关中（今属陕西）人，早年就与王维隐居于终南山，后王维得辋川别业，迪常从游，王维将他与裴之酬唱诗各二十首集为《辋川集》。安史乱中，王维被囚于洛阳菩提寺，裴迪冒险来洛探视，王维作《菩提寺禁裴迪来相看说逆贼等凝碧池上作音乐供奉人等举声便一时泪下私成口号诵示裴迪》。

如此交谊，当然可以置腹推心。裴迪仕途多舛，又受人攻讦，故王维请他以酒浇愁并赋诗宽慰，“人情翻覆似波澜”，这是王维对一般的人际关系与人性人情的透彻认识和感悟，“白首相知犹按剑，朱门先达笑弹冠”，白头故交也会猜疑戒备，有的人一旦为官作宦便弹冠以庆而翻脸不认人，这是对“人情”一语的申说。清人金圣叹选批此诗，也曾感叹“半生对床，不妨一刻便成敌国”，“一朝云霄，不认昨夜谁共灯火”。我要补充的是：小人或者以“利”相交者大都如此，君子或者以“义”相交者很少这样。世态炎凉，人情淡薄，王维最终只好劝慰友人看透浮云世事，祈祝他高卧加餐、健康第一。

图■宋 李安忠 晴春蝶戏图

二月二日

［唐］李商隐

二月二日江上行，东风日暖闻吹笙。
花须柳眼各无赖，紫蝶黄蜂俱有情。
万里忆归元亮井，三年从事亚夫营。
新滩莫悟游人意，更作风檐夜雨声。

二月二日是蜀中的踏青节，大中七年(853年)，东风日暖的涪江岸边，李商隐为这一节日留下了诗的见证。

“二月二日江上行”，首句用的是拗律“仄仄仄仄平仄平”，次句的“闻吹笙”也是诗家所忌之三平调，虽作拗体，在点明题目抒写季候的同时，仍具有一种特殊的音乐美感。商隐于对仗颇具匠心与慧悟。“花须柳眼各无赖，紫蝶黄蜂俱有情”，也是句中有对的妙句。“无赖”本为狡狯、撒泼之意，此处意为可爱、恼人。清人王夫之《姜斋诗话》说：“以乐景写哀，以哀景写乐，一倍增其哀乐。”商隐写大自然的春和景明，正是反衬自己的天涯沦落。陶渊明，字元亮，有《归田园居》诗，古人诗文常以“井”代指故乡，周亚夫是汉文帝时大将，驻军长安近郊之细柳，称“细柳营”或“柳营”。商隐在东川节度使柳仲郢幕中已有三年，“从事”为州郡僚佐，此处取“随从办事”的字面意义，以与“忆归”相对，并暗用“柳营”之柳字寓幕主之姓，可谓明月肺肠，心多一窍。

商隐本来客子愁怀已对景难遣了，被春水涨没的江滩却不解人意，滩声如同半夜里檐间的风雨之声，怎能不愈加搅人愁肠，撩人愁思。“花须柳眼各无赖，紫蝶黄蜂俱有情”，不仅对仗精工，而且色彩鲜明，可以与商隐自己的“回廊四合掩寂寞，绿鹦鹉对红蔷薇”(《日射》)媲美。这种珠玉般的好句，应该珍藏在我们记忆的深处。

图 清 华岩 桃潭浴鸭图（原图）

惠崇春江晚景

［宋］苏轼

竹外桃花三两枝，春江水暖鸭先知。
蒌蒿满地芦芽短，正是河豚欲上时。

《惠崇春江晚景》，是苏轼众多题画诗中的上品，也是中国古典题画诗中的青钱万选之作。

僧人惠崇，生活在北宋初期，能诗善画，尤其擅长画鹅、鸭、鹭鸶之类，以小品见长，人誉之为“惠崇小景”。苏轼在江阴小作勾留时，见到惠崇所画的春江晚景图，就题写了上述之诗。惠崇此画没有流传下来，不知所终，但幸而诗因画作，不但画以诗传，而且诗比画更传之久远。

题画诗，既不能脱离画作本身，又要巧为构思，别开新境，启人联想，给人以新的美感享受。苏轼此诗就是如此。首句写江边美景，几丛翠竹，数枝桃花，灼灼的红花与青青的绿竹构成鲜明的色彩对比，而桃花是“三两枝”，这正是早春的景象。次句写江中戏水之鸭，“春江水暖鸭先知”，乃富于哲理传之后世的名句。清代康熙年间的学者、诗人毛奇龄指责说：“春江水暖，定该鸭知，鹅不知耶？”此说近乎无理取闹。南宋张栻《立春偶成》有名句曰“春到人间草木知”，不知又当如何求全责备。第三句复写岸边可以佐食的蒌蒿与芦芽，结句则写早春时节，正是河豚要从海边溯流而上于淡水产仔之时，爱诗者读诗至此当觉余韵悠长，而美食家则会口角垂涎矣！

图 隋 展子虔 游春图

青玉案·元夕

[宋]辛弃疾

东风夜放花千树。更吹落、星如雨。宝马雕车香满路。凤箫声动，玉壶光转，一夜鱼龙舞。　　蛾儿雪柳黄金缕。笑语盈盈暗香去。众里寻他千百度。蓦然回首，那人却在，灯火阑珊处。

这是宋词中写元宵节的杰作，数百年后的今天，每一个字仍然金光四射。

前面的写景抒情已经妙不可言了，不料收束时还柳暗花明，后来居上，令读者不胜低回。“那人”是谁，这只有辛弃疾自己知道，这是他的或他所揣想的别人的隐私，我不便也不必追问。形而下的么，可见元宵节为古代有情的男女相寻并幽会提供了难得的良机，辛弃疾的词出示的是又一证明；形而上的呢？王国维《人间词话》说成大事业、大学问者必经三个境界，而他将“众里寻他千百度，蓦然回首，那人却在，灯火阑珊处”作为第三个也是最高的境界。美在结果，更在过程，我则宁愿将其视为表现了追求美好事物的过程之美，是人间戏剧最令人目眩神摇的高潮，令人不胜怀想。

图 清 郎世宁 锦春图

锦瑟

［唐］李商隐

锦瑟无端五十弦，一弦一柱思华年。
庄生晓梦迷蝴蝶，望帝春心托杜鹃。
沧海月明珠有泪，蓝田日暖玉生烟。
此情可待成追忆？只是当时已惘然！

晚唐最杰出的诗人李商隐，只活了短短的四十八岁，《锦瑟》应该是他逝世前回首生平的作品。

对于此诗的主旨，从宋代以来，众说纷纭，说法约有十四种之多，争论不绝，以至于到今天也仍然无法定案。难怪金元之交的诗人元好问要叹息：“望帝春心托杜鹃，佳人锦瑟忆华年。诗家总爱西昆好，独恨无人作郑笺。”（《论诗绝句三十首》）清诗人王渔洋也要彷徨叹息：“一篇锦瑟解人难！”（《戏仿元遗山论诗绝句》）

我以为，此诗的主题是回首华年、感慨平生。李商隐少年失怙，初恋失意，青年屡试不第，陷牛李党争旋涡而仕途受挫，中年复又丧妻，失意、失志、失落书写了他短暂的一生。他以庄生梦蝶喻往事如梦，以杜鹃啼春比往事可伤，以鲛人珠泪状往事堪悲，以日辉美玉描往事如烟。总之，他以生花彩笔写下了这篇如泣如诉的回首生平的《锦瑟》！

图 宋 刘宗古 瑶台步月图

上邪

汉乐府

上邪！我欲与君相知，长命无绝衰。
山无陵，江水为竭，冬雷震震，
夏雨雪，天地合，乃敢与君绝！

《上邪》篇是乐府名篇，也是古代民间爱情诗中的无上妙品，正如明代诗学家胡应麟《诗薮》中所说："上邪言情，短章中神品。"

此诗前半部分是抒情，直抒胸臆，后半部分反抒情，列举五种难以和不可能发生的自然现象，层层递进地表现追求婚姻自由，对爱情的生死不渝。全诗个性张扬，语气十分决绝，如滔滔而下的瀑布，冲击读者的视觉，也震撼读者的心弦。

在外国诗歌中，似乎还没有如此表现并如此动人之作。勃朗宁夫人是英国著名诗人，其《葡萄牙人的十四行诗》共四十四首，是献给她的丈夫——诗人罗伯特·勃朗宁的。其中的《我是怎样的爱你》在英语世界被公认为是最有名的爱情诗："假如上帝愿意，请为我做主和见证：在我死后，我必将爱你更深，更深。"不知原酿如何，仅从译文而言，我更爱读东方如陈年烈酒般的《上邪》。

图 宋 王诜 玉楼春思图

结爱

［唐］孟郊

心心复心心，结爱务在深。
一度欲离别，千回结衣襟。
结妾独守志，结君早归意。
始知结衣裳，不如结心肠。
坐结行亦结，结尽百年月。

孟郊这位穷苦终生似乎颇不浪漫的诗人，却写有一首颇为罗曼蒂克的爱情诗《结爱》。这首别具一格的爱情诗，构思奇特而用字奇崛。

全诗以“心心”之重复开篇，以“结爱”二字领起，以衣系同心之结递进至心系同心之结，最后以与首句相应的句式遥答开篇。“坐结行亦结”照应“心心复心心”，“结尽百年月”照应“结爱务在深”，而一“结”字凡九见，反之复之，歌之咏之，全诗有如一阕情爱天长地久的回旋曲。“用了世界上最轻最轻的声音，轻轻地唤你的名字每夜每夜”，新诗中，唯有台湾旅美诗人纪弦于“名字”反复咏唱十五次之多的《你的名字》庶几可以比美。

图 明 文征明 吴中胜概图

长相思

［宋］林逋

吴山青，越山青，两岸青山相对迎，谁知离别情？
君泪盈，妾泪盈，罗带同心结未成，江边潮已平。

水与爱情的关系，似乎比水与友情更为密切。水，是柔情蜜意、悠悠无尽的爱情的象征，也是古代情人惜别时几乎不可缺少的见证。隐居杭州西湖孤山二十年的林逋，爱梅喜鹤，终身未娶，人称“梅妻鹤子”，但这位似乎不食人间烟火的诗人，我怀疑他也曾经在爱河中泅泳过，不然，他很难写出这首情长语短、悱恻缠绵的《长相思》。

钱塘江为古代吴越两国的分界线，江北为吴，江南为越。滔滔江水，不知旁观过多少有情人的离合悲欢，而今又成了这首词的抒情主人公的见证。莎士比亚说过：“眼泪是人类最宝贵的液体，不能让它轻易流出。”情动于中而形于泪，在潮水已平、船帆欲发之时，这一对即将分离的恋人双双止不住热泪盈眶，泪水与潮水一起泛滥。自白居易以来，《长相思》词调多用于抒写男女情爱，而将情爱与水结合起来表现却又十分出色的，当数林逋这位单身贵族。

图 五代 赵岩 八达游春图

登科后

［唐］孟郊

昔日龌龊不足夸，今朝放荡思无涯。
春风得意马蹄疾，一日看尽长安花。

于隋朝肇始而于唐朝完善的科举制度，虽然不免种种弊病，但它打破了魏晋南北朝以来九品中正制之下门阀氏族对权力的垄断，否定了“龙生龙，凤生凤，老鼠的儿子打地洞”的血统论，使出身下层而有真才实学的子弟，有了应举入仕、参与国家管理的机会。它不失为一种比较公开、公正、公平的人才选拔制度，用今日的语言，即是“竞争胜过垄断”。

因为机会空前，因为入仕做官是封建时代实现抱负乃至光宗耀祖的独木桥，所以读书人趋之若鹜，唐太宗在端门观看发榜时新科进士鱼贯而出，也喜不自禁地要说：“天下英雄，入吾彀中矣！”

喜不自胜的当然更是中举的士子，登第后的庆贺娱乐节目就是雁塔题名、杏园宴会和打马探花。孟郊两次落第，登科时已是四十六岁的半老头子，昔日坎坷困顿的那种“龌龊”不堪回首，今日“放荡思无涯”，顿觉天高地阔而意兴飞扬。以“苦吟”著称而此时够“爽”够“酷”的他，写下了生平唯一的快诗，给我们留下了“春风得意马蹄疾”的不朽豪句。

图 明 陈洪绶 花卉人物图

赠范晔

［晋］陆凯

折花逢驿使，寄与陇头人。
江南无所有，聊赠一枝春。

陆凯的《赠范晔》，是中国古典诗史上最早写梅花的诗，也是最早以梅花来表达友情的诗。一千多年过去了，只要展卷诵读，纸上仿佛仍散发着友情的温暖，传送着梅花的清香。

陆凯，南朝宋代的官员与诗人，与史学家、《后汉书》的作者范晔交好。范晔远在西北，陆凯供职江南，天长路远，相见难期，陆凯便以梅花相赠，并写下了这首情深义重而构思精绝的五言小诗。江南春早，梅花先开，物丰文萃的江南本应有很多可以赠送给友人的礼物，但诗人却偏偏说没有什么合适的物品相赠，只好赠送一枝梅花。

可知梅花多生长在南方，它具有耐寒的特点，又是高洁的感情与坚贞的品格之象征，一经陆凯以抽象名词的“春”代具体名词的“花”的妙用，这首语言清新而意境优美的诗便传之久远了。“一枝春”因富有诗意，不仅成了梅花的专用标牌和抒写友情的常用代称，甚至成了词牌之名，在缤纷如繁花之开的众多词牌中，也有了一席之地。

图 清 高岑 山水册页

春夜喜雨

［唐］杜甫

好雨知时节，当春乃发生。
随风潜入夜，润物细无声。
野径云俱黑，江船火独明。
晓看红湿处，花重锦官城。

此诗当作于上元二年（761 年）春天。全篇写“雨”，而且是“夜雨”，而且是“春夜”之雨，不是春雨霏霏、连月不开的淫雨，而是润物细无声的“好雨”，不着一“喜”字而洋洋的喜气贯穿始终，弥漫纸上。

“好雨知时节，当春乃发生”，诗人首先将春雨拟人化，它好像也知时知节，在万物萌生的早春便来到人间。这虽为平白的口语，却是千古传诵与引用的绝唱。“随风潜入夜，润物细无声”更是如此，这是正面写好雨，“夜”字点醒题目，“潜”字说明是春风化雨而非苦雨暴雨，润泽万物而悄无声息，表现出好雨的功用，与上文之“好雨”照应。“野径云俱黑，江船火独明”是侧面写好雨，而且是以独明之“火”衬俱黑之“云”，宛如一帧色彩对比鲜明的水彩画。成都又名“锦官城”，“晓看红湿处，花重锦官城”，结联为悬想之辞，以“花”回映“春”，以“晓”钩醒“夜”，以“红湿”与“花重”衬托好雨之连夜，可谓写尽题目中四字之神。

图 宋 佚名 松涧山禽图

滁州西涧

［唐］韦应物

独怜幽草涧边生，上有黄鹂深树鸣。
春潮带雨晚来急，野渡无人舟自横。

一提到中唐诗人韦应物，我们总会想到他写于滁州的名篇《寄李儋元锡》中的名句：“身多疾病思田里，邑有流亡愧俸钱！”这句应该令今天许多为官做宦者汗颜的诗，表现的乃是作者仁厚的胸怀和高洁的品格。正因为韦应物是属于所谓“吏隐”一流人物，所以他才有可能成为中唐山水田园诗的重要代表，前与陶渊明相近，世称“陶韦”，后在唐代与王维、孟浩然和柳宗元并称“王孟韦柳”。

七绝《滁州西涧》作于唐德宗建中四年（783 年）或建中五年（784 年）、诗人任滁州刺史之时。滁州即今日安徽滁州市，西涧在滁州西郊，俗名上马河。此诗首句写涧边之草，主要是俯察的静景，次句状高树之鸟，主要是仰听的动态，转折的第三句咏春晚雨潮，是强烈的动态，结句画野渡横舟，是远望中悠然不尽的静景。全诗动静交织，构成了清澹而超然的意境。

我所住的小区有一处人造池塘，设计者居然置一只来历不明的小舟于其中，我每次路过，总不免要想起韦诗人那动人的诗句。

图·宋 惠崇 溪山春晓图

江南春绝句

［唐］杜牧

千里莺啼绿映红，水村山郭酒旗风。
南朝四百八十寺，多少楼台烟雨中。

白马秋风塞上，杏花春雨江南。杜牧的绝句，有情韵悠远的纯粹诗性，有思想精灵的璀璨闪光，有非同流俗的艺术品位，是晚唐诗乃至全唐诗中的绝句上品，其《江南春绝句》，就是青钱万选之作。

诗人健笔如椽，首先以大景抒豪情，以宏阔杳远的千里空间，寄南国神游之胜概，语言流美，格调俊爽。此诗之后两句纯从写景的角度欣赏，已是好诗，如能品赏其深层意蕴，当觉杜牧绝非单纯吟风弄月之辈。“南朝”，指南北朝时均建都金陵之宋、齐、梁、陈四朝，四朝之帝王贵族均佞佛求福，以梁武帝萧衍更甚，四朝总共一百六十九年，建佛寺竟达五百余座。“多少楼台烟雨中”，即时过境迁，尚存多少楼台之诘问也。古今盛衰之感，诗人可能寓有的讽刺之情，正在也尽在以少见多的“多少”一词之中。

杨慎，明代的大学者兼诗人，但他在《升庵诗话》中却指责此诗：“千里莺啼，谁人听得？千里绿映红，谁人见得？”他开出的处方是：“若作十里，则莺啼绿映红之景，村郭、楼台、僧寺、酒旗皆在其中矣。”本书的读者，你的看法呢？

图：元 佚名 草虫图

雨晴

［唐］王驾

雨前初见花间蕊，雨后全无叶里花。
蛱蝶飞来过墙去，却疑春色在邻家。

在所有的文学形式中，诗既是一种长于抒情的样式，同时又是一种最富于想象力与启示力的艺术。“云想衣裳花想容”，李白如此说过；“诗人假想，哲学家推理”，18 世纪法国美学家狄德罗在《论戏剧艺术》中也如是说。诗的审美想象中，审美联想是一个重要的分支，许多好诗就是想象之树的枝椏上结出的美果。

晚唐诗人王驾仅存诗六首，与盛唐诗人王之涣存诗之数相同。“鹅湖山下稻粱肥，豚栅鸡栖半掩扉。桑柘影斜春社散，家家扶得醉人归。”这首《社日》颇为有名，被选入今日的多种中小学语文课本。此诗《全唐诗》题为《雨晴》，一作《晴景》。诗人先分别从雨来之“前”与来之“后”写他所见到的情状。从花之初开到花之零落，不仅点明题目，而且表达了一种惜春之情，但如此写来仍不免平淡无奇，妙就妙在这只是铺垫之笔，后面的由此及彼的联想十分美妙，它刺激读者的想象，诗味也因此油然而生，如嚼橄榄，味之不尽。

图 宋 吴炳嘉 禾草虫图

月夜

［唐］刘方平

更深月色半人家，北斗阑干南斗斜。
今夜偏知春气暖，虫声新透绿窗纱。

这首绝句可以说是想得也妙，写得也妙。想得妙，主要是在于它的构思新颖脱俗，《月夜》不愿重复前人，而是从“虫声新透”这一他人未曾着眼的意象落笔，显示了诗人独立创造的智慧，给读者带来耳目一新的美的享受，至于写得妙则主要在于他诗中有画、画中有诗。

刘方平本来是诗人而兼画家，画家讲究线条、色彩、明暗与构图，于是他就将诗与画合二为一了。“更深月色半人家”是一幅月色朦胧的夜景，庭院人家一半藏在暗影之中，一半露在月光之下，明暗对比强烈。“北斗阑干南斗斜”，转为远景与高景，由地上人家而天上星斗。第三句，从浩浩的星空而转向首句小小的“人家”，画面也由高远的大景而低平的小景，焦点则是“绿窗纱”这一室内局部的细景。如果说，诗的前两句是诉之于视觉，有视觉之美；那么后两句就是诉之于听觉，有听觉之妙。

是谁“偏知”春气暖呢？当然首先是对自然界的气温变化有敏锐感受的鸣虫。同时，也包括深宵不寐、感觉敏锐的诗人自己，严冬之后，有谁不期待大地春回呢？

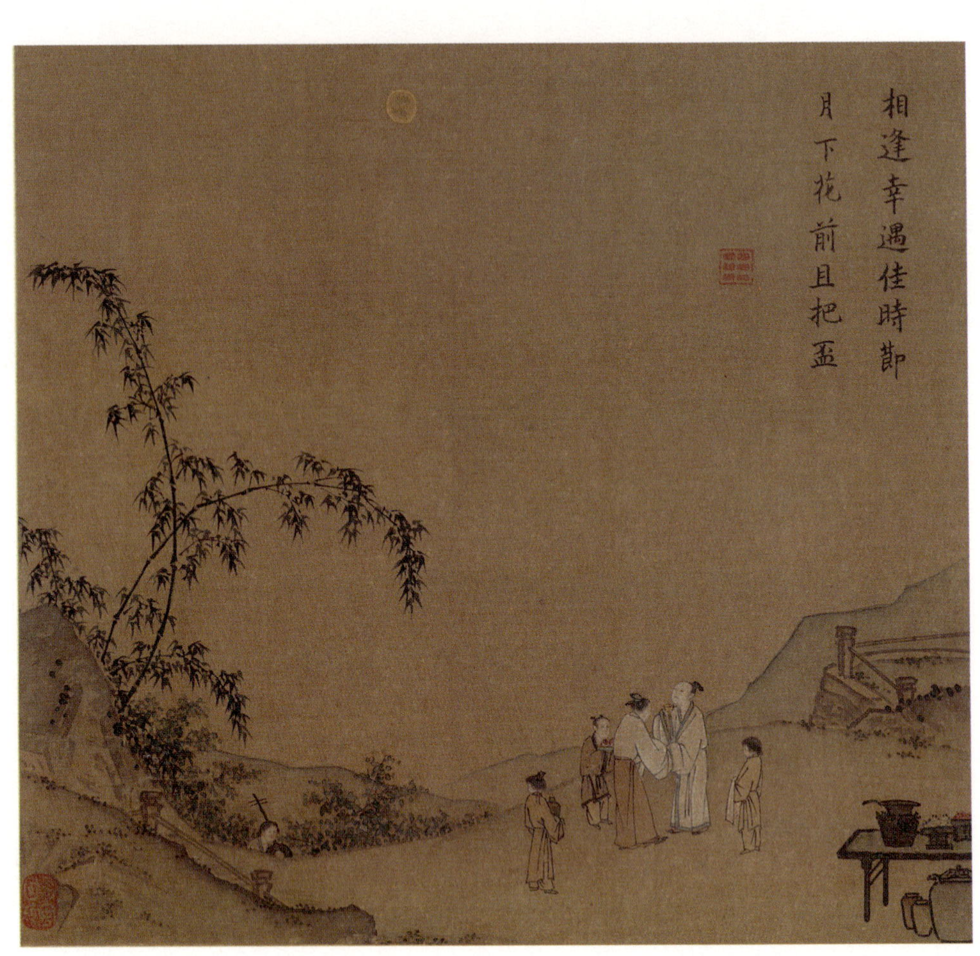
相逢幸遇佳時節
月下花前且把盃

图 宋 马远 月下把杯图（原图）

月下独酌（其一）

［唐］李白

花间一壶酒，独酌无相亲。
举杯邀明月，对影成三人。
月既不解饮，影徒随我身。
暂伴月将影，行乐须及春。
我歌月徘徊，我舞影零乱。
醒时同交欢，醉后各分散。
永结无情游，相期邈云汉。

《月下独酌》是组诗，总共四首。宋蜀本此诗题下注曰“长安”，乃写作地点。诗的写作时间，研究者一般认为是天宝四载（745 年），即李白被唐玄宗“赐金还山”之前。

天宝元年(742 年)秋，由于他人的推荐和自己的名气，四十二岁的李白接到唐玄宗李隆基的诏书来到长安，进入宫廷，充任翰林供奉。怀抱济国安邦的青云之志的布衣李白，一厢情愿地以为可以实现自己的宏图伟抱了。然而，唐玄宗始终只是把他作为一名文学侍从之臣，也就是御用文人，吟风弄月，点缀升平，并没有授予实际的官职和给予政治上的重用，这与李白的抱负与希望相差太远。可能是玄宗的驸马、翰林学士张垍及高力士、杨贵妃等人的谗言诋毁，李白在长安宫中的处境就更加艰难，内心也愈加郁闷，于是只好对月兴叹，借酒浇愁。月是解忧的清凉方，酒是诗的催发剂，于是我们就读到了《月下独酌》这传诵千古的诗章。

月下独酌，幻出三人，全诗飞扬的是奇幻的联想与想象，充分表现了李白诗的浪漫主义的特色。诗人由地下而天上，由人间而宇宙，想象自己羽化飞仙，和明月永以为好，相约相会在永恒的九天之上。诗中“影”字四见，“月”字四出，且安排在诗句中各不相同的位置，铿锵和鸣而又错落有致，这不是颇具大珠小珠落玉盘的音乐之美吗？

图 宋 佚名 戏猫图（原图）

书事

［唐］王维

轻阴阁小雨，深院昼慵开。
坐看苍苔色，欲上人衣来。

王维的五言绝句，最擅长抒写不染纤尘、心肺如洗的静态之美，也最长于表达如盐入水不着痕迹的庄禅之意。生活在万丈红尘中的现代人，最好是在风晨月夕时一人独品王维，品赏他那不惟养目而且养心的小品短章。

诗题《书事》，就是写眼前的事物和自己的感受。“阁”，诗人居所的楼阁，意为于小楼上见天色轻阴，细雨如丝。“阁”如作动词解，也可通“搁”，为搁置、暂歇之意，即小雨初歇。“慵”，懒。意即白昼也无客至，院门也懒得打开。“坐看”，正独坐而看。深院无人，在幽静的环境里诗人独坐冥思，凝视院中地上的苍苔，恍兮惚兮之中那苍绿的颜色，似乎都要漫上自己的衣裳。“坐看苍苔色，欲上人衣来”，这是王维的招牌式的禅句，可与他的“荆溪白石出，天寒红叶稀。山路元无雨，空翠湿人衣”（《山中》）比美，都是不着一字而尽得风流。

经典作品的必具特征之一就是“传后性”，也就是它的生命力不止于当时，而是长传于后世，对后人的阅读与创作仍然具有不可磨灭的影响，即所谓“千古不磨”是也。王维此诗就是如此，千余年后的清人纪晓岚，其《富春至严陵山水甚佳二首》之一说：“浓似春云淡似烟，参差绿到大江边。斜阳流水推篷坐，翠色随人欲上船。”其结句素来为人所称道，殊不知纪大才子的资本正是从王维那里借支而来，将本生利，另开新字号的新店。

图 宋 马远 倚云仙杏图

苏溪亭

［唐］戴叔伦

苏溪亭上草漫漫，谁倚东风十二阑。
燕子不归春事晚，一汀烟雨杏花寒。

戴叔伦，中唐的名诗人，约五十岁时任正七品的东阳县令，颇著政绩。苏溪在今浙江义乌市苏溪镇，与东阳县是近邻。《苏溪亭》一诗，应是戴叔伦就近往游的作品。

戴诗人的诗，虽然也有表现民间疾苦的篇章，但闲适情调与隐逸生活却是其主旋律。《苏溪亭》一诗就是如此，它主要表现的，乃暮春的风物景象以及怀人怨别之情。诗的开篇就直接点题，交代了地点为苏溪亭，时间则是碧草无边的晚春。六朝的《西洲曲》曾经唱道："鸿飞满西洲，望郎上青楼。楼高望不见，尽日阑干头。阑干十二曲，垂手明如玉。"佳人念远，游子伤春，诗人设问说："远方谁在斜倚阑干呢？"避开直叙，以问句出之，更觉其情无限。三、四两句由远至近，镜头拉回到眼前的现实，燕子不回、满汀烟雨、杏花凄寒，象征的正是游子不归、红颜将老。全诗虽均为写景，而情却在景中，作者并不明言其情，让读者去寻索，此乃诗之妙境。中唐诗人兼诗论家司空图，在《与极浦书》中，引用戴叔伦论诗的名言是，"诗家之景，如蓝田日暖，良玉生烟，可望而不可置于眉睫之前也"。《苏溪亭》一诗，就是其诗论的实践与示范。

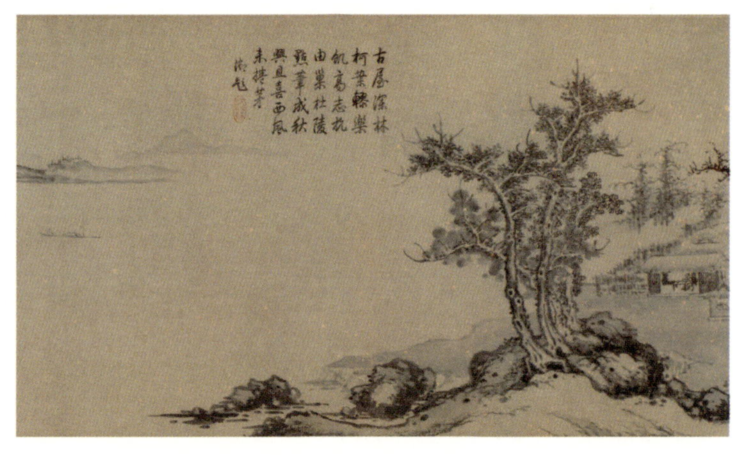

图 元 张观 疏林茅屋图

自诮

［唐］张乔

每到花时恨道穷，一生光景半成空。
只应抱璞非良玉，岂得年年不至公？

“自诮”即“自嘲”，也就是自己嘲笑自己。不过，世人一般都是自诩或他嘲，抬高自己，贬低他人，有多少人能自诮或自嘲呢？看来，“自诮”系正言反说，其中有深意存焉。

《韩非子》曾记载楚人卞和抱璞献玉的故事，司马迁《史记》也说“和氏璧，天下所共传宝也”。张乔说自己常常有缘无分，忽忽半世成空，原因是自己没有才学本领，不过，世道怎么能年年岁岁不公不平呢？正言反说，张乔的“自诮”实为“他诮”，全诗须反其道而行之去逆向理解，方能领略其真实意蕴。

“自诮”是幽默，是智慧，是内心强大者的自信。“运交华盖欲何求？未敢翻身已碰头”，鲁迅早有《自嘲》之诗。上世纪五六十年代，诗人聂绀弩因冤案于北大荒劳改，有《转磨自嘲》一诗：“百事输人此老头，只余转磨等风流。春雷隐隐全中国，云雪霏霏一小楼。万里雷池终不越，一朝天下几周游。神行太保哈哈笑，需我一鞭助汝否？”在个人遭逢的戏谑性抒写中，可见时代的悲剧与历史的浩劫，令人读来笑中有泪。

代悲白头翁

［唐］刘希夷

洛阳城东桃李花，飞来飞去落谁家？
洛阳女儿惜颜色，坐见落花长叹息。
今年花落颜色改，明年花开复谁在？
已见松柏摧为薪，更闻桑田变成海。
古人无复洛城东，今人还对落花风。
年年岁岁花相似，岁岁年年人不同。
寄言全盛红颜子，应怜半死白头翁。
此翁白头真可怜，伊昔红颜美少年。
公子王孙芳树下，清歌妙舞落花前。
光禄池台文锦绣，将军楼阁画神仙。
一朝卧病无相识，三春行乐在谁边？
宛转蛾眉能几时？须臾鹤发乱如丝。
但看古来歌舞地，唯有黄昏鸟雀悲。

刘希夷，汝州（今河南临汝）人。少有文华，唐高宗李治上元二年（675年），二十五岁时登进士第。他善为闺情诗，也擅从军诗，但最有名的却是《代悲白头翁》，尤其是其中“年年岁岁花相似，岁岁年年人不同”一联。元人辛文房《唐才子传》记载说：“舅宋之问苦爱后一联，知其未传于人，恳求之，许而竟不与。之问怒其诳己，使奴以土囊压杀于别舍，时未及三十，人悉怜之。”此事不知确否，但希夷年未而立即为人所害却是事实，悲夫！

《代悲白头翁》一诗，以“洛阳女儿”与“白头翁”这两个人物为中心，让红颜少女与白发老者构成强烈对照，同时又以花开花落作为贯穿全篇的抒情线索，表现了敏感的青年诗人对宇宙无穷、人生有限这一悲剧性的人生与哲学命题的思索。他的思索是形而上的，但他在抒写许多人写过的这一母题时角度却是独特的，语言是高度诗化的，所以它如一朵柔婉哀丽的奇葩开放在初唐的诗坛，影响及于《红楼梦》中的《葬花辞》，至今仍流光溢彩。

图 宋 马远 春雨富士图

踏莎行·郴州旅舍

［宋］秦观

雾失楼台，月迷津渡，桃源望断无寻处。可堪孤馆闭春寒，杜鹃声里斜阳暮。　　驿寄梅花，鱼传尺素，砌成此恨无重数。郴江幸自绕郴山，为谁流下潇湘去？

在北宋推行新法与反对新法的政治斗争中，秦观站在属于旧党的苏轼一边，因而在新党掌权之时，他在政治上屡遭贬谪。上述这首词，就是他在绍圣四年（1097年）春三月于远徙之地湖南郴州所写的作品。

“雾失楼台”三句，写诗人于黄昏月出时的愁思：理想中的桃花源本来就渺茫难寻，何况雾阵如云，笼罩了眼前的楼台？何况月色朦胧，迷失了远处的渡口？“可堪”两句写词人黄昏时分的内心感受：远谪他乡，理想的乐土渺焉难寻，本来已是愁情难遣，何况在春寒料峭之时独居旅舍？又何况在夕阳西下、断肠人在天涯的时分？更何况这里那里传来一声声杜鹃的“不如归去”的啼声？下阙前三句由近及远：朋友们从远方寄来书信，本来是想慰藉游子的心，可是谪居远方，有家归未得，有志也难申，只能更增加我的愁恨。最后两句，诗人遐想的翅膀由远方飞回到眼前的现实境界中来，以不自由的自己和自由的郴江对比，对郴江发出痴情的诘问。

三月

图■宋 徐道宁 渔舟唱晚图

春江花月夜

［唐］张若虚

春江潮水连海平，海上明月共潮生。
滟滟随波千万里，何处春江无月明！
江流宛转绕芳甸，月照花林皆似霰；
空里流霜不觉飞，汀上白沙看不见。
江天一色无纤尘，皎皎空中孤月轮。
江畔何人初见月？江月何年初照人？
人生代代无穷已，江月年年望相似。
不知江月待何人，但见长江送流水。
白云一片去悠悠，青枫浦上不胜愁。
谁家今夜扁舟子？何处相思明月楼？
可怜楼上月徘徊，应照离人妆镜台。
玉户帘中卷不去，捣衣砧上拂还来。
此时相望不相闻，愿逐月华流照君。
鸿雁长飞光不度，鱼龙潜跃水成文。
昨夜闲潭梦落花，可怜春半不还家。
江水流春去欲尽，江潭落月复西斜。
斜月沉沉藏海雾，碣石潇湘无限路。
不知乘月几人归，落月摇情满江树。

《春江花月夜》是乐府《清商曲辞·吴声歌曲》旧题。幸亏宋人郭茂倩编辑《乐府诗集》时，收有清商曲辞吴声歌曲《春江花月夜》五篇，张若虚之作因为也是乐府，故被收录其中，否则，我们今日失掉的将是一块精神上无价的连城之璧。

“孤篇横绝，竟为大家”的张若虚，其《春江花月夜》一诗正如其诗题，以“月”意象为全诗构思的中心，以“春”“江”“花”“月”“夜”为抒情的背景，全诗以句数四、四、六、四为结构，分为四个层次，韵随情转，又多用重言叠字，感悟人生，歌唱爱情，咏叹哲理，回眸历史，叩问宇宙，有如一阕宛转低回的小夜曲。它和陈子昂的《登幽州台歌》同为初唐诗坛的双璧，它的中心意象是碧海青天的明月，后者的中心意象是抒情主人公作者自己，它出之以清新幽美的意境，后者则发而为慨当以慷的悲歌，除了“歌唱爱情”之外，它们在内涵上有许多相同或相似之处，在万花争艳的唐诗盛景到来之前，分别预示了唐诗对诗美与风骨之双重追求的主流走向。

陈子昂的诗当时即名满天下，张若虚之诗一直到明代才逐渐为人所识。明末清初的王夫之曾给予较高评价。张若虚如果知道晚清诗人兼学者王闿运对之极力推赏，在《论唐诗诸家源流》中赞美为“孤篇横绝，竟为大家”；闻一多在《宫体诗的自赎》一文中，更盛赞“这是诗中之诗，顶峰上的顶峰”，他也该会诗逢知己而干千杯少吧？

图 宋 马远（传）山水图

渔歌子·西塞山前白鹭飞

［唐］张志和

西塞山前白鹭飞，桃花流水鳜鱼肥。
青箬笠，绿蓑衣，斜风细雨不须归。

唐朝浙江金华人张志和，原来做过小官小吏，大约相当于现在的科处级干部，后来厌倦官场而退隐，自称“烟波钓徒”。

“渔歌子”为词牌名，又名“渔父”，原为唐教坊名曲，句句押韵，极富音乐美感。此作的前两句有远景有近景有局部的特写，有静态的描画也有动态的演示，更有山青鹭白、桃红水碧的多种鲜艳色彩的渲染，真是一幅江南春日水乡的绝美的风景画。后两句写主人公登场，青色竹叶编的笠帽，绿色的用棕叶编织的蓑衣，是一位如假包换的渔翁，虽然斜风细雨，他却乐而忘归。我说词中渔翁如假包换也不尽然，因为这应该是隐居江湖之远，追求闲适自由的作者本身的寄托与写照。如果身份是正宗的底层劳动者的渔翁，那就未免过于美化和诗化了。南唐后主李煜也有两首《渔父词》，继承的正是张志和的遗韵，读者不妨参看对读。

图 清 王翚 柳岸江洲图

鹦鹉洲

[唐] 李白

鹦鹉来过吴江水，江上洲传鹦鹉名。
鹦鹉西飞陇山去，芳洲之树何青青。
烟开兰叶香风暖，岸夹桃花锦浪生。
迁客此时徒极目，长洲孤月向谁明。

北宋李畋《该闻录》云："崔颢题武昌黄鹤楼诗云（从略）。李太白负大名，尚曰：'眼前有景道不得，崔颢题诗在上头。'欲拟之较胜，乃作《金陵登凤凰台》诗。"李白读崔诗时，年方二十八岁，他不甘重复与平庸，迟至天宝六载（747年）从长安被玄宗赐金还山再游金陵之时，乃赋《登金陵凤凰台》以争胜，时当四十七岁。十多年之后，他重游湖北江夏，复作《鹦鹉洲》一诗与崔诗较劲，大诗人此时已是人生的暮年矣。

此诗欲与崔诗再一比高下，结果可以说各有千秋，不可互代。不过，诗贵创造，就原创性而言，李白之作毕竟要稍逊一等，不管他如何心高气傲，力图后来居上，但仍不免有仿作之痕。

清代王夫之在《唐诗评选》中说得好："此则与黄鹤楼诗宗旨略同，乃颢诗如虎之威，此如凤之威，其德自别。"他以"虎""凤"为喻，大约是指境界与情调之不同而各有所长吧。

桃花溪

［唐］张旭

隐隐飞桥隔野烟，石矶西畔问渔船。
桃花尽日随流水，洞在清溪何处边？

一般的读者，也许最早是从《唐诗三百首》中领略过张旭的风采。这位草书大家的七绝颇为含蓄清新，如他写湖南桃源县西南陶渊明《桃花源记》中凭想象虚写过的那条溪水。

这位极具艺术气质而才情发越的草书圣手，与李白、贺知章、李适之、李琎、崔宗之、苏晋、焦遂结为“饮中八仙”。杜甫当年所作的《饮中八仙歌》就曾一一为他们画像，而分到张旭名下的是形神毕现的三句：“张旭三杯草圣传，脱帽露顶王公前，挥毫落纸如云烟。”诗人高适也有诗相赠：“兴来书自圣，醉后语尤颠。”（《醉后赠张旭》）因为他狂放不羁，时人遂称之为“张颠”，可谓亦雅亦谑。

唐文宗曾经下诏，以李白诗歌、裴旻剑舞、张旭草书为“三绝”。张旭又工诗，与贺知章、张若虚、包融并称“吴中四士”。而他略分一点才气写诗，便成佳句。今存诗十首，除上述《桃花溪》外，至少还有《山中留客》可圈可点：“山光物态弄春晖，莫为轻阴便拟归。纵使晴明无雨色，入云深处亦沾衣。”

图■宋 刘松年 卢仝烹茶图

走笔谢孟谏议寄新茶

［唐］卢仝

日高丈五睡正浓，军将打门惊周公。
口云谏议送书信，白绢斜封三道印。
开缄宛见谏议面，手阅月团三百片。
闻道新年入山里，蛰虫惊动春风起。
天子须尝阳羡茶，百草不敢先开花。
仁风暗结珠琲瓃，先春抽出黄金芽。
摘鲜焙芳旋封裹，至精至好且不奢。
至尊之馀合王公，何事便到山人家。
柴门反关无俗客，纱帽笼头自煎吃。
碧云引风吹不断，白花浮光凝碗面。
一碗喉吻润，两碗破孤闷。
三碗搜枯肠，唯有文字五千卷。
四碗发轻汗，平生不平事，尽向毛孔散。
五碗肌骨清，六碗通仙灵。
七碗吃不得也，唯觉两腋习习清风生。
蓬莱山，在何处？
玉川子，乘此清风欲归去。
山上群仙司下土，地位清高隔风雨。
安得知百万亿苍生命，堕在巅崖受辛苦！
便为谏议问苍生，到头还得苏息否？

从来名士能评水，自古高僧爱斗茶。品茶是生活的艺术。中国之饮茶，其源据说可以远溯至四五千年前的神农氏时代。前代诗人咏茶虽有之，但中唐以后咏茶诗词才芬芳馥郁，香远益清，卢仝此作弥漫的正是一汪茶香与诗香。

有一位姓孟而名字不详的谏议大夫，派军将给卢仝送来制成薄饼、形似满月的新茶，卢仝梦中惊醒疾书此诗答谢。前四句为第一层，略述收到新茶的情景。次七句为第二层，写茶的珍贵及其采摘焙制过程。“阳羡”，在今江苏宜兴县，其茶为唐代上品。“柴门”以下至“清风生”为第三层，“碧云引风”为茶的绿色和煎茶时的滚沸之声，“白花”为煎茶泡茶时浮起之泡沫。最精彩的是对“七碗茶”的描写，句式一反前后的整齐平稳，多用散文句法，而长短参差，而起伏跌宕，而音韵铿锵。“破孤闷”，枯肠中“唯有文字五千卷”，向来被认为是咏茶名句。“蓬莱山”以下是第四层，“玉川子”是诗人之号。他由“清风生”而想到“乘此清风欲归去”，结构转换自然。更难得的是他由茶而念及茶农的艰辛，而蓬莱山上的神仙与庙堂之上的贵胄，是不了解底层下情的。诗人希望孟谏议能代民进言，为民请愿。如此作结，乃堂堂之阵，正正之旗，提高了全诗的思想品位，不致流于一般古今习见的酬酢赠答。

图 宋 马世荣 碧桃倚石图

题都城南庄

[唐] 崔护

去年今日此门中，人面桃花相映红。
人面不知何处去，桃花依旧笑春风。

德国大诗人歌德在《少年维特之烦恼》中曾说："少年男子谁个不善钟情？妙龄少女谁个不善怀春？"《题都城南庄》，就是少年崔护的钟情与怀春之作。

据说他年轻时进京应试不第，于清明日独游都城即长安之南郊，因口渴而未带喝的，便求饮于村居人家的一位少女，彼此均脉脉有情，但均不能像现代人一样直奔主题，只得怏怏而别。次年崔护赴京再试，清明日复旧地重游，风景依然而门墙锁闭，崔遂题此诗于左扉。少女归，读诗而相思成病，绝食数日而死。崔闻讯奔至，伏尸痛哭，也许是现代医学所云之"假死"吧，女竟复苏，二人遂结为夫妇，有情人终成眷属。元人白朴、尚仲贤据此作《崔护求浆》杂剧，明人传奇有《崔护记》《桃花记》，京剧有《人面桃花》。不仅如此，当代诗人艾青有《西湖》一诗，结尾为"在清澈的水底／桃花如人面／是彩色缤纷的记忆"，其人面桃花的意象，明显是从崔诗人那里借鉴而来，崔护有知，也该欣然而笑了。

图 唐 周昉 簪花仕女图

子夜四时歌（春歌之三）

南朝乐府

春林花多媚，春鸟意多哀。
春风复多情，吹我罗裳开。

音乐中有所谓“变奏”，《子夜四时歌》就是《子夜歌》的变奏。在歌咏春、夏、秋、冬总共七十五首的《子夜四时歌》之中，《春歌》二十首，此诗是第三首。

全诗“春花”喻己，“春鸟”喻男，“春风”喻男而拟人化。前三句又均以“春”字领起，是句法中所谓之“勾连句”。他的主旨和诗经中的《摽有梅》等篇相似。也令人在春风沉醉中飞越千年时间和万里国界，想起德国大诗人歌德的小说《少年维特之烦恼》的卷头诗：“少年男子谁个不善钟情，妙龄少女谁个不善怀春？”

民歌，是文人诗人一泓永远的清泉。北魏文人王德《春词》的“春花绮绣色，春鸟弦歌声。春风复荡漾，春女亦多情”，李白《春思》的“燕草如碧丝，秦桑低绿枝。当君怀归时，是妾断肠时。春风不相识，何事入罗帷”，均从这首民歌中汲取了灵感。

图 明 仇英 贵妃晓妆图

清平调

［唐］李白

云想衣裳花想容，春风拂槛露华浓。
若非群玉山头见，会向瑶台月下逢。

唐玄宗天宝元年（742 年），李白奉诏入京，不过唐玄宗赐给他的只是一个“翰林待诏”的名义而已。“待诏”或“供奉”，既非官职，也无实权，只是有一技之长的听候帝王召唤帮闲助兴之臣。说穿了，“御用文人”而已。据说唐玄宗在长安城内的兴庆池畔牡丹亭前，携杨贵妃赏牡丹而召李白赋诗，李白扶醉而作《清平调》三章。

《清平调》三章系三首七言乐府诗。第一首人花合写，现实与神话交织。以云彩比衣裳之丽，以鲜花喻容貌之美，以西王母所住之群玉山与瑶台比况贵妃并非尘世美女，实乃天上仙人。诗中的“云想衣裳花想容”一语，成为千古名句传唱至今。我们不能不佩服诗仙倚马可待的捷才，欣赏此诗的构思精妙，词华富丽，以及杨玉环的名花倾国。但是，这毕竟是李白的应诏供奉的歌功颂德之作，是侍从取悦帝王的唱诗班之篇。它究竟是李白后来被放逐之后的难堪回忆，还是他往事回想中的光荣呢？

图 明 仇英 桃源仙境图

田园乐（其六）

［唐］王维

桃红复含宿雨，柳绿更带朝烟。
花落家童未扫，莺啼山客犹眠。

《田园乐》一题《辋川六言》，写的是王维在陕西蓝田县辋川别业的风景人物，以及他半隐于此的闲情逸致。

这是一组中国诗史上有名的六言诗。对于这一组诗，前人之述备矣，有人认为它们写出了景之胜、俗之朴、地之幽、供之淡与身之闲，小孩连官吏都不知为何物，极尽田园之乐；有人认为它们首首如画，如果王维不是一代开宗立派的大画家，焉能致此？有人认为六言诗全都是双音词组，比七绝更少使用虚字虚词，但此组诗的语言节奏仍有诸多变化。

我读此诗，则深感如此田园之乐今日之现代人已不可复得。且不说农村人口大量流入城市为农民工，田园将芜而人不归，为生存而奔竞在城市中的芸芸众生，又有多少人有经济条件与逸致闲情享受如斯田园之乐？至于极少数在乡间有别墅乃至豪宅者，他们离王维的“诗意的栖居”，就生活品质与精神状态而言，相距恐怕也不止以道里计了。

图 宋 佚名 西湖春晓图

钱塘湖春行

［唐］白居易

孤山寺北贾亭西，水面初平云脚低。
几处早莺争暖树，谁家新燕啄春泥？
乱花渐欲迷人眼，浅草才能没马蹄。
最爱湖东行不足，绿杨阴里白沙堤。

“钱塘湖”即西湖，五代后始有西湖之称。“孤山”，在西湖的后湖与外湖之间，以孤峰耸翠而得名。“贾亭”，唐贞元年间杭州刺史贾全所建之亭。

此诗围绕“春行”着笔，描绘的是一幅动态的西湖初春景物图。首联交代春行的出发点及纵目所见的湖阔云低的景色，构图为点面结合。颔联从听觉意象的角度，描绘湖上湖边的早春气象，是“几处”而非“处处”，是“谁家”而非“家家”，“争”与“啄”的动词准确而传神。颈联从视觉意象着眼，写春行途中所见的早春风物，花为缤纷的“乱花”，草为初生的“浅草”，“渐欲”与“才能”紧扣早春。尾联点明题目中之“春行”及其终点，并表游赏不足之意，留给读者以回味不尽的余地。白居易写西湖的七律名作，尚有《杭州春望》《春题湖上》《西湖留别》等篇，有如一席精神的盛宴，请君入席。

图 清 王翚 桃花春水图

兰溪棹歌

［唐］戴叔伦

凉月如眉挂柳湾，越中山色镜中看。
兰溪三日桃花雨，半夜鲤鱼来上滩。

“兰溪”，水名，在今浙江兰溪市西南。“棹歌”，棹为摇船之具，棹歌即船夫摇船时所唱之歌。此诗写兰溪春天雨后之夜景，宛如一帧神韵悠然的山水小品。前两句是大景静景，是背景的布置与环境的渲染；后两句是小景动景，鲤鱼上滩的特写，使全诗在一派明净清幽之外，更平添一派静中有动的勃勃生机。

报载，全国五百三十二条主要河流，已有四百六十条以上遭到不同程度的污染。号称“黄河之水天上来”的黄河也几度断流，香港诗人秦岭雪的《黄河》就忧心忡忡：“一抹白光／照亮十里荒滩／大河瘦如渠沟／搁浅于朽烂木船／嘴上泛苦的游客／艰难地／咽下了／李太白半截诗篇。”除戴叔伦外，唐代还有多位诗人歌咏兰溪，宋代诗人则更多。杨万里在《过横山塔下》一诗中就说“六年三度过兰溪”，他对兰溪的多次歌咏可以作一个专题演唱会。对兰溪我虽心向往之却无缘一访。不知兰溪今日还能幸免于污染之难而无恙否？

图 元 赵孟頫 欧波亭图

种柳戏题

［唐］柳宗元

柳州柳刺史，种柳柳江边。
谈笑为故事，推移成昔年。
垂阴当覆地，耸干会参天。
好作思人树，惭无惠化传。

《种柳戏题》一诗作于柳宗元任柳州刺史时。他的诗作之风格是清雄刚健，但这首诗却别具一格，以嬉戏之笔，表达他在坎坷仕途与困苦人生中难得的诙谐之情。

诗的前两句便从“柳”落笔，十个字中，便有四个柳字，差不多三分天下有其一，既切合题目中之“戏”，引发下文，也颇具趣味。以下三联均是由此生发，想象今日所种之柳，他日将蔚然深秀，成木成林，而今日之种柳活动也将成为历史的故事、地方的传说。如此着笔，当然也表现了作者的自信，柳宗元确是以他的为人行事及诗文作品名垂青史与诗史，而当时那些贪官污吏、奸佞小人则早已灰飞烟灭。

“思人树”之典出自《史记·燕召公世家》，燕召公有惠政于民，他死后百姓仍呵护他手种之甘棠树，柳宗元由种柳而及此，惭愧自己缺少有惠于民的德政。这种自惭自责之情，今日的官员多少人能具有呢？

图 明 文征明 溪桥策杖图

定风波·莫听穿林打叶声

[宋]苏轼

三月七日，沙湖道中遇雨。雨具先去，同行皆狼狈，余独不觉，已而遂晴，故作此词。

莫听穿林打叶声，何妨吟啸且徐行。竹杖芒鞋轻胜马，谁怕？一蓑烟雨任平生。　料峭春风吹酒醒，微冷，山头斜照却相迎。回首向来萧瑟处，归去，也无风雨也无晴。

真得感谢宋神宗元丰五年（1082年）的那场潇潇春雨，苏东坡被贬为湖北黄州团练副使已经三年，他在那年春日去黄冈东南三十里又名螺蛳店的沙湖，途中遇雨得疾，但他却作了千古传唱的《定风波》一词，为他黄冈贬谪时期诗文词赋的全面丰产作出了重要贡献。此词上阕写雨中，下阕写雨后，是自然景象同时也是具有象征意义的“风雨”贯穿全词。诗人笑对政治风云，蔑如荣辱得失，从眼前实景中感悟旷达解脱的人生哲理，从实景的描绘里表达超凡脱俗的生命理念。全词从实感层次向超验层次飞升，手挥五弦，目送飞鸿，为我们留下的是一颗光芒耀眼复照心的永恒的珍珠。

图 清 金农 画舫空留波照影

江畔独步寻花七绝句（选二）

［唐］杜甫

黄师塔前江水东，春光懒困倚微风。
桃花一簇开无主，可爱深红爱浅红？

黄四娘家花满蹊，千朵万朵压枝低。
留连戏蝶时时舞，自在娇莺恰恰啼。

杜甫寓居成都草堂，生活粗安，优美的田园诗便络绎来到他的笔下，包括他创作不多也不十分擅长的绝句，这组诗便是其中之一。“江畔”，锦江之畔。“独步”，独自一人而未有伴。“黄师塔”，黄姓僧人的墓塔。“懒困”，春暖困人。“恰恰”，频频之意。春和景明之日，诗人在草堂附近独自散步漫游，“桃花一簇开无主，可爱深红爱浅红”，他移情于物，物我交融，喜悦之情与美好之景一齐跃然纸上，不仅有视觉之美，而且有听觉之美。杜甫本来擅用叠词，此处则声色并作，“留连戏蝶时时舞，自在娇莺恰恰啼”。读者看到的是千朵万朵压低枝头的春花大联展，听到的是自然界一流歌手举行的演唱会。“不是爱花即欲死，只恐花尽老相催。繁枝容易纷纷落，嫩蕊商量细细开。”每读完组诗的这最后一首，我总是不免痴想：如果有幸当时能与草堂结邻而居，我就不会让杜老夫子踽踽独步，而要随侍在侧与之同游了。

图：明 戴进 春酣图

题卓文君当垆图

［清］吴嘉纪

听罢清琴傍绿樽，如花丽色照当门。
临邛日暮酒徒散，笑视夫君犊鼻裈。

卓文君，是蜀中临邛（今四川邛崃）富豪卓王孙之女，年轻貌美。司马相如，因所依靠的梁孝王去世，单身贵族的他只好暂时回乡。适逢卓王孙请他赴宴，他久闻文君才貌，故于宴会上弹《凤求凰》琴曲以挑之。文君精于音律而长于文学，他怎么会不懂司马相如的弦外之音？于是双双私奔而至成都。

司马相如其时尚未发达，穷文人一个。卓王孙虽是“大款”，却恼恨他们悖于礼法，搞什么自由恋爱，于是断绝一切来往。这一对新婚夫妇大约是几经商议，便回到临邛，于闹市开了一家夫妻小酒店。文君当垆卖酒，俨然女老板，相如则穿的短裤衩洗刷碗盘，男老板兼打工仔。以上这段故事，见之于《史记·司马相如传》。“笑视夫君犊鼻裈”，可见他们生意兴隆而且夫妇相得甚欢。因为文君是名女，相如是名士，其酒店的“名人效应”是可想而知的了。不过司马相如的下海从商毕竟情非得已，只是客串而已，不久，卓王孙碍于国人向来最看重的“面子”，只好予以资助，让他们关门歇业而重返成都。这，已是吴嘉纪诗所写的故事的后话了。

三月十六日

图 元 盛懋 坐看云起图

赠僧

［唐］罗邺

繁华举世皆如梦，今古何人肯暂闲？
唯有东林学禅客，白头闲坐对青山。

现代人身处物欲高涨而又竞争激烈的当世，充满生活的困惑与生存的焦虑，有如绷紧的弓弦，所以西方一位哲人竟然要说：“如何打发空闲，是测验智慧的最佳办法。”

晚唐诗人罗邺衣褐怀玉，屡试不第，四处奔走，一生落魄。所以明代诗评家胡震亨在《唐音癸签》中说“罗邺名场无成，无一题不以寄怨”。《赠僧》也是如此。“繁华举世皆如梦”，即使或身居万人之上的高位，或名列富豪排行榜，享尽世间富贵荣华，那也不过是春梦一场。虽然人生似幻、繁华如梦，但又“今古何人肯暂闲”呢？罗邺自己都无法解脱这种纠结，他只好转而欣羡方外东林寺的僧人，他们有幸皈依佛门与自然，“白头”与“青山”相对而物我两忘。

这首诗，是赠僧人，也是赠自己。诗中两次写到“闲”，一种是忙于尘劳俗务的不肯暂闲，一种是超然物外的宁静悠闲，这是两种不同的人生意趣与生命境界。鱼与熊掌二者恐怕不可兼得吧？

图 宋 李唐 灸艾图

医人

［唐］苏拯

古人医在心，心正药自真。
今人医在手，手滥药不神。
我愿天地炉，多衔扁鹊身。
遍行君臣药，先从冻馁均。
自然六合内，少闻贫病人。

“医人”，即医生，也就是掌握医药知识以治病为业的人。唐人苏鹗《杜阳杂编》云：“后宫有疾，召医人侍汤药。”《国语·晋语八》中有一句名言：“上医医国，其次疾人。”其意为上等医师医治国家，次等医师医治病人。苏拯此诗前四句说医生应该有悬壶济世的正心，这已足以为今日之缺乏医德者戒了，五六两句乃转折之枢纽，结尾四句从“医人”升华为“医国”，他提出的医国之道就是治国者应“均冻馁”，贫富不能过于悬殊，“少贫病”，使百姓的生活与医疗得到保障。

如此医国之方，今天仍可为当政者鉴。只是苏拯时当唐代的尾声，曾经盛极一时的大唐王朝已日落西山，行将谢幕，一介书生的他虽名为“苏拯”，但也无力去复苏和拯救了。

图 清 冷枚 春阁倦读图

花非花

［唐］白居易

花非花，雾非雾。夜半来，天明去。
来如春梦几多时？去似朝云无觅处。

在白居易留存至今的近三千篇诗作中，《花非花》是一首少见的异品。

因为它既非绝句，更非律诗，而是白居易的自度曲，人称“长短句诗”。因其句式长短参差，后人不仅视其为词，而且采用本诗的句式，以《花非花》为词牌之名。

说它是异品，还因为在白居易平易晓畅的众多诗作中，这是一首少见的意境空灵而带有隐秘色彩的朦胧诗，它与《诗经》中的《秦风·蒹葭》《陈风·月出》一起，可说是当代新诗中所谓“朦胧诗”的先声。它的主旨是什么呢？既非花，又非雾，暧昧难明。然而，结句却给我们提供了破案的线索：诗人用了宋玉《高唐赋序》中巫山神女“旦为朝云，暮为行雨”的典故。这无疑是一首关于男女欢会的诗，白居易年轻时曾与邻家女暗恋，作有七绝《寄湘灵》，还有一首《板桥晓别》据说也与湘灵有关。至于后来，他也并非没有风流韵事。当然，此诗的标准答案，只能请作者自己招供了。

图 明 周臣 毛诗图

游山西村

［宋］陆游

莫笑农家腊酒浑，丰年留客足鸡豚。
山重水复疑无路，柳暗花明又一村。
箫鼓追随春社近，衣冠简朴古风存。
从今若许闲乘月，拄杖无时夜叩门。

此诗写于乾道三年（1167 年）春，诗人时年四十三岁，已是为拯救国家民族危亡而不断奔走呼号的中年。“山西村”，山阴的一个村庄，在今浙江绍兴的鉴湖附近。陆游数度谪居在家，不时外出游览，附近的山村便是他的足迹常至之地。

《游山西村》一诗，抒写了绍兴乡村的传统习俗、淳朴人情和诗人坚信仍会有所作为的信念。“足鸡豚”乃“鸡豚足”之倒装，意为农家好客，又遇丰收的年成。颈联与尾联所抒写的，正是诗人的悠闲惬意之情，以及对古风犹存的吾土吾民的热爱。然而，这首诗最出色的却是颔联“山重水复疑无路，柳暗花明又一村”。它是珠走泉流的流水对，也是上下联相对相反的反对。更重要的是，它不仅体现了宋诗所特有的理趣，表现了陆游对前途、对国事的期冀与信心，更凝聚概括了一种乐观积极的“希望在人间”的具有普遍意义的人生哲理，成为千古不磨的一篇之警策。

图·明 唐寅 步溪图

浣溪沙·游蕲水清泉寺

［宋］苏轼

游蕲水清泉寺，寺临兰溪，溪水西流。

山下兰芽短浸溪，松间沙路净无泥，潇潇暮雨子规啼。
谁道人生无再少？门前流水尚能西！休将白发唱黄鸡。

元丰五年（1082年）三月，苏轼在贬居黄州期间游蕲水清泉寺时，见寺前兰溪西流，坎坷困顿的他胸中豪情陡生，闪过灵感与哲思的电光石火。为那电光石火定格存照的，就是《浣溪沙·游蕲水清泉寺》。

人生有限，宇宙无穷。花有重开日，人无再少年。自然的铁面无情的法则不可抗拒，所以诗歌史上多的是叹老嗟卑、感时伤逝之曲。人生的悲剧意识本无可厚非，但诸如此类大同小异的音调，已经疲劳了我们的耳朵，因此，苏轼引吭一曲，就使我们耳目为之一新。人有生理年龄也有心理年龄，有生理的青春也有心理的青春，年轻的王勃不也说过"命途多舛，宁知白首之心"吗？何况是旷达而生命力、创造力蓬勃的苏轼？兰溪呵兰溪，不知今天是不是依然还在，是不是依旧西流？溪名美丽，水泽深长，是它启发了年已四十五岁的苏轼，唱出了一首哲思长存词也长留的青春之歌。

图 宋 李迪 风雨牧归图

牧童诗

［宋］黄庭坚

骑牛远远过前村，短笛横吹隔陇闻。
多少长安名利客，机关用尽不如君。

中国古典诗史上有不少的神童诗，初唐四杰之一的骆宾王七岁时作的咏鹅诗，今日幼儿园的童稚都能咿呀背诵。宋代诗人黄庭坚呢？他七岁时所作的《牧童诗》，我们读后只能惊叹世上真是有所谓天才。

黄庭坚为北宋诗人、词人、书法家，苏轼门下四学士之一，江西诗派的开山之祖。南宋初佚名所著《桐江诗话》说："世传山谷七岁作《牧童诗》。"此诗前两句虽如牧歌，但他却用对比的手法，以后两句否定了宦海官场那些机关算尽的名利之徒，表达了对自由自在的田园生活的向往，真是不可思议的童稚年龄的波澜老成之作。

唐末五代吕岩（洞宾，民间传说的"八仙"之一）《答钟弱翁》诗说："草铺横野六七里，笛弄晚风三两声。归来饭饱黄昏后，不脱蓑衣卧月明。"时代有别，作者年龄不同，内容同而有异，有心的读者不妨对读而细加品味。

图 宋 刘履中 田畯醉归图

社日

［唐］王驾

鹅湖山下稻粱肥，豚栅鸡栖半掩扉。
桑柘影斜春社散，家家扶得醉人归。

“社日”，古代春秋两季祭祀土神与五谷神的节日，名为“春社”和“秋社”。“鹅湖山”，在今江西铅山县北。诗人描摹的是山村的风景画与风俗画，但他避开了对社日的种种仪式及过程的记叙，而是以“稻粱肥”虚写丰收之景，以猪圈鸡舍“半掩扉”实写民风之淳，暗示村民尽出之社日的欢乐热闹。先景后人，最后写在桑柘影斜夕阳西下之时，不是一家而是家家扶得醉人而归。全诗首尾环合，内情与外景交融，情理形神和谐统一，既是作者的“创境”，也可启发读者的“悟境”。

“向晚春山渐寂寥，月明蛙鼓报丰饶。小康村里和谐夜，坐对荧屏笑语高。”这是当代诗人熊楚剑的《春访山村》，与王驾之诗古今对读，可见虽是古今一脉，却是换了人间。

图 清 李鳝 桃花柳燕图

赏春

[唐] 罗邺

芳草和烟暖更青，闲门要路一时生。
年年点检人间事，唯有春风不世情。

世间多得是不公不平之事，也多得是人情冷暖，世态炎凉，宋人方岳早就慨叹过“不如意事常八九，可与语人无二三”（《别子才司令》）。但是，情动于中而形于言，优秀的诗人手中还有一支健笔。何以解忧？除了杜康之外还有诗章。怀才不遇的晚唐诗人罗邺发愤以抒情，就给我们留下了《赏春》一诗。

此诗一作《芳草》，诗的前两句写景：芳草知时节，当春乃发生，无论是门庭冷落的贫穷人家，还是通衢要道的富贵宅第，它们都一概欣欣向荣地生长。“点检”，检阅，审视。诗的后两句由此而生发议论。“世情”，指炎凉世态。年年点检人间万象，只有春风才公正无私，不爱富嫌贫，不趋炎附势。在罗邺之前，杜甫早有过“江山如有待，花柳更无私”（《后游》）之语，杜牧也有“公道世间唯白发，贵人头上不曾饶”（《送隐者一绝》）；在罗邺稍后，吕从庆有“世态云多幻，人情雪易消”（《偶兴》）之辞，可见经历与体验相似的诗人心弦可以隔代而共振。

图 宋 佚名 雀山茶图

答张生

［唐］崔莺莺

待月西厢下，迎风户半开。
拂墙花影动，疑是玉人来。

莺莺，唐代的一位薄命佳人，中国文学人物形象画廊中一个被侮辱与被损害者的形象。

诗人元稹写有又名《莺莺传》的传记文学《会真记》，他托名张生，记叙自己在蒲州（今山西永济县西南之蒲州镇），与崔氏孀妇之女即其表妹莺莺的一段艳遇。他以《春词》二首挑逗，托莺莺的婢女红娘以传情，并且哀怜求告："若因媒氏而娶，纳采问名，则三数月间，索我于枯鱼之肆矣。"不知久闭深闺的少女是出于情窦初开，还是出于对元稹的同情和欣赏，或是还包括了兵乱之中对元稹设法保护了她们母女的感激，绝艺之才女莺莺回以《答张生》（又题《明月三五夜》）一诗。

上述这首诗，字里行间燃烧着青春的火焰，但创造的却是月明花影幽期密约的典型情境。

图 五代 董源 溪岸图

南征

［唐］杜甫

春岸桃花水，云帆枫树林。
偷生长避地，适远更沾襟。
老病南征日，君恩北望心。
百年歌自苦，未见有知音。

大历四年（769年），杜甫由岳阳前往长沙，途中作《南征》一诗。他发出的是前所未有的“百年歌自苦，未见有知音”的叹息，因为他以前的歌哭大都是为国家民族，为天下苍生，为至爱亲朋，却从来没有涉及过自己生前身后的名声。忠厚谦逊的杜甫，对前辈、同辈和晚辈的诗作，他充分地表示了景慕、褒扬与提携，然而，他的同时代人几乎没有只言片语提及他的作品。他死后不久，高仲武编《中兴间气集》，选了至德到大历末年二十六位诗人的作品，杜甫名落孙山。杜甫光耀了他的时代，时代却如此亏待于他。

自中唐诗人元稹称“诗人以来，未有如子美者”，和韩愈在《调张籍》一诗中说“李杜文章在，光焰万丈长。不知群儿愚，哪用故谤伤。蚍蜉撼大树，可笑不自量”之后，杜甫才逐渐为人所识，在宋代名声日隆，杨万里就赞扬他是“圣于诗者”，而明代费宏和陈献章、胡应麟、王嗣奭等人先后正式称他为“诗圣”，清初以后，“诗圣”就成了他专用的光荣的冠冕。

三月二十六日

图 宋 夏明远 楼阁图

钗头凤·红酥手

［宋］陆游

红酥手，黄藤酒。满城春色宫墙柳。东风恶，欢情薄。一怀愁绪，几年离索。错，错，错！　　春如旧，人空瘦。泪痕红浥鲛绡透。桃花落，闲池阁。山盟虽在，锦书难托。莫，莫，莫！

绍兴十四年（1144 年），十九岁的陆游与唐婉结婚。他们琴瑟和谐，如胶如漆，本是所谓百年好合。然而，不到三年，不满儿媳的陆母竟然强迫他们离异。陆游只好在外安排宅院，合法的夫妻竟然变成了偷渡的织女牛郎，但仍然为陆母所侦知，小夫妻只好也只能作生死别。数年之后，陆游与唐婉在沈园不期而遇。当时，胸中风雨大作的陆游纵笔挥毫，题此词于沈园壁上。这首词，真是字字血，声声泪，句句箫声呜咽。“红酥手，黄藤酒。满城春色宫墙柳”的新婚生活的温馨回忆，与“东风恶，欢情薄。一怀愁绪，几年离索”的巨变永离的现实，构成了强烈的对比，如同红之与黑。继之连下三个叠词“错，错，错”，究竟是谁之“错”，陆游没有也无法挑明，一切都交给了读者的想象。“春如旧，人空瘦。泪痕红浥鲛绡透”，呼应开篇，也写眼前唐婉的形象。“桃花落，闲池阁。山盟虽在，锦书难托”，今日互通音迅不难，而在八百多年前，只能有口难言，有言难书，有书也难传了。

图 元 孙君泽 高士观眺图

中年

［唐］郑谷

漠漠秦云澹澹天，新年景象入中年。
情多最恨花无语，愁破方知酒有权。
苔色满墙寻故第，雨声一夜忆春田。
衰迟自喜添诗学，更把前题改数联。

人到中年，大约事业已有基础，心态已趋成熟平和，虽然还不时前瞻远方，规划未来，但更不免常常回首往事。台湾流行一句俗谚口碑：中年是杯下午茶。晚唐的江西诗人郑谷，给我们留下了一首如品香茗的好诗，诗题就是很少人写到的《中年》。

郑谷是追求好诗好句的。他的成名作是七律《鹧鸪》，故时人称其为“郑鹧鸪”。他羡慕王湾“何如海日生残夜，一句能令万古传”（《卷末偶题》），他自诩“相门相客应相笑，得句胜于得好官”（《静吟》）。在官本位的社会，在不少文人都奔走求官的今日，郑谷此诗令我感动而钦敬。他的《中年》抚今追昔，有愁有恨，虽然境遇坎坷，但诗学却有进境，闲时修改润色自己的旧作，其乐融融，其喜也洋洋者矣。

图 宋 佚名 溪山春晓图

卜算子·送鲍浩然之浙东

［宋］王观

水是眼波横，山是眉峰聚。欲问行人去那边？眉眼盈盈处。　才始送春归，又送君归去。若到江南赶上春，千万和春住。

唐诗人许浑喜水，他的诗中多用“水”字，人称“许浑千首湿”。宋词呢，除了水柔，友情之情与爱情之情也柔。许多宋词之所以被水打湿，因为在宋代的词人之中，南方人占百分之八十以上，而宋词特别是其中的婉约词，更是典型的南方文学，从地理环境观之，南方是所谓水乡泽国，尤其是南方中的“江南”，而在水乡泽国这样的大背景前演出的友情与爱情，当然更是水灵灵而水淋淋的了。

这是一首新鲜脱俗的送别词。浙东即今浙江东南部，宋代属浙江东路，简称浙东。王观以横流的眼波比水，以蹙皱的眉峰喻山，以眉眼盈盈象征位于江南的浙东山水清嘉，并寄寓自己对友人的惜别与祝福。这首词，宛如一阕活泼倩丽的轻音乐，没有离别的感伤，而只有俏皮的描绘与祈愿。但是，如果没有对水的别开生面的奇想，这首生花之词就会花叶飘零，那妙曼的琴弦也会喑哑了。

三月二十九日

图 · 明 文伯仁 浔阳送客图

黄鹤楼送孟浩然之广陵

［唐］李白

故人西辞黄鹤楼，烟花三月下扬州。
孤帆远影碧空尽，唯见长江天际流。

今日已诸多污染、泥沙俱下、病症丛生的长江，在古代是一条没有泥沙更没有工业污染的河流。两岸是森林的家乡，猿猴的乐园。森林的覆盖率远胜于今，林木与水土结成的，是如胶似漆相依为命的美满姻缘，两岸啼不住的猿声，声声提供的是乐得其所的证词。

长江在四川宜宾与岷江汇合之后，就称为长江，但江流毕竟还不十分宽阔。初出三峡的年轻的李白，首先就被江汉平原上那一江浩荡镇住了。他仗剑去国，轻舟东下，最初赋予长江的色彩就是“碧”，“天门中断楚江开，碧水东流至此回”（《望天门山》）。李白此次初游江南而西返江夏之后，曾送年长的友人孟浩然去广陵，他留下了这首再次赞美长江的山水之碧的诗作。此处之“碧”，当然不仅是天上的碧空，也是指两岸的碧山，更是指远去天边的浩荡的碧水。过去的长江及其生态环境如何，李白早就以诗为子孙后代立此存照了。

图 清 恽寿平 湖山春暖图

忆江南（其一）

［唐］白居易

江南好，风景旧曾谙。
日出江花红胜火，春来江水绿如蓝，能不忆江南？

在白居易的三十余首词作中，有一组共三首的联章体的词《忆江南》，是他的忆旧之作。他忆的主要不是人事而是风景，而且是他心中藏之何日忘之的美好的江南风景。

白居易祖籍山西太原，出生于郑州新郑，是资深的北方人。但他少年时因避战乱而流离吴越，青年时也仍然辗转于南方，入仕后又曾经主政苏杭，因此对江南风景自是一往情深。

《忆江南》组词，以第一首之“江南好”提起和总括三章。这阕置于组词之首的词，以“旧曾谙”点明乃对昔日的回忆而非今朝的实写。“日出江花红胜火”与“春来江水绿如蓝”，大景描绘与细部特写相交织，江花的火红与江水的蓝绿色彩鲜明而又对照强烈。尾句以问句收束，其“忆”字与“旧”照应，又带出下面两章首句之“江南忆”。全词一派旖旎风光，一幅天机云锦，北方人读来当会如醉如痴，南方人读来何尝不同样如痴如醉。

三月三十一日

图 宋 马远 山径春行图

三月

［唐］韩偓

辛夷才谢小桃发，蹋青过后寒食前。
四时最好是三月，一去不回唯少年。
吴国地遥江接海，汉陵魂断草连天。
新愁旧恨真无奈，须就邻家瓮底眠。

天佑四年（907年），先后杀害唐昭宗和末代皇帝唐哀帝的地方军阀朱温篡唐，建国号曰“梁”。时为昭宗重臣的韩偓此前早已被排挤出朝，《三月》一诗，当是他晚年流寓福建之作。

时逢三月，辛夷花初谢而小桃花盛开，正是寒食节与清明节前到郊外游览踏青的好时光。自然的美景，老大的悲伤，时世的变乱，让诗人不禁发出“四时最好是三月，一去不回唯少年”的感叹，为我们留下了这一惜时励志的千古好句。“吴国”，即吴地，流经吴地的长江最终奔注东海，故曰“江接海”。“汉陵”，汉代皇帝的陵墓，多在陕西，李白《忆秦娥》有“西风残照，汉家陵阙”之句。韩偓由时间而空间，抒写他天涯沦落之悲，家国覆亡之恨，这种“新愁旧恨”又无可如何，无法排遣，只好学晋人阮籍醉卧邻家酒瓮之旁，以一醉而解千愁。吴国春涛，江流接海；汉陵残魄，草色连天。晚唐早已成为古老而遥远的历史，韩偓的诗却永远亲近而年轻。

四月

图 宋 佚名 盘车图

戏问花门酒家翁

［唐］岑参

老人七十仍沽酒，千壶百瓮花门口。
道傍榆荚仍似钱，摘来沽酒君肯否？

今日为西方之愚人节，特选此诗，博读者一笑。

在唐诗中，诙谐幽默之诗作不多，如李白《戏杜甫》和杜甫《饮中八仙歌》那样的作品颇为少见。岑参的《戏问花门酒家翁》，也可以说是唐诗中的一个另类。“花门”，即花门楼，凉州（今甘肃武威市）客舍之名。岑参三赴西部边陲，第一次于天宝八年（749 年）随安西（今新疆吐鲁番）四镇节度使高仙芝赴安西，在其幕府中任掌书记（相当于今日之秘书长）；第二次于天宝十三年（754 年）随北庭节度使封常清赴边，任安西北庭（今新疆吉木萨尔）节度判官；第三次在代宗宝应元年（762 年），出任雍王幕掌书记。

凉州，是去西域的必经之地。我揣想岑参三经斯地，也许就在花门楼投宿，至少他和花门酒家翁十分熟稔，否则不会轻易和年已七十的长者开玩笑，企图以榆树的似钱大小的果实“榆钱”来买酒。全诗语调亲和而意蕴幽默，颇具生活情趣与生命智慧，有趣而不俗，有味而高雅，读来令人莞尔，至于老人当时的情态如何，这宗假钞买卖究竟是否 OK，我们今天就只能去以想象得之了。

图 宋 佚名 桃枝栖雀图

鸟

［唐］白居易

谁道群生性命微，一般骨肉一般皮。
劝君莫打枝头鸟，子在巢中望母归。

在中国古典诗歌中，写鸟之诗多矣。“关关雎鸠，在河之洲”，只要你打开中国诗歌史的扉页走进去，从远古一路行来，千姿百态的飞鸟让你目不暇接，百啭千声的鸟声向你提供了耳朵的盛宴。然而，在众多的咏鸟之诗中，白居易的《鸟》诗虽然平白如话，却有深意存焉，是咏鸟诗中的别具一格之作。

诗人说谁云弱小动物的生命微不足道，它们和人一样都是有血有肉的生灵，劝你不要去打枝头之鸟，它的儿女嗷嗷待哺在窝巢之中。与此诗相近的，还有诗人谪居卧病浔阳城所写的《放旅雁》，“我本北人今遣谪，人鸟虽殊同是客。见此客鸟伤客人，赎汝放汝飞入云”。他见旅雁横遭捕捉而心生怜悯，遂买而放生，从这里我们可见古仁人之心。

四月三日

图 明 陈洪绶 玉堂柱石图

题木兰院二首

［唐］王播

三十年前此院游，木兰花发院新修。
如今再到经行处，树老无花僧白头。

上堂已了各西东，惭愧阇黎饭后钟。
三十年来尘扑面，如今始得碧纱笼。

王播，太原人，少年时孤而且贫，成年后寄居于唐代乾元年间改名木兰院的扬州惠昭寺，随僧“上堂”，即听到钟声便随众僧上斋堂吃粥饭，以解决“温饱问题”。“阇黎”，梵语译音，意为僧人。僧人日久生厌，便饭后敲钟。待肠子饿得铁青的王播闻声急匆匆赶来，早已“粥”终人散，他只得在壁上题诗两句“上堂已了各西东，惭愧阇黎饭后钟”，无地自容而去。

不料海水不可斗量，他于贞元十年（794 年）三十四岁时中了进士，不但官运亨通，而且在三十年后的长庆元年（821 年）还官拜宰相，次年兼领淮南节度使驻节扬州。木兰院上下诚惶诚恐，亦战亦兢，恭迎这位过去的落魄文人，今日的当朝宰相，眼下的地方最高首长。王播旧地重游，他没有秋后算账，而是在现场视察指导工作时题诗二首，一首全为新写，一首则是续补旧作，相当于完成三十年前的“烂尾楼”工程。

图 清 王翚 杏花春雨江南图

清明

［唐］杜牧

清明时节雨纷纷，路上行人欲断魂。
借问酒家何处有，牧童遥指杏花村。

会昌四年（844 年），杜牧从湖北黄州刺史任上调池州（今安徽池州市）刺史，据说次年清明节外出遇雨而作《清明》一诗。

此诗清新凄婉，千百年来脍炙人口。其诗语富于弹性，即伸缩自如，变化多方。例如，它具有时间、地点、人物、情景、对话等元素，可视为小型的独幕剧，而且稍加变动，它又可化而为词，如“清明时节雨，纷纷路上，行人欲断魂。借问酒家何处，有牧童，遥指杏花村”，如“清明时节雨，纷纷路上行人。借问酒家何处，有牧童遥指：杏花村”，汉语之魅力由此可见。

时至今日，杜牧的《清明》仍是清明节这一节日的诗标，无人能够取代而只能含英咀华，推陈出新。新加坡诗人蔡欣虽籍属现代的异国，却心系祖辈的故园和唐诗中的清明，他的《江南江南》一诗的结尾写道：“江南江南／老去是牧童／不老是画境／一伞清明撑柳风斜斜／摇曳成千古的诗句。”

图■明 仇英 汉宫春晓图

虞美人·春花秋月何时了

［南唐］李煜

春花秋月何时了？往事知多少。小楼昨夜又东风，故国不堪回首月明中。　雕栏玉砌应犹在，只是朱颜改。问君能有几多愁？恰似一江春水向东流。

宋太祖开宝八年(975 年)，宋军攻破南唐的都城金陵（今江苏南京），南唐后主出降，俘至汴京封为违命侯，由荣华富贵顶点的帝王之尊，开始以泪洗面的囚徒生活。他的词也由此分为前后两期，前期多为风花雪月，后期尽是苦恨深愁。其词竟为他惹来杀身之祸，生于七夕的李煜在七夕之夜被宋太宗赵光义以牵机药酒毒杀，时年四十二岁。《虞美人》一词，当是李煜为之绝命的绝笔之作。

此词以对自然界春花秋月的美景的询问领起，回忆的是过去的往事，伤感的是物是人非的现实，抒写的是长如江水的巨痛深愁。作为帝王，他能写出如此令不同时代不同阶层的读者均为之共鸣的作品，一是因为他的身份已完全改变，他与芸芸众生的悲哀痛苦已经具有共通性与共同性，一是因为其词作艺术上的高明，他并不具体细致地描写已经失去的帝王生活，而重在写人生悲剧，落笔空灵，具有高度的艺术概括的魅力。由个人的小宇宙而通向人生的大宇宙，由实在层次、实验层次而提升至超验层次，加之不世出的旷代天才，李煜的作品于是进入了千古不朽的艺术殿堂。

图 宋 燕肃 春山图

鸟鸣涧

［唐］王维

人闲桂花落，夜静春山空。
月出惊山鸟，时鸣春涧中。

唐代的许多诗人均有别号，如李白为“诗仙”，杜甫名“诗圣”，王维曰“诗佛”，他们三足鼎立，固然是其成就与风格所致，但也与唐代信仰自由而儒、释、道三者并存有关。读李白诗，可以高扬我们的雄心。读杜甫诗，可以养育我们的仁心。而读王维的诗呢？则可以静修我们的禅心了。

这是一首以动写静的富于禅意的作品。诗人点出了春夜之“静”谧，春山之“空”寂，但如何去表现这“静”与“空”呢？他却从动态着手，以达到以动写静而愈见其静的艺术效果。春夜人“闲”是静，“桂花落”是动，“春山空”是静，“月出”是动，“惊山鸟”与“时鸣春涧”是动中之动。

南朝梁代王籍《入若耶溪》有“蝉噪林逾静，鸟鸣山更幽”之句，可能启发过王维的诗思。而辛弃疾《西江月·夜行黄沙道中》的“明月别枝惊鹊，清风半夜鸣蝉”之辞，则应该从王维的诗中取过经。

读王维的山水诗，深感他歌咏过的清幽之境，今日已杳然难寻。好山好水之间游人如织无可厚非，但“××到此一游”的民间书法，随意乱扔的现代垃圾，不顾长善但求近利的种种倒行逆施，则令人触目惊心。

图■清 恽寿平 竹笋图

初食笋呈座中

［唐］李商隐

嫩箨香苞初出林，於陵论价重如金。
皇都陆海应无数，忍剪凌云一寸心。

李商隐出身于没落的贵族之家，父亲李嗣早逝，他自己“四海无可归之地，九族无可倚之亲”（《祭裴氏姊文》），少年时发奋读书，年十六即以古文知名，入河阳节度使令狐楚幕。唐文宗大和七年（833年），年方弱冠的李商隐应进士试不第，次年其从表叔崔戎任兖海（今山东兖州西）观察使，李商隐于其幕府掌管章奏，本诗当作于此时。

“嫩箨香苞”，幼嫩的竹叶所包裹的稚笋。“於陵”，汉代县名，唐时为长山县（今山东邹平县东南），地近兖州，以产“盘肠竹”闻名。“皇都”，京城长安。“陆海”，陆地与海中的物产。李商隐满腹经纶而又志存高远，但却一试落第，他表面咏笋实际却是写自己，由物及人，既抒写了未谙世事而鹰扬凌云之志，隐喻了对江湖险恶的剪伐之忧，也表达了希望权柄在握者爱惜人才之意。寄托深而措辞婉，这种艺术风格在其早期作品中已露端倪。

不幸的是，他的隐忧不幸而言中了；有幸的是，享年仅四十六岁的他留下了许多光耀人间的华章。

图 清 关槐 上塞锦林图

送元二使安西

［唐］王维

渭城朝雨浥轻尘，客舍青青柳色新。
劝君更尽一杯酒，西出阳关无故人。

这是王维的送别诗作之一，也是中国诗歌史上最有名的送别诗篇。绝句在唐代是可以歌唱的，此诗当时就被谱成乐曲成为送别场合的保留节目，故又称《渭城曲》《阳关曲》。唐代的原曲已失传，现在传唱的是清人所谱之曲。又因全曲分三段，原诗反之复之唱三遍，而且增添字句配以和声，所以另称《阳关三叠》。

“渭城”，秦之成阳，汉改称渭城，唐时为西行的送别之地。“阳关”，西汉所置，因在玉门关之南故名，为通西域之要塞。全诗截取的是送别的典型瞬间，描绘的是临近顶点的片刻：地方是传统的送别之地渭城，具体地点是欲行不行各尽觞的驿站旅店，时间是昔我往矣杨柳依依的春天，情态是送者劝行者再干一杯，理由则是西出阳关再没有熟识的老友。不写他们过去的交往，不写分别时的种种叮咛，也不写出发和别后的情状，只写临别的一瞬，劝酒的刹那，以一当十，以少胜多，留给读者联想与想象的广阔天地。如果你能唱出诗，或者有缘听歌唱家演唱此诗，那就真正是幸莫大焉了！

四月九日

图 元 盛昌年 柳燕图

浣溪沙·一曲新词酒一杯

［宋］晏殊

一曲新词酒一杯，去年天气旧亭台。夕阳西下几时回？
无可奈何花落去，似曾相识燕归来。小园香径独徘徊。

词的上片，写自己与众人登亭台而持酒听曲。此诗作于唐朝灭亡之后，其家国兴亡不胜今昔之感打动了晏殊的感时伤逝之心，他不但承继了诗中“燕”的意象，化“燕归去”而作“燕归来”，而且直接将“去年天气旧亭台”一语移植于自己的词中，连借条也未开具一张。然而，亭台依旧，人事已非，何况“夕阳西下几时回”，良辰美景转瞬之间成为往事，时光一去不返，徒然留下无限的惆怅。追昔忆往的惆怅之情，正是天下众生所普遍具有的感情体验，晏殊之词抒写了这一普遍性的情感，所以才能扣人心弦。

词的下片，紧承上片所抒发的时光流逝、盛筵难再的感慨，写自己独步小园所体悟的人生哲理。“无可奈何花落去，似曾相识燕归来。”这是晏殊招牌式名句，也是情致缠绵的工对。此联不仅对仗绝佳，更因为其中蕴含了对宇宙、人生的一种哲理性的思考与探索，它启悟今日的我们：岁月更替而人生无常，这是不以人的意志为转移的自然规律，但我们还是要以乐观的态度对待时间和生命，百倍珍惜稍纵即逝的时光，创造和享受生命的“正能量”。

图 五代 黄筌 写生珍禽图

蜂

[唐] 罗隐

不论平地与山尖，无限风光尽被占。
采得百花成蜜后，为谁辛苦为谁甜。

语言的“多义性”或“多解性”，是西方现代文学的批评术语，即使如存在主义者萨特，他在《萨特七十岁自写像》一文中，也表示欣赏“用一句话同时表达两三种意思”。罗隐的咏物诗《蜂》，也有义生文外的多义性之美。

对于此诗，历来主要有三种解释。一种是“实乃叹世人之劳心于利禄者”（刘永济：《唐人绝句精华》），一种是“此讥横行乡里，聚敛无厌，而终不能自保者。唐末社会动乱兴灭无常（如大小军阀之兼并），故诗人有所感讽也”（刘拜山、富寿荪评解：《千首唐人绝句》），一种则认为指劳动者含辛茹苦，其劳动果实，被不劳而获者所剥削。近世以来，“蜂”似乎又成了“奉献”这一美德的象征，与照亮他人燃烧自己的“蜡烛”比美，于是此诗的诗意又另有别解。是耶？非耶？我以为从多义性的义有多解的角度去体味，上述理解都有存在的理由。因为好诗常常具有多义性，即义有多解而非单解，余味曲包而非一览而尽，不同的读者可以有不同的感悟与艺术的再创造。

图 五代 顾德谦 莲池水禽图

如梦令·常记溪亭日暮

［宋］李清照

常记溪亭日暮，沉醉不知归路。兴尽晚回舟，误入藕花深处。争渡，争渡，惊起一滩鸥鹭。

这首小令是李清照写少女时代一次历久不忘的溪亭之游。全词以“常记”领起，四叙游历往事，可见记忆之深与记忆之殷，而非过眼即忘的流云逝水。“常记”一词高踞题巅，然后展开对畅游情境的描绘：地点是“溪亭”，时间是“日暮”，抒情主人公的情态是“沉醉”而且“不知归路”。

从此词一题《酒兴》和词中情境看来，“沉醉”固然指心理状态，也应指生理状态。李清照和游伴们面对如此良辰美景，焉有不飞觞劝酒把盏言欢之理？都是少不更事的年轻人，沉醉就不是微醺而是酩酊大醉了。待到天色已晚兴致将尽而急于回舟时，竟然将船划进了荷花深处。人声与桨声以及水声三声并作，“争渡”之余，“惊起一滩”行将栖息的“鸥鹭”就是必然的结果了。全词至此戛然而止，没有画蛇添足地去说明归路究竟如何，他们“一路平安”与否，给读者留下的是思之不尽的余地，是言尽而意不绝的袅袅余音。

图 宋 刘松年 宫女图

咏绣幛

[唐]胡令能

日暮堂前花蕊娇，争拈小笔上床描。
绣成安向小园里，引得黄莺下柳条。

有唐一朝，帝王将相，士农工商，野寺闲僧，青楼妓女，宫妃民妇，武夫走卒，人不分贵贱长幼，地不分南北东西，非“全民皆兵”而是“全民皆诗”。因此，像手工业工人胡令能也能去缪斯高华的殿堂里朝香，而且有好诗流传到今天，那就绝非偶然的了。

胡令能是中唐人，隐居圃田（河南中牟县）。家贫，少为负局镘钉之业，即修补锅碗盆缸的手工业者。今存诗四首，均颇可读。如《王昭君》：“胡风似剑锼人骨，汉月如钩钓胃肠。魂梦不知身在路，夜来犹自到昭阳。”

苏东坡曾说“诗以奇趣为宗，反常合道为趣”（见北宋僧人惠洪《冷斋夜话》），胡令能当然来不及听取苏公的高论，但他懂得诗应该有出奇的意趣与韵味，应该有无理而妙的巧思妙想。“绣幛”，刺绣屏风，“床”，绣架，“安”，放置。他要表现绣女们所绣的花蕊巧夺天工，竟然说“引得黄莺下柳条”，有此一句，即见诗才；有此一句，通篇生色；有此一句，读者面对绣幛也如闻花气袭人矣！

图 宋 李公麟 潇湘卧游图

题龙阳县青草湖

［元末明初］唐温如

西风吹老洞庭波，一夜湘君白发多。
醉后不知天在水，满船清梦压星河！

在楚国古老的传说和屈原的作品中，“湘君”是湘水之男神，湘水是流入洞庭的，在诗人的奇想中，洞庭湖自然也可以是湘君的象征。湖水本无所谓“老”与“不老”，诗人却可以由满湖白浪而想到人的白发，由白发想到洞庭，由洞庭想到湘君，西风牵动的银涛雪浪就宛如湘君的满头白发了。

此时在表现风日洞庭的动态美之后，诗人再写星夜洞庭静态的美。耿耿星河在上，阔而且长，一叶轻舟在下，而且清梦飘渺无形，说星河高居临下地笼罩小船则合情合理，而说满船清梦“压”住了天上星河，这未免有些不合常理常情，然而，浪静风平之夜，满天星斗确实可以倒映湖中，诗人如此之写，正是“无理而妙”。

正如英国名诗人雪莱在《思辨》中所说的：“诗使它触及的一切变形。”唐温如的《题龙阳县青草湖》挥毫落笔就洗净俗套，不同流俗，带给我们的审美新鲜感，有如草之始茂、花之始开的早春。

图 明 文征明 品茶图

一至七言诗

［唐］元稹

茶，
香叶，嫩芽。
慕诗客，爱僧家。
碾雕白玉，罗织红纱。
铫煎黄蕊色，碗转曲尘花。
夜后邀陪明月，晨前命对朝霞。
洗尽古今人不倦，将至醉后岂堪夸。

中国古典诗歌的正宗诗体，除了古体诗和近体诗之外，还有旁逸斜出、颇具趣味性的多种诗体，称为“杂体诗”。“一至七言诗”就是其中的一种，又名“一七体诗”，又因摹其形而俗名为“宝塔诗”。此体起始之词，既为诗题，亦为诗韵，行文两两对仗，极富趣味性与音乐美感。

白居易晚年以太子宾客的身份分司东都洛阳，据说好友元稹等人送行而元稹作此一诗。中国人素有品茶的传统，尤其友朋聚会之时，茶与酒是不可或缺的两位主角。此诗首句点题，继之赞美茶之色香形美，然后叙写烹茶与品茶的过程，以及茶之妙用。唐诗人张南史有一首同体之诗：“泉。色净，苔鲜。石上激，云中悬。津流竹树，脉乱山川。扣玉千声应，含风百道连。太液并归池上，云阳旧出宫边。北陵井深凿不到，我欲添泪作潺湲。”我想，如以张南史之泉水泡元稹之香茶，当会水茶并美而更令读者口舌生津吧？

图 明 沈周 青园图

溪居即事

［唐］崔道融

篱外谁家不系船，春风吹入钓鱼湾。
小童疑是有村客，急向柴门去却关。

“诗意的栖居”或者说“诗意生存”，这是现代西方存在主义哲学家海德格尔诗化哲学中的术语，令人心神向往。但是，海德格尔何曾想到，唐代许多诗人早就写过那种富于诗意的栖居了。唐诗中表现乡野之居的诗意，有好几首都和天真烂漫的儿童有关，大约是因为儿童的赤子之心是富于原始的诗意的吧？

与《溪居即事》意趣更为接近的，是中唐诗人胡令能的《喜韩少府见访》：“急闻梅福来相访，笑著荷衣出草堂。儿童不惯见车马，走入芦花深处藏。”此诗写乡里儿童没有见过世面的羞怯之状，颇为传神。

崔道融笔下的儿童恰恰与之相反，诗人写篱笆之外的溪河中有一条未曾系缆的船，一阵春风将它吹进了钓鱼湾，儿童以为来了客人，便急急忙忙去卸掉门扣打开柴门，那好动与好奇的情态历历如见。上述之诗，均是写乡野栖居远离尘俗的清幽诗趣，均是从儿童的情态着笔，虽然异曲同工，却又各尽其妙。

图 宋 赵大亨 薇亭小憩图

听邻家吹笙

[唐]郎士元

凤吹声如隔彩霞，不知墙外是谁家。
重门深锁无寻处，疑有碧桃千树花。

“笙”是一种簧管乐器，《诗·小雅·鹿鸣》说：“呦呦鹿鸣，食野之苹。我有嘉宾，鼓瑟吹笙。”它早就吹奏在两千多年前的《诗经》中了。多簧管组成的笙，如凤翼参差，声音清亮，好像凤鸣之声，故又名“凤吹”。

中唐诗人郎士元的《听邻家吹笙》没有正面写吹奏者，也未正面描状乐音，而只着意于写听笙的感受，全诗出之以联想与想象，而且是听觉转换为视觉的“通感”，构思也一句一转，婉曲生姿。“笙”乐气象富丽，格调高华，令人心向往之，本诉之听觉，诗人却转化为视觉意象之“彩霞”，笙乐欢快明媚，堂皇富丽，而灼灼其华的“碧桃”乃王母桃花，诗人隔墙倾听，复疑乐声如天上的桃花盛开。全诗新颖而幻美，是听觉的也是视觉的美的盛宴。郎士元之后，薛能有《赠韦氏歌人》一诗：“弦管声凝发唱高，几人心地暗伤刀。思量更有何堪比？王母新开一树桃。”他的想象与比喻的资本，正是从前人那里借支而来。

图 元 钱选 扶醉图（原图）

和袭美春夕酒醒

［唐］陆龟蒙

几年无事傍江湖，醉倒黄公旧酒垆。
觉后不知明月上，满身花影倩人扶。

晚唐诗人陆龟蒙与好友皮日休经常诗酒酬唱。皮日休有《春夕酒醒》一诗："四弦才罢醉蛮奴，酃醁余香在翠炉。夜半醒来红蜡短，一枝寒泪作珊瑚。"陆龟蒙次韵答以《和袭美春夕酒醒》，在这场同题竞技中，陆龟蒙又占了上风。

"傍江湖"，江湖漂泊，此处指隐居。南北朝宋刘义庆《世说新语》说："王濬冲（王戎）乘轺车经黄公酒垆下过，顾谓后车客曰：'吾昔与稽叔夜（稽康）、阮嗣宗（阮籍）共酣饮此垆。'"可知"黄公酒垆"原指竹林七贤饮酒之处，此诗指自己的饮酒场所。"倩"，请，央求。最妙的是后面两句，点明"酒醒"的时间与情态，时间是明月初上而不知，烘托了迷离惝恍的氛围，情态是满身花影，诗人犹有残醉而要请人相扶。辛弃疾《西江月 · 遣兴》下阕说："昨夜松边醉倒，问松我醉何如？只疑松动要来扶。以手推松曰去。"我说此词与陆龟蒙诗关系暧昧，想必辛大词人也会欣然同意。

图■唐 李思训 江帆楼阁图

淮上与友人别

[唐]郑谷

扬子江头杨柳春，杨花愁杀渡江人。
数声风笛离亭晚，君向潇湘我向秦。

1999年9月，台湾名诗人余光中首度访湘，历时半月，我全程陪同，最后于张家界机场送他赴港返台。在安检门前依依惜别之际，他笑言说："元洛兄，君向潇湘我向秦，再见了。"他即兴借用引述的，正是千年前郑谷《淮上与友人别》中的诗句。

"淮上"，即扬州。"扬子江"，古人称长江在今镇江与扬州间的一段。"离亭"，古时驿站、驿亭。"潇湘"，代指湖南。"秦"，代指陕西一带。此诗为郑谷于扬州送别友人时所作，首二句点明时间地点，描绘分别的环境与氛围，标举分手双方"愁煞"的别绪离情，而"扬""杨"连用更觉声情宛转，情意低回。第三句以"数声风笛"的听觉意象与"离亭晚"的视觉意象，补足别离之意，最后"君""我"对举，照应前面的"渡江人"，更增分手即是天涯之感。

四月十九日

图 宋 佚名 垂杨飞絮图

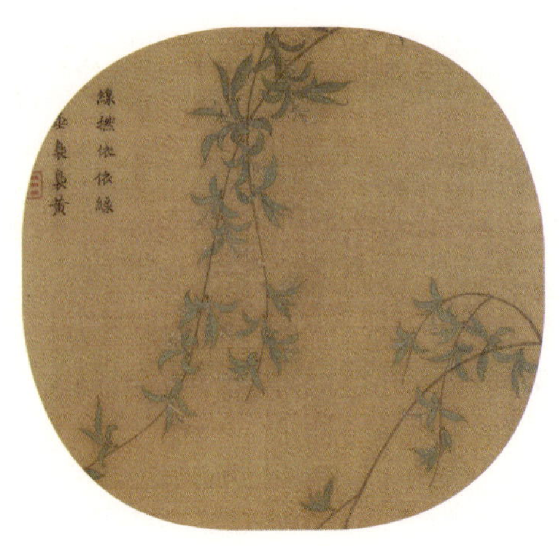

唐多令·咏絮

［清］曹雪芹

粉堕百花洲，香残燕子楼。一团团、逐对成毬。飘泊亦如人命薄，空缱绻，说风流。草木也知愁，韶华竟白头！叹今生、谁舍谁收？嫁与东风春不管，凭尔去，忍淹留。

在《红楼梦》这部诗化小说中，曹雪芹为读者留下了许多诗的奇珍异宝。

署名林黛玉的这首诗，就是其中之一。曹雪芹为林黛玉代言，既是林黛玉咏柳絮，也是林的身世与爱情悲剧以及悲剧性格的自咏，才人手笔，在诗的天空点亮的是永恒的星斗。

《红楼梦》第七十回中的“柳絮词”有五首之多，各归于史湘云、贾探春、贾宝玉、林黛玉、薛宝琴、薛宝钗名下，薛宝钗的《临江仙·柳絮》是：“白玉堂前春解舞，东风卷得均匀。蜂团蝶阵乱纷纷。几曾随逝水，岂必委芳尘？万缕千丝终不改，任他随聚随分。韶华休笑本无根，好风凭借力，送我上青云！”同为咏柳絮，旨趣不同，境界迥异，均是不同人物的人生价值追求与生命精神价值的写照。

图 南宋 梁楷 蚕织图

蝶恋花·春涨一篙添水面

[宋]范成大

春涨一篙添水面。芳草鹅儿，绿满微风岸。画舫夷犹湾百转，横塘塔近依前远。　　江国多寒农事晚。村北村南，谷雨才耕遍。秀麦连冈桑叶贱，看看尝面收新茧。

宋代的田园诗不少，范成大就是田园诗的名家，其《四时田园杂兴》六十首，是诗如画，如同今日画家的专题大型画展。苏轼、辛弃疾所作的田园词不多，范成大也是田园诗多而田园词少，仅几首而已，他的这首《蝶恋花》，就是他的也是宋代为数不多的田园词中之珍品。

这首词是范成大从庙堂之高退居江湖之远之后的作品，写的是他家乡苏州一带的明媚春景与农事风光，表达了他对自然美景的喜爱和对农村稼穑的关心。词的上片，描绘的是一幅江南水乡春景图。图中有春水的绿、鹅儿的黄、岸草的青，还有画舫的五彩缤纷，还有横塘（苏州西南之大塘）附近在弯弯水道上看去忽远忽近的青灰色的宝塔。词的下片，歌咏的是江南春日农事。农谚曰：清明浸种，谷雨下秧。词中写麦子快熟，春蚕已眠，农桑看着均丰收在望。“看看”二字读平声，这就不仅是绚丽的图画，而且是轻快的欢歌了。

图 明 沈周 辛夷花图

辛夷坞

［唐］王维

木末芙蓉花，山中发红萼。
涧户寂无人，纷纷开且落。

王维在天宝初年购得唐初诗人宋之问的蓝田别墅，位于陕西蓝田县南蛲山口之辋川山谷。王维半隐于此，他自编诗集名《辋川集》，收录与好友裴迪唱和的五言绝句二十首。

辛夷有草本、木本二种，木本为高大乔木，其花状如莲花。在寂寥的山中，“红萼”当然是亮丽火热的色彩，诗人正是以此反衬山林的清冷岑寂，何况山涧中的住户也寂寂无人，那就只好听从“芙蓉花”随意地花开花落了。全诗描绘的静谧至极而仍不乏生趣的境界，真令扰攘奔逐于百丈红尘中的现代人心向往之。

逐字细参与纸上神游，都是上乘的读诗方法。然而，今天人之踪迹与现代工业无所不在，噪声盈耳，空气混浊，水流污染，环境破坏严重，诵读如此诗中上品的清华脱俗之作，只能诗国神游，到哪里还可寻觅到王维所描绘的清幽诗境呢？

图 清 恽寿平 松竹图

诫人斫松竹偈

［唐］景岑

千年竹，万年松，枝枝叶叶尽相同。
为报四方参学者，动手无非触祖翁！

唐代鼎盛时期，全国的人口只有四千五六百万，到处山清水秀，众生还没有也无需现代的环保意识。但是，从诗人对于美好的大自然的讴歌，从那些优美的山水诗与田园诗中，我们也还是可见先人对于自然环境的珍惜爱护。

景岑，约中晚唐时人，在长沙说法，故时人谓之“长沙和尚”。景岑的诗偈，有时也运用当时的俗曲“三三七”体，此偈即是如此。他在“竹”与“松”之前冠之以“千年”“万年”表时间的定语，意在说明自然界之存在已是千年万载，地久天长，而它们枝叶相同，则是指出系天然生成，乃万物攸同之和谐的整体。

早在千年之前，景岑就劝诫呼吁众生保护一枝一叶、一草一木，今日世人不能做润物的细雨，也不要做摧物的凶手吧。伐木丁丁，乱毁山林，江河污染，生态失衡，不是好音而是警讯，今日面对疮痍满目几乎不可复识的江山，我们怎能不赧然而愧，悚然而惊？

图 宋 刘松年 山馆读书图

白鹿洞（其一）

［唐］王贞白

读书不觉已春深，一寸光阴一寸金。
不是道人来引笑，周情孔思正追寻。

“一寸光阴一寸金”，乃流行多年的俗谚口碑。然而，有多少人知道它竟然是一句唐诗，又有多少人知道它的作者呢？

白鹿洞，在今江西星子县西北庐山五老峰南麓，相传唐李渤与其兄李涉曾读隐于此，李渤养白鹿自娱，人称“白鹿先生”，故得此名。宋初置为书院，与睢阳、石鼓、岳麓并称四大书院。“周情孔思”，指《诗经》《论语》等经典，全诗抒写读书人如醉如痴，不觉春光流逝的读书情状，颇能引起读书人的共鸣。“一寸光阴一寸金”本是金不换的名言警句，不知何人何时续以“寸金难买寸光阴”，那就更是锦上添花。

古今中外的典籍，是珍贵的精神食粮。有天下的好书而不读，或者藏书仅是为了装潢摆设，书也会感到寂寞的。台湾诗人痖弦大约是有感于此吧，他的《短歌集》中有《寂寞》一诗，颇有反讽之趣：“一队队的书籍们／从书斋里跳出来／抖一抖身上的灰尘／自己吟哦给自己听起来了。”

四月二十四日

图 清 王翚 牡丹图

赏牡丹

［唐］刘禹锡

庭前芍药妖无格，池上芙蕖净少情。
唯有牡丹真国色，花开时节动京城。

牡丹乃中国的名花，花朵硕大而色彩缤纷，春末便盛装登场。时至唐代，由于君王的喜爱和提倡，赏牡丹便成为东京洛阳的盛事。这种万民争睹的赏花之风，一直吹到唐末，晚唐徐夤在《牡丹花二首》中还念念有辞：“万万花中第一流。”

刘禹锡此诗对牡丹的花容月貌并没有作多少正面描写，他以侧写正，扬此抑彼，首二句从侧面对另外两大名花芍药与荷花的褒贬，便是为牡丹的出场预作对比与铺垫。芍药虽然美艳而格调不高，荷花虽然清华但却过于寡情。“国色”，本来是赞国中的极品美女，诗人以“唯有”的排它之词与“真”的强调之语，以及从“动京城”的影响力，力挺牡丹自是花中第一流的国色天香，而“唯有牡丹真国色”也遂成牡丹的标记，诗中的警句。

图 宋 佚名 碧桃图（原图）

江南逢李龟年

［唐］杜甫

岐王宅里寻常见，崔九堂前几度闻。
正是江南好风景，落花时节又逢君。

杜甫曾多次在岐王宅、崔九堂听李龟年鼓乐和歌唱，当时正是开元盛世，国运如日之方中，他自己也青春年少，如雏鹰之刚刚展翅。不意似乎只是在转瞬之间，便国事已非，而他也徒伤老大，生命的破旧马车也踉跄到了最后一个驿站。李龟年于安史之乱中奔窜潭州（今湖南长沙），待杜甫来时，他已流落南方多年。他们应是在一次宴会或聚会上邂逅的吧？双方百感交集的心境与表情，我们今日仍不难想见。

这首绝句，前两句忆昔，后两句伤今，两者互为映照与反衬。风景不殊，而举目有山河与身世之异，“正是江南好风景”，是所谓“以乐景写哀”，本来是南方美好的春天，然而与李龟年数十年后的重逢相聚，却已是落花时候。“落花”既是时令的写照，也是国事与生命的象征。今昔之感，盛衰之悲，国事的沉沦，年华之迟暮，时代的变迁，个人的感喟，那种无可奈何花落去的历史感与沧桑感，被寥寥二十八字一网打尽而又余韵悠然，故成千古绝唱。

图 宋 燕文贵 层楼春晓图

寄人

[唐] 张泌

别梦依依到谢家，小廊回合曲阑斜。
多情只有春庭月，犹为离人照落花。

唐代孟棨《本事诗》说张泌曾和邻女相善，该女因父母之命另嫁他人，后来就不复相见，张泌结想成梦而作此诗，该女读到后也不禁暗弹珠泪，惆怅不已。此作以景寄情，去直陈而求曲达，所抒写的全是想象或者说怀想中的景象，有相当的“审美距离”，颇具朦胧之美。从诗的本身来看，此诗寄给何人？寄达了没有？迷离惝恍，一如笼罩在诗中迷离的月光，令读者不胜低回遐想。

明代周敬、周珽《唐诗选脉汇通评林》说：“张泌《寄人》二首，俱情痴之语。”《寄人》另一首如下：“酷怜风月为多情，还到春时别恨生。倚柱寻思倍惆怅，一场春梦不分明。”读者可以二诗合参，也由此可见中国梦文学之丰富多彩，而有怀人忆旧的爱情经历的读者，读如此抒写梦境的情诗，也许更可之邮通古今而心心相印吧！

四月二十七日

图 元 胡廷晖 春山泛舟图

长干曲（四首选二）

［唐］崔颢

君家何处住，妾住在横塘。
停船暂借问，或恐是同乡。

家临九江水，来去九江侧。
同是长十人，生小不相识。

戏剧不能离开舞台，它的故事演绎、人物塑造以及社会生活内容的呈现，都必须压缩在有限的时间和空间里进行。崔颢的《长干曲》的戏剧性，首先表现在时空高度压缩而具有极强的“外张力”，他所描绘的是长江上一个青年女子和邻船的一个青年男子在一瞬间对话的情景。“长干”，里弄名，遗址在今江苏省南京市；“生小”，是从小、自小之意。在一问一答的瞬间，包容的是“同是长干人，生小不相识”的漫长岁月。“横塘”，在今南京市。“九江”，这里是泛指江西九江以东的长江下游一带。在两船萍水相逢的这一片水面，压缩的是“妾住在横塘”和“家临九江水，来去九江侧”的阔大空间。

《长干曲》寥寥四十个字之中，除了场景的布置，氛围的营造之外，还有青年异性人物的刻画和人物之间的关系的暗示，这种极为单纯的情节，自然能够引发读者多方面的联想，从而积极参与作品的艺术再创造。

图 明 陈洪绶 远浦归帆图

卜算子·我住长江头

[宋]李之仪

我住长江头，君住长江尾。日日思君不见君，共饮长江水。　　此水几时休，此恨何时已。只愿君心似我心，定不负相思意。

此词以男子作闺音，托为女子声吻，出以回环复沓之民歌风调，语言朴实无华，但“我”“君”两两对举，“长江水”一线贯穿，写来情深意挚，婉曲而有深度。如果说“此水几时休，此恨何时已”是远承南唐后主李煜之“问君能有几多愁，恰似一江春水向东流”的余绪，那么，结句从后蜀词人顾敻《诉衷情》之“换我心，为你心，始知相忆深”化出，却有出蓝之美。

山东多豪杰之士，李之仪是山东人，却为南方的长江写出了如此婉约之词，为长江的南方谱出了如此爱情之曲，真是锦心绣口。20世纪80年代中期，应该是对李之仪此词的未能忘情吧，身为南方人的台湾名诗人余光中写有一首《纸船》，对李之仪致以时近千载的敬意，“我在长江头／你在长江尾／折一只白色的小纸船／投给长江水∥我投船时发正黑／你拾船时头已白／人恨船来晚／发恨水流快／你拾船时头已白”。

图 清 陈枚 杨柳荡千图

丙辰年鄜州遇寒食城外醉吟（其一）

［唐］韦庄

满街杨柳绿丝烟，画出清明二月天。
好是隔帘花树动，女郎撩乱送秋千。

丙辰年即唐绍忠乾宁三年（896年）。“鄜州”，今陕西富县。安史乱中杜甫在沦陷的长安，忆念寄居于富县的妻小，其《月夜》诗的首联即是“今夜鄜州月，闺中只独看”。

韦庄此诗，首二句写景，绿柳如烟，正是早春景色。“二月天”本为抽象的数量词与名词，经诗人妙用动词冠以“画出”，便巍然如见。而“清明”一词则点醒题目，据南朝梁代宗懔《荆楚岁时记》，当时民间于寒食时有荡秋千与打球之戏。三四句写人，而且是花树缤纷、柳丝摇曳中荡秋千的女郎。“好是”意为最好的是，“撩乱”则不止一人，且为动态，故尤令人眼花缭乱也。全诗是风景画，也是风俗画。

推陈而出新。苏东坡的“墙里秋千墙外道，墙外行人，墙里佳人笑”（《蝶恋花·春景》），何尝不是继承了韦庄的一脉心香？

图 宋 李成 晴峦萧寺图

大林寺桃花

［唐］白居易

人间四月芳菲尽，山寺桃花始盛开。
长恨春归无觅处，不知转入此中来。

“桃之夭夭，灼灼其华。之子于归，宜其室家。”早在《诗经·周南·桃夭》篇里，如火的桃花早就率先登场了。而唐代的白居易呢？他笔下的桃花与婚庆无关，开放的是另一番风景。

元和十二年（817 年）四月九日，时年四十被贬为江州（今江西九江）司马的白居易，和同伴来游庐山香炉峰顶的大林寺，见桃花盛开而写下了这首构思巧妙含蕴无穷的佳作。从地理学和气象学的角度而论，此诗表现了平地与高山的气温的差别与变化，为地理学家、气象学家提供了历史资料与植物数据；从诗歌与哲理的角度而言，它又表现了世间事物的多样性与复杂性，昭示众生不能对纷纭的物象作千篇一律的简单判断。联系作者的人生遭遇和特定心理设想，被贬谪而沦落天涯的诗人，潜意识中是否从自然的景象，联想到自己有朝一日也仍然会境遇改变而柳暗花明呢？当然，这诗意的“隐私”最好就是去问白居易本人了。

五月

图■宋 杨威（传）耕获图

乡村四月

［宋］翁卷

绿遍山原白满川，子规声里雨如烟。
乡村四月闲人少，才了蚕桑又插田。

南宋诗人翁卷，永嘉人，字灵舒。地灵人杰，他与同为永嘉人的徐照（字灵辉）、徐玑（字灵渊）、赵师秀（号灵秀），被称为当时诗歌界的“永嘉四灵”。四灵之中，他和赵师秀之作更具灵气。

翁卷出身贫寒，加之终生布衣，所以他更多地接触了处于社会底层的农民，了解他们的生活与困苦。他的诗，不仅表现了他对自然景色的喜爱，也抒写了对民生疾苦的关切。《乡村四月》写的是江南农村春末夏初的景象风光，前两句描画的是自然，后两句刻画人事。山陵原野郁郁葱葱的绿色，与河谷溪流的白色构成了鲜明的对照，这是视觉形象；而山野间细雨如烟，子规鸟与布谷鸟的鸣声四处传扬，这是听觉形象。第三句“乡村四月”点明诗题，而“闲人少”乃全诗主旨，作者对辛苦劳作耕耘的农民的同情与赞美，通过以“才”与“又”关联转折而强调的末句曲曲传出。今日是国际五一劳动节，让我们向数千多年前歌咏劳动的诗人致以敬意。

图 明 仇英 捉柳花图

杨花

［唐］吴融

不斗秾华不占红，自飞晴野雪濛濛。
百花长恨风吹落，唯有杨花独爱风。

“杨花”，其实不是我们常见的严格意义上的“花”，而是随风飘舞的“絮”。“杨”为落叶乔木，与“柳”同为杨柳科，故古诗文中杨树与柳树、杨花与柳絮并提通用。

吴融，晚唐诗人，越州山阴（今浙江绍兴）人。他的这首《杨花》在诗的家族中，被称为“咏物诗”。咏物诗的写作，要入乎其内而又出乎其外，既写出所咏之物的特征，又要有诗人自己的寄托。暮春时分，桃梨杏李这些争春竞艳的鲜花早已零落，只有朵朵雪白的杨花柳絮，在妆点和挽留春光。诗人先以两个否定词“不”，赞美杨花不与繁红艳紫争胜斗美的特性与本性，复以自飞晴野，花光如雪，抒写杨花飞舞的风姿，然后第三句承第一句，第四句承第三句，以“长恨”和“独爱”作对比，进一步描摹和表现杨花自在的风采，独特的风神，也寄寓了作者情趣独具的个性，以及不趋时媚俗的人生哲理，读来别有一番真正属于诗的滋味。

图 清 金农 杏花图

故白岩禅师院

［唐］王梦周

能师还世名还在，空闭禅堂满院苔。
花树不随人寂寞，数枝犹自出墙来。

这首诗与南宋诗人叶绍翁的名作《游园不值》，似乎关系“暧昧”。

叶绍翁《游园不值》是：“应怜屐齿印苍苔，小扣柴扉久不开。春色满园关不住，一枝红杏出墙来。”首先，它们都是七言绝句；其次，它们韵脚相同，而且重复了“苔”与“来”这两个关键之词，这就难以说是巧合；最重要的，是两诗后两句的用语与意境大体相同，王诗写人去院空，惟见花树出墙，不胜惆怅，叶诗大致也是如此，只是“数枝”变为“一枝”，而“出墙来”三字竟然相同，叶诗虽有夺胎之妙，但也泄漏了作案的痕迹。

唐代诗僧皎然在《诗式》中提出“偷语”“偷意”与“偷势”的三偷之说。英美现代派诗宗艾略特也说过“不成熟的诗人会模仿，成熟的诗人会偷盗”。从“盗亦有道”的角度而言，叶绍翁应是来去有踪的神偷手，他的高明，是后世的读者只认他的招牌，只此一家，另无分店，而大都不知他的资本是从何处借来，不，偷来。如此，示范于前而无名于后的王梦周就不免委屈了。

图 宋 佚名 游骑图

少年行

[唐] 李白

五陵年少金市东，银鞍白马度春风。
落花踏尽游何处，笑入胡姬酒肆中。

唐代经济繁荣，文化开放，和中国通商交往的国家及地区多达三百左右，来自波斯（伊朗）、大食（阿拉伯）和中亚国家的商人被称为“胡商”，他们也经营酒肆，当垆的招待员多是异域风情的西域姑娘，称为“胡姬”。“胡姬酒肆”成了长安等大城市一道亮丽的风景线，她们陪酒、善歌，而且能跳名为柘枝舞、胡腾舞与胡旋舞的舞蹈，流风回雪，光彩照人。许多唐诗人的作品中都留下了她们的倩影，李白更是乐于为她们作诗的广告。

“五陵少年”，指长安豪门贵公子。“金市”，洛阳有金市，此处指长安的西市，为胡商聚居之处。绝句艺术要以少胜多，以短胜长，片言而明百意，从有限中见无限，而这首绝句只写了唐代社会生活一个小小的场景，点到音容动作的“笑入”即戛然而止，至于如何在酒吧里观舞赏歌，进行国际交流活动等等，均以不了了之，留给读者的是味之不尽的余地。

图 清 恽寿平 百花图

蝶恋花·初夏

[宋] 赵长卿

乱叠青钱荷叶小。浓绿阴阴，学语雏莺巧。小树飞花芳径草，堆红衬碧于中好。　梅子弄黄枝上早。春已归时，戏蝶游蜂少。细把新词才和了。鸡声已唤纱窗晓。

赵长卿是北宋与南宋之交的词人。他虽出身于赵宋宗室，但已是远支，家境贫寒且懒于仕进。其词属于柳永一派，多吟咏风物，抒写情爱，作品风格婉约，即使香艳之作也不乏清新之趣。

宋诗中写夏日之作颇多名篇，如苏舜钦的《夏意》："别院深深夏簟清，石榴开遍透帘明。树阴满地日当午，梦觉流莺时一声。"如司马光的《客中初夏》："四月清和雨乍晴，南山当户转分明。更无柳絮因风起，惟有葵花向日倾。"赵长卿此词亦颇耐读。词的上阕与下阕的前两句，全是从视觉意象与听觉意象写初夏风物，有荷叶的小小，莺声的巧巧，游蜂的嗡嗡，有树阴之绿，芳草之碧，飞花之红，梅子之黄，声色并作，有读者赏心惬意的视听之娱。结尾以新词和（hè）就与鸡声报晓收束，总括全篇。他的另一首《朝中措·首夏》，以夏日为背景写情爱，也不妨一读："荷钱浮翠点前溪。梅雨日长时。恰是清和天气，雕鞍又作分携。别来几日愁心折，针线小蛮衣。羞对绿阴庭院，衔泥燕燕于飞。"

图 明 仇英 春郊行旅图（原图）

绝句

［唐］杜甫

两个黄鹂鸣翠柳，一行白鹭上青天。
窗含西岭千秋雪，门泊东吴万里船。

广德二年（764年）夏，其时杜甫正居留于成都之草堂，他作了一系列绝句。此间所选的这首绝句，句法颇具创造性，一句一事，两两对仗，看似不相连属，彼此相对独立，但它却有涵盖乾坤的整体构图。在构图技法上，诗人着意于线条、高下、远近、大小的有机组合。“两个黄鹂”是两个圆形，“一行白鹭”是一条斜线，黄鹂鸣于翠柳，位置在下，白鹭上于青天，方位在上，它们占据了整幅画面的中心；“窗”与“门”距离为近，面积为小，“西岭千秋雪”“东吴万里船”距离为远，空间为大。

此外，这首诗除构图颇见匠心之外，还可以说声色并作，视觉意象与听觉意象兼美。杜甫在诗中表现的，正是一种涵盖乾坤的生命体验，一种包孕万物的博大胸怀，一种天人合一的自由心境。

图 清 王原祁 江上垂纶图

襄邑道中

[宋]陈与义

飞花两岸照船红，百里榆堤半日风。
卧看满天云不动，不知云与我俱东。

“襄邑”，秦时所置县，治所在今河南省商丘市睢县，惠济河流经县境。北宋与南宋之交的诗人陈与义的这首绝句是风景抒情诗，诗人描绘的是北方景物，而能写得如此清丽且富于情趣，主要是运用了移情的手法。

移情，在艺术创作中就是审美者对客观事物做主观审美观照时，将自己的生命和感情也移注到审美对象之中，在审美心理上达到物我同一之境，在风景抒情诗中，移情作用则多表现为大自然的人格化或拟人化。

《襄邑道中》写春日舟行的情景，船驶云行，都是朝东方作同向运动，诗人原来奇怪云为什么竟久久不动，后来才知道白云有意，和他一道东行，如果没有最后一句的移情描写，全诗轻快悠闲的情趣就要大为减色了。陈与义在《雨晴》一诗中有句说：“尽取微凉供稳睡，急搜奇句报新晴。”他在创作上不喜欢无所作为的平庸，他将出奇制胜作为诗歌创作的美学目标之一。他的许多诗词就是如此。

图 宋 米友仁 好山无数图

哭晁卿衡

［唐］李白

日本晁卿辞帝都，征帆一片绕蓬壶。
明月不归沉碧海，白云愁色满苍梧。

“晁卿衡”，即晁衡，乃汉名，原名阿部仲麻吕，“卿”为爱称。开元五年（717年），他随日本第九次遣唐使来华求学，学成后当时虽无“绿卡”却不归国，在唐朝做到正厅级公务员。他来华近四十年后，于天宝十二年（753年）冬，随遣唐使藤原清河等自长安经扬州东归返日，途中遇暴风漂至安南驩州（今越南境内），重返长安时已是天宝十四年（755年）六月，仍做泱泱大唐的高官，于大历五年（770年）卒。

天宝十三年（754年）春夏之交，李白于广陵（今江苏扬州市）见到自长安追踪而来的铁杆粉丝魏颢。魏颢告知讹传的晁衡海上失事死亡的消息。出于多年的私谊、诗谊与国际友谊，李白作了上述这首诗。诗的前两句直述晁衡归国的情景，后两句出之以比喻与拟人，明珠沉海，云山同悲，可称一往情深，情文并茂。

图 清 王翚 水阁幽山图

春日寄怀

［唐］李商隐

世间荣落重逡巡，我独丘园坐四春。
纵使有花兼有月，可堪无酒又无人。
青袍似草年年定，白发如丝日日新。
欲逐风波千万里，未知何路到龙津。

开成四年（839 年），李商隐在登进士第两年后应吏部试，授秘书省校书郎（九品），算是正式踏上了仕途，但不久受到牛僧孺党的排挤而外调弘农尉。母亲去世，他服丧四年后于会昌五年（845 年）秋返京，仍居九品旧职。返京前他曾作《春日寄怀》一诗，抒写心中的苦闷与希望，时年三十五岁。

全诗纯以对比之法结撰成章。诗人首先将“世间”与“我”对比，然后写自己因守丧而困守家园的寂寞生活，“纵使有花兼有月，可堪无酒又无人”，单句是“句中对”，复句是“流水对”，其中之二“有”与二“无”又构成对比，乃成今日被赋予新意而多所引用的名句。唐代八九品官着青色服，诗人由眼前春草萋萋而联想到自己九品青袍，本系即景巧喻，而“青袍”与“白发”又形成对比，“年年”与“日日”的叠字，更进一步补足了对比之意。“龙津”即龙门，尾联抒写的是诗人对未来的希望。命运弄人，李商隐后来又被迫离开长安，依人作幕，如同今日厅局级省部级官员们的随行秘书。今日之秘书尚可望一朝腾达，而商隐则天涯漂泊江湖沉浮，离他所希望跃过的龙门愈来愈远。

图 明 仇英 花巖游騎图（原图）

再游玄都观

[唐] 刘禹锡

百亩庭中半是苔，桃花净尽菜花开。
种桃道士归何处，前度刘郎今又来。

元和十年（815年），贬于朗州（今湖南常德）的刘禹锡被召还京师，刘禹锡和柳宗元等友人往游长安之玄都观，作《元和十年自朗州召至京戏赠看花诸君子》：“紫陌红尘拂面来，无人不道看花回。玄都观里桃千树，尽是刘郎去后栽。”“桃千树”借比新贵，语含讥讽，加之宪宗衔恨于先朝旧臣，于是不多几日诸人复贬为远州之刺史矣。

刘禹锡贬播州（今贵州遵义），易连州（今粤北阳山），徙夔州，赴和州（今安徽和县），十余年后的大和元年（827年）始返朝任主客郎中，距“永贞革新”已有二十余年，距作上述之诗也已十有余年矣。大和二年（828年）三月，五十七岁的诗人再游玄都观，抚今追昔，感叹朝政之翻云覆雨，讥讽新贵之起伏浮沉，抒发自己挫而益奋的豪情胜概，他的新作《再游玄都观》与十四年前的旧作，联袂而成为姐妹之篇。

五月十一日

图 宋 朱光普 江亭晚眺图

闻王昌龄左迁龙标遥有此寄

［唐］李白

杨花落尽子规啼，闻道龙标过五溪。
我寄愁心与明月，随风直到夜郎西。

王昌龄和李白同是才华横溢的诗人，他们以前曾在岳阳初识，后来复曾于长安再见。天宝八年（749 年），任职江宁丞（今江苏南京）的王昌龄被贬为龙标尉，在唐代那是僻远荒凉的南荒之地，穷山恶水的贬谪之乡。年近五十浪迹江南的李白在扬州听到故人的这一不幸消息，就写了上述这首诗寄给他。

“五溪”，即今湖南省与贵州省交界处的辰溪、酉溪、巫溪、武溪、沅溪。诗人遥望南方，满怀思念而又无由可达，于是便张开想象的彩翼，将一颗愁心寄托给明月，让自己的心和明月一起，随着浩浩天风，一直照耀到友人被贬谪的地方。诗中所指夜郎，在今湖南省怀化市沅陵县境，由龙标县分置而出，为唐代三个夜郎县之一，其他两处在今贵州省遵义市桐梓县。龙标，在沅陵县西南，故诗云“随风直到夜郎西”。此夜郎并非贵州之古夜郎也。

李白在对友人深挚慰藉之中，难道不也寄寓了自己身世遭逢的深沉感喟吗？关山难越，谁悲失路之人？王昌龄不知收到李白此诗没有，如果收到，他是应该有诗作答的，可惜一千多年的风沙吹过去，现在已无从寻觅。

图 唐 张萱 捣练图

女仆阿汪

［唐］韦庄

念尔辛勤岁已深，乱离相失又相寻。
他年待我门如市，报尔千金与万金！

阿汪是佣人，今日名之曰“打工”或“家政”。年深月久，她的“辛勤”本就令主人感念，何况乱离中走失却又苦寻重聚，这种情谊当然更令主人感动无已。此诗之可贵，不仅在于“劳心者”对于“劳力者”的平等与尊重，也在于意图报答的感恩情结。昔日韩信微时，得到漂母施之以饭的救助，后来封楚王后报以千金，传为历史的佳话美谈。晚唐诗人韦庄的“报尔千金与万金”，精神资源本此，句法则继承了元稹《遣悲怀》中“他日俸钱过百万，与君营奠复营斋”的余绪。他后来在蜀官拜吏部侍郎平章事，岂止门庭若市而已，不知对阿汪如何报答。

施恩勿念，受惠勿忘。今日社会愈来愈商业化功利化，忘恩背德者多，念旧感恩者少。清诗人何廷模咏淮阴韩信往事的《千金亭》一诗早就说过了：“空亭千古对平波，野渡斜阳独客过。莫怪无人留一饭，报恩人少受恩多！”

图 宋 赵伯驹 莲舟新月图

越人歌

楚辞

今夕何夕兮，搴舟中流。
今日何日兮，得与王子同舟。
蒙羞被好兮，不訾诟耻。
心几烦而不绝兮，得知王子。
山有木兮木有枝，心悦君兮君不知。

据西汉刘向《说苑》记载，楚康王之弟、鄂君子皙乘舟出游，操舟的越地女子以越地方言，唱此情歌致意，大约他是她心中的白马王子吧。

前几句全用赋体，即现代文学术语中所谓的“白描”，最后两句是由彼及此的比喻，以加强抒情的形象性和激动性。“今夕何夕”一语沿自《诗经·唐风·绸缪》之“今夕何夕？见此良人”，至今仍多为爱情描写的用语。有古典诗词素养的读者，若逢良辰美景，赏心乐事，此词语也常到心上与口头。

《越人歌》是中国文学史上最早的“翻译”作品，从吴越方言译为楚语楚声。跨国之恋的对象鄂君子皙听不懂，曾言：“吾不知越歌，子试为我楚说之。”从诗中的“兮”字，从类似《九歌·湘夫人》“沅有芷兮澧有兰，思公子兮未敢言”的句式，均可见楚歌的蛛丝马迹，流风余韵。

图 / 清 康寿 孟母教子图

游子吟

［唐］孟郊

慈母手中线，游子身上衣。
临行密密缝，意恐迟迟归。
谁言寸草心，报得三春晖。

中唐的孟郊在贞元十二年（796年）得中进士，但时年已四十六岁，虽然在《登科后》一诗中，他不免神采飞扬地说什么“春风得意马蹄疾，一日看尽长安花”。然而，直到四年之后，他才得到一个溧水（今江苏溧阳县）尉的卑职，才有升斗之资迎养老母，并写下千古名篇《游子吟》。

孟郊一生穷愁潦倒，与贾岛齐名，属于苦吟诗派。苏轼称之为“郊寒岛瘦”，但在《读孟郊诗》中，又特地指出他“诗从肺腑出，出辄愁肺腑”。可见，孟郊此诗之不朽，就在于从个人独特的真挚的感受出发，创造了人所共通的具有普遍意义的情境。其次，就在于此诗前两句写慈母的具体动作与意态，后两句却以象征性意象概括升华，共同营造了感情之美与诗艺之美并具的至境，使全诗成了诗中的无上妙品。除了自诵，我每次聆听当代古典诗词歌唱家李元华和姜嘉锵分别演唱的此诗，总是既热血奔涌又不胜低回。

五月十五日

图 明 沈周 杏林飞燕图（原图）

临江仙·梦后楼台高锁

［宋］晏几道

梦后楼台高锁，酒醒帘幕低垂。去年春恨却来时。落花人独立，微雨燕双飞。　　记得小苹初见，两重心字罗衣。琵琶弦上说相思。当时明月在，曾照彩云归。

这首词，写的是别后的追忆，追忆着重的又是当年初见的情景，而写以往初见的印象之前，又先铺垫以眼前酒醒梦回后，楼台高锁、帘幕低垂的凄凉落寞。诗人随手拈来五代诗人翁宏《宫词》的“落花人独立，微雨燕双飞”的成句，是写被怀念的对方呢，还是写怀念者的自己？诗义的多解更使全诗韵味盎然。虽是成句，却胜过原作。翁宏的《宫词》（又题《春残》）：“又是春残也，如何出翠帏。落花人独立，微雨燕双飞。”后两句诗在翁宏的作品中，似乎是不生息的有限不动产，而一经北宋名词人晏几道点铁成金，便真正成了“千古不能有二”的名句。

李白曾有诗说：“只愁歌舞散，化作彩云飞。”此词的下阕，在写初见小苹的美好印象和传情技艺之后，又请李白前来凑兴，以“当时明月在，曾照彩云归”收束，写小苹归去时明月曾经映照，也写当年明月虽然仍在，但伊人已渺，如此时空交感，更觉深情绵邈。

图 宋 李公麟 明皇击球图

晚春感事

[宋]陆游

少年骑马入咸阳，鹘似身轻蝶似狂。
蹴鞠场边万人看，秋千旗下一春忙。
风光流转浑如昨，志气低摧只自伤。
日永东斋淡无事，闭门扫地独焚香。

古文字学家对殷墟甲骨文进行考证，认为远在三千多年前的殷代，人们祈雨时就曾一边跳舞一边踢球。战国时代，齐国都城临淄的百姓蹴鞠的情形，曾记录在《战国策·齐策》之中。汉高祖刘邦就曾在宫中修了一座“鞠城”，这位后来贵为帝王的市井之徒，年轻时应该是一名球迷。汉代名将霍去病领兵征战塞外，也曾带领将士踢足球以锻炼身体，提高士气。而原来主要是在宫苑里与军队中进行的足球运动，在唐宋已走向天地广阔的民间。

宋代大诗人陆游，就曾以他的诗篇《晚春感事》为我们做历史的见证。壮心不已的陆游，垂暮之年回忆还算年轻时的往事，特别提到在今之陕西咸阳观看足球比赛的盛况。“蹴鞠场”即足球场。现代足球场观众往往可容纳数万人，宋代人口远较今日为少，又没有多层看台等现代设施，陆游说“万人看”，他也许行使了诗人可以夸张的特权，但上千人乃至数千人围观当不在话下，那场赛事定然是轰动全城。除此诗外，陆游还多次写过足球赛事，可见他是一位资深的“球迷”。

图 元 佚名 山奕候约图

约客

［宋］赵师秀

黄梅时节家家雨，青草池塘处处蛙。
有约不来过夜半，闲敲棋子落灯花。

读《约客》一诗，令人惊叹的是它的白描。所谓“白描”源于古代的“白画”，即用墨线勾勒物象而不着颜色或略施淡墨的画法，为中国绘画的传统技法之一，后用以指诗文创作中笔墨简练不事夸饰的表现方法。

诗人先着重从听觉的角度，勾画出一幅外景与大景。“黄梅时节家家雨”点明时令，“处处蛙”和“家家雨”是在诗行同一位置上的叠词照应，亦增语言的听觉美感，更突出了户外与野外的热闹。接着诗人掉转笔锋，由外而内，由大而小，主要从视觉的角度，勾勒出一幅内景与小景。“有约不来过夜半”，则表明时间已过午夜而客人未至，可见主人等候之久，期盼之切，而雨声与蛙声敲响的正是他内心的想望和寂寞。“闲敲棋子落灯花”，客人久候不至，大约是因为梅雨连绵而不良于行吧，主人虽无可奈何但也不免怅然若失，全诗最后聚焦于主人敲棋的动作和灯花掉落这一细节，有如一个特写镜头，言有尽而意无穷。前些年我避暑于湘东北的龙窖山中，曾作《山中夜吟》一绝：“龙窖山中夜静时，敲诗独对一灯温。相思寂寂无人到，唯有蛙声乱叫门！”其来有自，我诗中的蛙声，大约曾响亮在宋代赵师秀的诗句中吧。

图 宋 陈容 墨龙卷

题张道隐太山祠画龙

［唐］蒋贻恭

世人空解竞丹青，惟子通玄得墨灵。
应有鬼神看下笔，岂无风雨助成形。
威疑喷浪归沧海，势欲拏云上杳冥。
静闭绿堂深夜后，晓来帘幕似闻腥。

题画诗，虽萌芽于春秋至两汉之际，但大约是从唐代开始，诗人或画家才自觉地在画上题诗，诗画交辉，构成了中国画与中国诗独有的艺术传统。我国最早之题画诗选集，为南宋孙绍远所编之《声画集》，收录的均为唐宋两代之作。

“张道隐”，应是与作者同时的一位画家，善于画龙，他在太山祠壁上画龙，蒋贻恭为之题诗。此诗之妙，不仅在于对张道隐所画之龙的形神毕现的正面描写，更在于从艺术效果的角度写美，留给读者以审美再创造的广阔天地。

《老子》云：“玄之又玄，众妙之门。”蒋贻恭此诗也是如此，前六句，从正面抒写张道隐画龙身手的惊风雨泣鬼神，以及壁龙的跃海飞天的矫然之状，这就已经形神双至而神情飞动了。最妙的是，最后他还要说晚上祠堂静闭，待至早晨，帘幕间却竟然有龙的水腥之气，仿佛真龙晚上曾经大驾光临。这种从侧面以想象来写效果，似幻如真，是最具诗意的笔墨。

五月十九日

图 宋 阎次于 山村归骑图

三衢道中

［宋］曾几

梅子黄时日日晴，小溪泛尽却山行。
绿阴不减来时路，添得黄鹂四五声。

曾几的名字很多读者也许并不熟悉，但他却是众生如雷贯耳的大诗人陆游的老师，南宋时有名的学者与诗人。其绝句清醇雅洁，律诗讲究对仗自然而气韵流走，陆游的律绝，该是得到了其师的衣钵真传吧。

“三衢”，山名，今浙江衢州市境，衢州因境内有三衢山而得名。梅子黄时的五月，曾几出游此山而写下了这首明快清新的小诗。黄梅时节家家有雨，而他出游时恰逢日日天晴，这种矛盾句法表达的正是作者轻快愉悦的心情。江南河溪密布，缘溪行而忘路之远近，溪河尽头，舍舟登岸，这是游览的序曲，“山行”点明的即是游山的正式开始。然而作者并没有笨拙地去细写三衢山的景色，而是概写山上树木葱茏，绿阴茂密，风光不差于来时路上所见，然后特写黄鹂的鸣啭，让读者在视觉美的盛宴之外，复又获得听觉美的享受，并且以自己的联想与想象，去积极参与作品的再创造。

图 宋 佚名 春山渔艇图

一剪梅·舟过吴江

［宋］蒋捷

一片春愁待酒浇。江上舟摇，楼上帘招。秋娘渡与泰娘桥，风又飘飘，雨又萧萧。　何日归家洗客袍？银字笙调，心字香烧。流光容易把人抛，红了樱桃，绿了芭蕉。

蒋捷是宋末元初人，宋度宗咸淳十年（1274年）中进士。宋亡后隐居不仕。他是江苏宜兴人，宜兴在太湖之西岸，而吴江则是太湖东岸的吴江县。词人在东漂西泊的旅途中，船过吴江，又逢春雨，他自然怀念地不在远的家乡，和家中亲情的温馨，并发出年华逝水有家难归的人生慨叹。

“红”与“绿”本是形容词，在这里被创造翻新，让它们兼职打工成为动词，照亮照花了历代读者的眼睛。其中的“红了樱桃，绿了芭蕉”的名句，也许是从李煜的“樱桃落尽春归去”（《临江仙》）点化而来，但贵为帝王才子的李煜，也会要承认青出于蓝而胜于蓝吧？蒋捷的《虞美人·听雨》更是他的代表作，也是宋词中的无上妙品：“少年听雨歌楼上，红烛昏罗帐。壮年听雨客舟中，江阔云低断雁叫西风。而今听雨僧庐下，鬓已萧萧也。悲欢离合总无情，一任阶前点滴到天明。”台湾名诗人余光中的名作《乡愁》正是因此词而激发了艺术的灵感。

图 宋 许迪 草虫野蔬图

四时田园杂兴（二）

［宋］范成大

梅子金黄杏子肥，麦花雪白菜花稀。
日长篱落无人过，惟有蜻蜓蛱蝶飞。

范成大的《四时田园杂兴》共六十首，是大型绝句组诗，分别描写了春、夏、秋、冬四季的农村生活。作者虽曾居参知政事的国级干部的高位，却对农民颇为同情，在表现农村的美好田园风光的同时，也揭示了农民被剥削的困苦生涯，如组诗之三：“租船满载候开仓，粒粒如珠白似霜。不惜两钏输一斛，尚赢糠核饱儿郎！”可谓字字血泪。

唐诗人徐凝《和夜题玉泉寺》诗中说“诗好官高能几人”，范成大曾身居要职，能写出如此好诗，真是难能可贵。在《四时田园杂兴》之二中，诗人也有另一幅美的笔墨，梅子金黄，杏子肥硕，麦花雪白，菜花稀疏，自然与农田景象表现得色彩鲜明而高低远近错落有致，词中有画。后两句则从侧面反衬农事的忙碌，是不写之写的意在言外之笔，远绍的正是中唐诗人王建《雨过山村》“姑妇相唤浴蚕去，闲着中庭栀子花”的遗韵，但却有自己新的创造。

图 明 仇英 莲溪渔隐图

稻田

[唐] 韦庄

绿波春浪满前陂，极目连云䅉稏肥。
更被鹭鹚千点雪，破烟来入画屏飞。

韦庄是晚唐出色的诗人与词人，如果读了他的《稻田》，你会认定他也是一位以文字为丹青的出色的画家。

在我国文学艺术的园林里，诗与画是两枝最亲近的姐妹花。它们虽然是各立门户的独立艺术，但却可互通有无。王维是诗人兼画家，苏东坡曾赞美他诗中有画，画中有诗，韦庄的《稻田》何尝不是如此？

诗的前两句从构图与色彩而言，诗人描画的是广阔的平面，点染的是无边的绿色。“陂”，为岸边与山坡之意，此为近景；“极目连云”，此为远景。“䅉稏”系水稻的别称，“绿波春浪”，写风吹禾苗如绿浪翻滚，此为着色。后两句从构图与色彩而言，写空中群飞的鹭鸶，空间由下而上，“千点雪”则是白色，在绿的底色上与背景前显得分外鲜明突出。“破烟”之“破”动词传神，乃诗中之“诗眼”，最后结穴到“画屏”而收束全诗。至此，这一幅诗的永不褪色的水彩画终于大功告成，可以永远展出了。

图 清 高岑 山水册页

寻隐者不遇

[唐]贾岛

松下问童子，言师采药去。
只在此山中，云深不知处。

现代的便利常常消解了古典的诗情，贾岛如果活在今天，电话在案，手机在手，他可以和隐者保持密切的联系，但那样一来，他可能就写不出也不必写《寻隐者不遇》这一名篇了。

古代真正的隐士多为超凡脱俗之人，此诗中的青“松”与白“云”正是一种象征与暗示，寻而不遇，给读者留下的则是遗憾与悬想。寻者与童子当有数番问答，寥寥二十字的五言古绝不可能一一道来，故全诗采用问答体，以简驭繁，少中见多，有环境描写，有人物对话，有单纯情节，言约意丰而别饶情味。台湾名诗人洛夫在其《唐诗解构》系列中，有《寻隐者不遇》一首，可以对读：“比松树更高的／是一个问号／比问号更费猜疑的／是童子懵懂的嗫嚅／谁知道师父去了哪里／采药？未必／药锄还在门后瞌睡／云里雾里／风里雨里／就是没有猜到／他正大醉在／山中一位老农的酒壶里。”所寻之人醉倒在山中老农的酒壶之中，虽然洛夫言之凿凿，但读者只怕会说诗可如此但现实绝无可能吧。

图 明 沈周 京江送别图

送杜十四之江南

［唐］孟浩然

荆吴相接水为乡，君去春江正淼茫。
日暮征帆何处泊？天涯一望断人肠！

“荆吴”，楚地与吴地，泛指长江中下游地区。“淼”，渺的异体字，“淼茫”即渺茫。此诗首句绘荆吴之地水乡泽国的大景，次句写江干送别的小景，第三句的意象缩小到日暮时的“征帆”，是从尽日悬想中的被送者落笔，转折有致，顿挫生情，结句回到抒情主人公作者自己，“天涯一望”收束全诗，“断人肠”极写离情别意。清人黄叔灿《唐诗笺注》说：“真挚中却极悱恻。”

杏花春雨的江南，是诗的江南，即使作客异国，也是天涯一望断人情肠。如学者诗人骆寒超回旋往复的《鹧鸪天》：“给我苎萝村口的芳郊／浣沙滩碧水流藻／五月风里的鹧鸪天／绿遍古原草／啊，烟霞烟柳，春情春潮／江南的鸠声唱彻／故家的春晓／／给我琴妮湖边的鲜花／圣母院钟声飘瓦／孤帆远影的鹧鸪天／情断珊瑚沙／啊，远山远水，古堡古塔／异国的鸠声唱彻／春晓的故家。”时代不同，题材有别，但怀乡念远、天涯望断之情，却人所共有，古今相通。

图■清 徐扬 姑苏繁华图

送人游吴

［唐］杜荀鹤

君到姑苏见，人家尽枕河。
古宫闲地少，水港小桥多。
夜市卖菱藕，春船载绮罗。
遥知未眠月，乡思在渔歌。

晚唐乱世中的杜荀鹤，这位自称“四海内无容足地，一生中有苦心诗”的苦吟诗人，很难得有这样一首清新而且轻松的作品。“吴”，即今日之苏州市，城外有姑苏山，故亦名姑苏。这里是江南水乡，城市前街后河，民居临河架屋。杜荀鹤此诗除了一、七两句，其余六句，句句都是点染“水乡”的景色，好景来抛诗句里，“少”“多”“卖”“载”等字曲尽其状，“枕”字尤其生动传神。清人沈德潜的《唐诗别裁集》不但选入此诗，还称赞它“写吴中如画”。

“写吴中如画”的，还有今日的大画家吴冠中。台湾名诗人余光中幼时曾在苏州小住，老大重来，恍如隔世，作《水乡宛然——观吴冠中画展》一诗。诗的结尾说：“一路顺着／他妙手布下的线索和墨痕／回到后院那小运河堤边／顺着青苔石板，一级级／就这么恍然步下河去／直到水凉触肌／一条鱼认出了我，泼刺跳起。”呼应开篇，疑真疑幻，仅读结尾即可揣测全诗之妙不可言。

图 宋 李迪 鸡雏待饲图

雨过山村

［唐］王建

雨里鸡鸣一两家，竹溪村路板桥斜。
妇姑相唤浴蚕去，闲看中庭栀子花。

中唐诗人王建的作品是白居易、元稹提倡的“新乐府”的先声，多以田家、蚕妇、织女、水夫为题材，表现劳动群众的生存状况与生活场景，寄寓自己的关切和同情，语言明快而含蓄。

诗的开篇的“雨里”扣紧题目中的“雨过”，落笔不枝不蔓，“鸡鸣”则是山村常听常新的农家音乐，而“一两家”则可见山村的僻静幽远。次句分写竹树掩映的清溪、弯弯曲曲的乡村小路、横斜于溪上的小小板桥，这更是农耕社会的山村千年不变的传统布景。第三句由景物而人物，嫂嫂和小姑你呼我唤去浴蚕——古代将蚕种浸于盐水以选出良种，静动交织，如闻纸上有人。结句乃画龙点睛之笔：“闲看中庭栀子花。”而在点睛之笔中，“闲”字更是全诗的诗眼。如此以景截情，明写诗人观赏栀子花之闲于中庭，暗喻农家一年之计在于春的忙碌。以少总多，意余言外地暗示，这正是高明诗家的绝技。

五月二十七日

图 宋 佚名 柳院消暑图

深院

［唐］韩偓

鹅儿唼啑栀黄嘴，凤子轻盈腻粉腰。
深院下帘人昼寝，红蔷薇架碧芭蕉。

此诗的首句写鹅雏呷食，以栀黄形容其嘴，声态并作。次句写大蝴蝶在花间翩飞，突出其粉腻之腰，色泽鲜明而宛然如见。在外部环境描绘之后，第三句之“深院”点题，“下帘人昼寝”点出深闺昼寝之女子。结句仍写深院之景物，“红蔷薇”与“碧芭蕉”之强烈而热烈的对映，更反衬出昼寝之人内心的冷寂落寞与百无聊赖，以及诗人的欲言又止之意。

大中五年（851年），李商隐赴东川幕府前，曾赋诗三首留别韩偓的父亲韩瞻（字畏之），题为《留赠畏之》，其中有“郎君下笔惊鹦鹉”之句，就是在夸赞年方十岁的韩偓“雏凤清于老凤声”之后，再次赞扬他的这位姨侄之诗才秀发。韩偓的创作后来确实也受到其姨父李商隐的多方启发，例如《深院》一诗，就曾受到李商隐《日射》诗“回廊四合掩寂寞，碧鹦鹉对红蔷薇”的影响。但他也影响了后人，如陆游《水亭》的“一片风光谁画得？红蜻蜓点绿荷心”，均是诗如图画，一脉诗香久远。

图 明 文伯仁 横塘雨歇图

摸鱼儿·更能消几番风雨

［宋］辛弃疾

更能消、几番风雨，匆匆春又归去。惜春长怕花开早，何况落红无数。春且住，见说道、天涯芳草无归路。怨春不语。算只有殷勤，画檐蛛网，尽日惹飞絮。　　长门事，准拟佳期又误。蛾眉曾有人妒。千金纵买相如赋，脉脉此情谁诉？君莫舞，君不见、玉环飞燕皆尘土！闲愁最苦！休去倚危栏，斜阳正在，烟柳断肠处。

宋孝宗淳熙六年（1179年），辛弃疾从荆湖北路转运副使调任荆湖南路转运副使，他的朋友王正之为他置酒送行。怀才不遇、壮志未酬，年已四十的辛弃疾作此词赋别寄概。上片中，“惜春长怕花开早，何况落红无数”是“惜春”；“春且住，见说道，天涯芳草无归路”是“留春”；而“怨春不语”则是“怨春”了。诗人之所以“惜”“怨”，则是因为开篇所说的“更能消、几番风雨”的“风雨”，然而这“风雨”究竟是指什么呢？艺术上的可贵之处就在于诗人无一字明言，更没有一语道破。下片先用了切合词中情境的典故：陈皇后失宠于汉武帝，别居长门宫，她以千金请司马相如作《长门赋》去感化汉帝。在最后四句中，那断肠烟柳和斜阳又是暗喻什么呢？提供联想的线索，规定想象的范围，让读者去解释，这正是诗的暗示而绝非是谜语的美学效果。

图 清 石涛 渊明诗意图

题屈原祠

［唐］洪州将军

苍藤古木几经春，旧祀祠堂小水滨。
行客谩陈三酎酒，大夫元是独醒人。

屈子沉沙之处，在今岳阳市属汨罗境内之汨罗江，江畔有祠。“洪州”，隋置，治所在南昌县（今江西南昌市）。唐朝末年，有洪州衙前将军于屈子祠题七绝一首。据说“此后题诗者，不能措手”，可见诗贵“精品力作”，并非韩信将兵，多多益善。

此诗前两句是对江畔祠堂的环境描画，并无过人之处，出彩的是后两句的精到议论。“三酎酒”，三次复酿之醇酒。想不到这位赳赳武夫，其诗岂止是文质彬彬而已，而且构思巧妙、寓意深远。酒之令人“醉”与独醒之“醒”，构成了语言的强烈矛盾对照，对走过场、凑热闹、徒重形式并不理解更不准备实践屈原精神的芸芸世人，是意在言内的箴规，也是意在言外的嘲讽。

2005 年，台湾名诗人余光中应邀于端午节赴汨罗江畔祭屈，来大陆前作《汨罗江神》一诗。从 20 世 50 年代之初起，他已写过多首有关屈原的诗，在电话中他对我说此诗的新意就是诗中的如下几句：“急鼓齐催，千桨竞发 / 两千年后，你仍然待救吗？ / 不，你已成江神，不再是水鬼 / 待救的是岸上沦落的我们！”古今对读，读者当别有会心。

图 元 王振鹏 龙池竞渡图

三闾祠

［清］查慎行

平远江山极目回，古祠漠漠背城开。
莫嫌举世无知己，未有庸人不忌才。
放逐肯消亡国恨？岁时犹动楚人哀！
湘兰沅芷年年绿，想见吟魂自往来。

查慎行之前咏屈祠之诗多矣，留给他发挥的余地不多，但他却掉臂独行，另开新境，出之以颔联的别具只眼的诗中议论：“莫嫌举世无知己，未有庸人不忌才。”这一联直抉人心与世情的精警之论，如绘画中的华彩，如音乐中的重锤，炫人眼目而震撼人心。

嫉妒，本来是人性的一种普遍弱点。按司马迁《史记·屈原贾生列传》的记载，屈原的悲剧，固然与楚怀王、顷襄王这些昏君的导演分不开，同时，也是由于上官大夫靳尚、令尹子兰等庸人甚至小人的嫉恨与馋毁所致。“未有庸人不忌才”，古今一律，概莫能外，如果庸人又是小人，而且又小人得志、窃据权位，才智之士和他们狭路相逢时，那就只能自认倒霉了。

当代名作家金庸的先祖查慎行才华颖异，但也遍尝人生的辛酸苦辣，他的如上诗句既蕴涵了自己的生命体验，也抒发了普天下命途多舛的才人志士的苦闷、愤懑与悲哀，具有普遍的社会意义。

五月三十一日

图 宋 林椿 枇杷山鸟图

乌衣巷

[唐]刘禹锡

朱雀桥边野草花，乌衣巷口夕阳斜。
旧时王谢堂前燕，飞入寻常百姓家。

刘禹锡生于唐大历七年（772年），距晋代已有四五百年岁月，他这首诗，大约是在宝历年间为和州（今安徽和县）刺史而一游金陵时所作。

“朱雀桥”与“乌衣巷”，当年是何等显赫繁华之地，沧海桑田，现在入目的只有野草闲花，斜阳落照。“朱雀桥边”与“野草花”，“乌衣巷口”与“夕阳斜”，前两句诗各在本句之内构成了鲜明强烈的前后对比。昔日豪门世族的钟鸣鼎食之地，现在已变成了普通百姓的居息之处。王谢们早已不知去向，只有当年作客于雕梁画栋间的呢喃燕子，却年年如约归来。

后两句以王谢旧居的变与燕子的不变构成对照，构思婉曲地表达了那种深沉的历史感与沧桑感，没有一句议论而感慨无穷，所达到的真是所谓“不着一字，尽得风流”的高难艺术境界，成为诗的“经典”。自刘禹锡之后，后代诸多咏乌衣巷之作，都未能后来居上，而只能遥望刘禹锡这一不朽之作的背影。

六月

图■明 佚名 童戏图

小儿垂钓

［唐］胡令能

蓬头稚子学垂纶，侧坐莓苔草映身。
路人借问遥招手，怕得鱼惊不应人。

胡令能，年轻时就为洗镜锼钉之业（修补锅碗瓢盆缸的手工业个体户），人称“胡钉铰”。其诗浅俗而见巧思。《小儿垂钓》一诗，不仅题材少人抒写，而且别有一番情味，它绘影传神，以精彩的细节描写，表现了垂钓小儿的情态和小儿垂钓的童趣，令人读来兴味悠然。

小说属于叙事性文学，讲求精彩的典型的细节，我们虽不必认定细节描写是抒情诗普遍的美的法则，但是，写人物的诗如果有出色的细节，往往可使全诗倍增光彩。胡令能此诗妙在后两句，小儿正专心致志于水面钓竿与浮筒，渴望鱼儿上钩，此时偏有行人问路，真是大煞风景，小儿只好不作一声而招手致意并兼警告，真是形神毕现而人立纸上。

今天是六一儿童节，特选这首童趣盎然的小诗，祝愿曾拥有童年的大朋友、正享受童年的小朋友节日快乐！

图 清 邹喆 山水图册

登鹳雀楼

[唐]王之涣

白日依山尽，黄河入海流。
欲穷千里目，更上一层楼！

鹳雀楼在今山西永济县，故址在当时蒲州城之西南。楼高三层，前瞻中条山，下俯大黄河，建于北周，历唐经宋，于元初时毁于战火。

历代咏鹳雀楼的诗词不少，但唯有王之涣之作，不但是咏鹳雀楼诗的冠冕，同时也是五言之千古绝唱。此诗前两句写景，后两句抒情；前两句写实，后两句超实；前两句句法为正对，后两句句法为流水对；前两句是实证层次，后两句哲理升华，是超险层次，全诗一派豪情胜概，一腔盛唐之音，以高明的诗艺表现了高远不凡的胸襟抱负和朝气蓬勃的盛唐气象。

王之涣在新旧《唐书》都无传，元人辛文房《唐才子传》所记也十分简略。他的原籍是晋阳（今太原），仕途不顺，曾任文安县尉等卑官微职，传存至今的诗作只有寥寥六首，但除了《登鹳雀楼》，他的《凉州词》（黄河远上白云间，一片孤城万仞山。羌笛何须怨杨柳，春风不度玉门关），也是绝唱千古。在诗坛的嘉年华中，他有此两诗，也足可傲视群雄了。

图■宋 王希孟 千里江山图

回文诗

［唐］徐夤

轻帆数点千峰碧，水接云山四望遥。
晴日海霞红霭霭，晓天江树绿迢迢。
清波石眼泉当槛，小径松门寺对桥。
明月钓舟渔浦远，倾山雪浪暗随潮。

“回文”，本是汉语修辞格中的一种，即词序颠倒，首尾回环，音韵皆美，读来可以获致一种新奇的视觉美感与心理效果，如老子的“信言不美，美言不信”“知者不言，言者不知”，应该就是回文之河的最初的浪花。十六国时前秦女诗人苏惠所作《璇机图》，全文八百四十一字，长宽各二十九字，排成方阵，回环往复可得诗数千首，人称“百代回文之祖”。至于胡适的讲演题目“国语的文学，文学的国语”，可谓是后继的波浪。

徐夤这首回文诗是一首风景抒情诗，顺逆成文，一分为二，珠走泉流而清丽可诵。回文诗虽是中国诗中的另类，其中有驰骋智力的游戏成分，但运用之妙，在乎一心，至少从中可见中文的弹性之美、语言的魔方。从宋至清，创作回文诗、回文词、回文曲乃至回文联者均代不乏人，众多作品可以组成一个美不胜收的大型展览会。

图·元 夏永 岳阳楼图

隐括水调歌

［宋］林正大

欲状巴陵胜，千古岳之阳。洞庭在目，远衔山色俯长江。浩浩横无涯际，爽气北通巫峡，南望极潇湘。骚人与迁客，览物兴尤长。　　锦鳞游，汀兰郁，水鸥翔。波澜万顷，碧色上下一天光。皓月浮金千里，把酒登楼对景，喜极自洋洋。忧乐有谁会，宠辱两俱忘。

“隐括”，本来是矫正曲木的工具，它可以矫揉弯曲的竹木使之平直或成形。刘勰在《文心雕龙·熔裁》中说“隐括情理，矫揉文采”，他所说的“隐括”，则是指对构成作品的素材的剪裁组织功夫。作为语言艺术的一种特殊手段，甚至使其成为宋词中一种特别的体式——改写他人的诗文而为词。

林正大是此中高手，也是此道的专业户。他存词四十一首，“隐括”而成的作品就有三十九首之多。《岳阳楼记》是何等文章，他竟敢将它缩龙成寸。范仲淹的千古名文共三百八十字，林正大却将其改写压缩在寥寥九十四字的词中，琅琅而可诵，洋洋而可唱。不知范仲淹观感如何？

高歌低咏之际，我真希望林正大能远从南宋前来，和我一起把袂登楼，放眼四望，把八百里湖光山色收入远眺的双眸，吐纳志士仁人的浩然正气，咏叹几千年来的盛衰兴亡。

图 宋 佚名 田垄牧牛图

农家

［唐］颜仁郁

半夜呼儿趁晓耕，羸牛无力渐艰行。
时人不识农家苦，将谓田中谷自生。

《农家》一诗，首先写农家耕作之辛苦艰难。主人是农家父子，时间是“夜半”，农事是“趁晓耕”，情景是父亲“呼唤”尚在梦乡之“儿”，而牛系“羸牛”，可见家境之困顿，犁田之事倍而功半。以上种种，均是写“农家苦”，诗人继之以“时人不识”陡作转折，而“将谓田中谷自生”，更见不识稼穑之艰难的时人之无知与荒谬。而生活于唐末五代的颜仁郁，有在乱世中带领民人辟地力田的经历，才能写出如此之诗。

我自幼生活于城市，虽不至于“将谓田中谷自生”，也属于不识稼穑之艰难一类。20 世纪“文化大革命”中下放农村劳动，之后复在农村中学教书，此时方知盘中餐粒粒皆辛苦矣。“孩子，在土里洗澡；爸爸，在土里流汗；爷爷，在土里葬埋”，年轻时读臧克家早期的名作《三代》，只知欣赏它的诗艺，后来多读古人咏农家之作，特别是自己有了“日出而作，日入而息”的农村劳动经历之后，才真正与老诗人的诗心心心相通。

六月六日

清　杨晋　仿古山水图

夜宿山寺

［唐］李白

危楼高百尺，手可摘星辰。
不敢高声语，恐惊天上人。

北宋赵令畤《侯鲭录》卷二记载说：“曾阜为蕲州黄梅县令，有峰顶寺去城百余里，在乱山群峰间，人迹所不至。阜按田偶至其上，梁间小榜，流尘晦暗，乃李白所题诗也，其字迹亦豪放可爱。”因为此诗不见今传最早的《李太白文集》，故坊间诸多李白诗选本很少收录。其实，它是李白五绝中的上品，颇能体现诗仙那种想落天外的浪漫诗风。

“危楼”，即建于山顶的寺庙。举手而摘星辰，可见峰顶寺之高，亦可见李白想象之不同凡俗。《宛陵郡志备要》曾记载李白《独坐敬亭山其二》一诗：“合沓牵数峰，奔来镇平楚。中间最高顶，仿佛接天语。”《夜宿山寺》的后两句，与“仿佛接天语”异曲而同工，我们可以看到其间的血缘关系，但“不敢高声语，恐惊天上人”，令人更觉“不敢”与“恐惊”转折生情，而且有无中生有的巧思，有无理而妙的妙趣。

六月七日

图 现当代 齐白石 蜘蛛蚊子图

蚊

［清］沈绍姬

斗室何来豹脚蚊，殷如雷鼓聚如云。
无多一点英雄血，闲到衰年忍付君？

对于夏秋之季偷精吮血、为非作歹的蚊虫，无论中外古今，人人既厌且憎，必欲避之而后安，诛之而后快。

英国的剧作家莎士比亚在《错误的喜剧》中说："无知的蚊蚋尽管在阳光的照耀下飞翔游戏，一到日暮西山就会钻进它们的墙隙木缝。"而我国远古时旷达无为的庄子先生，对于区区蚊虫也颇为恼火，他在《天运》篇中对孔子说："夫播糠眯目，则天地四方易位矣，蚊虻噆肤，则通昔不寐矣。"时隔两千多年，我们似乎还可以看到颇有涵养的庄子，因蚊虫叮咬而辗转反侧、彻夜难眠的痛苦之状。

清人沈绍姬的《蚊》诗，后两句别开生面，寄慨遥深，他以蚊为喻，痛斥小人肆虐，抒发自己一腔报国热忱无从施展的悲愤。《红楼梦》中的薛蟠，是曹雪芹笔下的纨绔子弟，他都在一次诗会中写出"一个蚊子，哼哼哼"，以示对蚊虫的不屑，何况我们堂堂正正的人。

图：清 陈枚 山水楼阁图

黄鹤楼

［唐］崔颢

昔人已乘黄鹤去，此地空余黄鹤楼。
黄鹤一去不复返，白云千载空悠悠。
晴川历历汉阳树，芳草萋萋鹦鹉洲。
日暮乡关何处是，烟波江上使人愁。

黄鹤楼巍然峙立在武汉长江之滨，武昌蛇山之巅，蛇山又名黄鹤山。从三国时东吴为屯戍之军事需要而于此建楼算起，黄鹤楼至今已有一千七百余年的历史。历代诗人对黄鹤楼吟咏不绝，然而，为什么只有崔颢赢得的掌声最热烈最持久？甚至连目空一切的李白都要说什么“眼前有景道不得，崔颢题诗在上头”。

崔颢此诗，之所以在众多咏黄鹤楼的诗作中脱颖而出，一举夺冠，而且成为唐诗的名列前茅的代表作，主要原因就在于诗人以俯仰古今的大胸怀、大气魄，以极富生命意识与创造活力的生花之笔，抒写了辽阔深远的时空感和苍茫渺远的宇宙感，并且由大及小，对中国诗歌的传统母题“乡愁”作了新颖的表现。其气魄之大，境界之高，感慨之深，寓意之远，大约只有陈子昂的《登幽州台歌》、王之涣的《登鹳雀楼》、李白的《将进酒》、杜甫的《登高》等篇，方可一较高下。

六月九日

图■宋 王居正 纺车图

献卢尚书

［唐］万彤云

荷衣拭泪几回穿，欲谒朱门抵上天。
不是尚书轻下客，山家无物与王权。

索贿行贿之风虽说于今为烈，却是古已有之，中唐诗人万彤云的《献卢尚书》一诗，就是为这种邪气歪风立此存照。

“荷衣”，荷叶编制之衣，暗指平民百姓或高人隐士。万彤云游历四川梓州（治所在今四川三台县）时，想拜访高官卢弘宣。然而，古语有云“侯门似海”，俗谚也说“衙门八字开，有理无钱莫进来”。“阍者”，守门人。卢尚书衙门或居所的守门人，虽然也是区区之辈，但他小权在手，却很懂得“权力寻租”之道。他因万诗人或不明“潜规则”，或实在太穷酸而两手空空，便故意刁难，不予通报引见。由此及彼，以小见大，小小阍者尚且如此，其他芸芸官员更可想而知了。

《西游记》第九十八回说的是玄奘率众去西天取经，被如来佛手下阿傩、伽叶敲诈勒索之事，写的名为天国，指的实是人间。万彤云硕果仅存而沉埋已久的这首诗，可以让我们追昔抚今。

图 清 高岑 山水图册（原图）

汉江临眺

［唐］王维

楚塞三湘接，荆门九派通。
江流天地外，山色有无中。
郡邑浮前浦，波澜动远空。
襄阳好风日，留醉与山翁。

唐玄宗开元末年，王维为殿中侍御史，他到襄阳后登临远眺汉江的景色，写下了这首著名的诗篇。

“楚塞三湘接”，一以写山；“荆门九派通”，一以写水。“山”与“水”成为全诗的抒情线索。诗人在如此大笔一挥后尚嫌意有不足，于是接笔承“九派”再写“江流天地外”，承“楚塞”再写“山色有无中”。这一联纯用意笔写山水的壮观，笔意清润，意象超远。

在运笔空灵地分写了远景的山水之后，诗人继之集中笔力写水，“郡邑浮前浦，波澜动远空”，一“浮”一“动”这两个动词，置于五言中关键性的第三字的位置，使全诗更具动态之美。

在风和日丽之中临眺江山，自然不禁要联想到过往的风流人物，并抒发自己对大好山川的爱恋之情。“襄阳好风日，留醉与山翁”，悠然而止，极具风致。王维的这首诗，气摄神行，创造了“浑然一体”的和谐美的意境，是“登临诗”中的妙品。

图 明 沈周 庐山高图

望庐山瀑布

［唐］李白

日照香炉生紫烟，遥看瀑布挂前川。
飞流直下三千尺，疑是银河落九天。

李白的《望庐山瀑布》，是庐山瀑布永不过时的广告词，也是永不换代的身份证。

全诗从“遥看”着眼与着笔，乃远距离而非近距离。西方美学史早有艺术审美的时空距离之说，20世纪初瑞士美学家、心理学家布洛更提出“美学原理的心理距离”之论。对此李白早就以诗来证明了。“香炉”，指庐山西北的香炉峰，其峰尖圆，烟云聚散，如博山香炉之状。在日光的照射下，蒸腾的水汽化为紫色的烟雾，这是全诗的布景也是瀑布的背景。然后是瀑布出场，“遥看”二字点明题中之“望”。诗人的《望庐山瀑布》另一首是五古，其中的“挂流三百丈，喷壑数十里。欻如飞电来，隐若白虹起”，对瀑布已描绘得很精彩了，但仍不及此诗后两句比喻之独创，气势之飞动，神韵之浪漫。后人写瀑布往往离不开银河，如晚唐褚载的“泻雾倾烟撼撼雷，满山风雨助喧豗。宁知不是青天阙，扑下银河一半来”（《瀑布》），诗不错，但比喻已非首创，所以苏东坡要极赞李白之诗的原创性，批评徐凝另一首写瀑布的诗，有道是“帝遣银河一派垂，古来唯有谪仙词”（《戏徐凝〈瀑布〉诗》）。

六月十二日

图 / 宋 夏圭（传） 临流抚琴图

竹里馆

［唐］王维

独坐幽篁里，弹琴复长啸。
深林人不知，明月来相照。

有一年何草不黄的酷夏，远避祝融蒸沙烁石的炎威，暂别终日纷纷扰扰六根都不得清净的红尘，我远遁湘西南的一座深山。

山名木瓜，林木蓊郁，山脚有溪流如小家碧玉，山中有水库似大家子弟。我和内子缇萦于其间优哉游哉，不亦乐乎。当月出东山，湖面银光似雪之时，我们曾坐在林中纳凉赏月。《二泉映月》的如怨如诉的溪水，从同伴手中的两根琴弦下流泻出来，在四周松竹的清香里荡向远方。奏者如迷，听者如醉。我心中的俗念，身上的红尘，被音乐的流水一时洗尽，山下的车水马龙，熙熙攘攘，酒绿灯红，你争我斗，已然恍如隔世。

此时，山中寂寂无人，唯有清泉鸣于石上，松风游于林间，高天的明月像一个从不生锈的银盘，从树隙间筛下叮当作响的碎银，而不请自来的，却是王维的《竹里馆》。在木瓜山之夜，幸何如之，我曾与王维的山月做了“忘年之交”的朋友。

图 清 袁江 阿房宫图

山坡羊 · 骊山怀古

[元] 张养浩

骊山四顾，阿房一炬，当时奢侈今何处？只见草萧疏，水萦纡。至今遗恨迷烟树。列国周齐秦汉楚，赢，都变做了土；输，都变做了土。

秦始皇一统天下，征发宇内民夫七十万人，穷二十年之功，于骊山下修筑自己的陵墓。不仅此也，他还在渭水之南修建他的安乐窝阿房宫。一千五百年后张养浩前来，只见当年的雄图霸业、飞阁重楼均已荡然无存。然而，岂只是二世而亡的暴秦如此，列朝列代谁能例外。

张养浩由小及大，由点至面，认为封建统治者之间的争夺与厮杀，无论胜利或失败，到头来最终都是一抔黄土！人文精神的关怀中有所谓“终极关怀”，而批判精神中也应该有“终极批判”吧，那就是从永恒的时空的立场，以超越一切的大历史的眼光，从终极的意义上所作的批判。张养浩此作就是如此。它是一帖清凉散，也是一记警世钟，更是一把锋利无情的解剖刀，锋芒所至，天地无言。在元代的汉族文人中，出生山东济南的张养浩是一个异数，他是名曲家，又是高官与廉吏，最后在陕西的救巡中“鞠躬尽瘁，死而后已”。不论其他作品，他即使只有“山坡羊”为曲牌所写成的七首精品力作，也可以不朽了。

图 明 佚名 千秋绝艳图

过华清宫绝句（三首选一）

［唐］杜牧

长安回望绣成堆，山顶千门次第开。
一骑红尘妃子笑，无人知是荔枝来。

意大利哲学家、历史学家克罗齐曾经说过："一切历史都是当代史。"（《历史学的理论和历史》）历时八年的"安史之乱"，是唐王朝由盛而衰的分水岭，也是中晚唐诗人创作的重要题材，他们对历史的反思与诘问，无不包含了对现实的针砭与警告。杜牧的《过华清宫绝句》三首，是他的也是晚唐咏史诗的组诗名篇。

"华清宫"，唐行宫，在今陕西西安临潼区南骊山上。"绣成堆"，骊山东西二岭，唐玄宗时广植林木花卉如锦绣，故名。"一骑（jì）"，生于四川的杨贵妃好食荔枝，每岁从蜀地与南海飞驰以进，人马僵毙相望于道。《过华清宫绝句》着笔于食"荔枝"这一细节，揭示高层的腐败乃唐王朝衰败之由，高才健笔，冷光四射。唐代和唐代之后的许多人，都曾以"华清宫"为题赋诗，但杜牧的里程碑式的作品在前，虽然后人也有佳作，但影响力多不及杜牧之诗，此之谓"诗歌经典"或"经典诗歌"也！

图 清 华岩 啖荔图（原图）

惠州一绝

［宋］苏轼

罗浮山下四时春，卢橘杨梅次第新。
日啖荔枝三百颗，不辞长作岭南人。

苏轼一生以诗文鸣世，也为诗文所累，他在“乌台诗案”中身陷囹圄，屈打成招，差一点被死神提前召去，最终贬谪黄州。几年之后，复因故远谪广东惠州。

在来惠州之前，其弟苏辙和许多好友都痛下针砭，劝苏轼不要再作诗罹祸，他也以为“其言切实，不可不遵”，并“袖手焚笔砚”，而且表示“蔬饭藜床破衲衣，扫除习气不吟诗”（《答周循州》）。

然而，苏轼天生是一位诗人，而且是一位不吐不快的真正的诗人，而且是一位自信自己的文字不会与草木同腐的诗人。如同瀑布必然要飞泻，大江必然要奔流，花蕾必然要盛开，夜莺必然要歌唱，于是他在惠州又写了许多出色的诗词。上述这首食荔枝，千百年来就芬芳了不知多少读者的嘴唇。我曾和友人黄维樑、陈婕夫妇前往惠州探访苏轼的遗踪，拜祭和他一道前来惠州并逝世于此的朝云之墓，作《生死两西湖》以记。

图 明 唐寅 金昌送别图

渡荆门送别

［唐］李白

渡远荆门外，来从楚国游。
山随平野尽，江入大荒流。
月下飞天镜，云生结海楼。
仍怜故乡水，万里送行舟。

全诗开篇即顺势破题，一出荆门，蜀地的莽莽群山便隐居幕后，宣告集体失踪，入眼的是浩阔的原野与浩荡的江流。诗的颔联正是写舟行长江之上所见的昼景：一句咏“山”之有尽，一句叹“江”之无穷，而“平野”与“大荒”之阔大景象，表现的也正是青年李白的壮志豪情，和他所处的时代为后人所艳羡的“盛唐气象”。

颈联继之抒写夜景。一写水中之“月”，一绘天上之“云”，李白对“月”情有独钟，是痴迷的“月光族”或“追月族”。诗人在抒写极目远望中的景象之后，尾联照应开篇收束上面六句，并由远而近，进一步点明题目中的“送别”。

这首《渡荆门送别》，个性高迈，气魄雄张，表现了孟子所云的“我善养吾浩然之气”，也表现了自曹丕、刘勰、钟嵘以来所倡导的源于创作者主体精神气质的文气与才气，它不仅是李白万里壮游的典礼之作，也是他五律的代表之篇。

图 晋 顾恺之 洛神赋图

离思五首（其四）

［唐］元稹

曾经沧海难为水，除却巫山不是云。
取次花丛懒回顾，半缘修道半缘君。

元稹的元配韦丛，乃太子少保韦夏卿之幼女，美而且淑，出嫁时年仅二十，七年后之元和四年（809年）病逝。元稹写了不少悼亡诗，自称“悼亡诗遍旧屏风”，尤其是收入孙洙《唐诗三百首》中那组《遣悲怀》三首，确如孙洙所言“古今悼亡诗充栋，终无能出此三首范围者”。但是，元稹于元和五年（810年）被贬江陵士曹参军时，复作悼亡之《离思》五首，同样情真意切，而“其四”更不让《遣悲怀》专擅于前。

“曾经沧海难为水，除却巫山不是云”一联，化用《孟子·尽心》篇中“观于海者难为水，游于圣人之门者难为言”一语，和宋玉《高唐赋》序言中巫山神女朝云暮雨的典故，其原意本在表达对亡妻的赞美与追怀，本已是高华的丽词绮语，但在流传的过程中，由于历代读者积极参与作品的艺术再创造，却获得了关于人生的某种遭逢与境界的普遍意义，更成为义有多解、常引长新的千古名句。

图 明 沈周 西山雨观图

虞美人·听雨

［宋］蒋捷

少年听雨歌楼上，红烛昏罗帐。壮年听雨客舟中，江阔云低断雁叫西风。　　而今听雨僧庐下，鬓已星星也。悲欢离合总无情，一任阶前点滴到天明。

生于阳羡（今江苏宜兴县）的蒋捷，虽然生活在南宋末世，但江南毕竟是佳丽之地，温柔之乡，何况他还是富家子弟。“少年听雨歌楼上，红烛昏罗帐”，是写一段甜蜜的回忆，一种美好的象征，一方动人的境界，当然，也是一幕乐极悲来的悲剧的强烈反照。

南宋王朝灭亡，蒋捷隐居于太湖中的竹山，自号竹山先生。元成宗大德年间，有人先后向朝廷荐举他，但他始终不肯出仕。“壮年听雨客舟中，江阔云低断雁叫西风”，三十岁以后，他饱尝国破之巨痛，易代之深悲，孤舟大江漂泊，何况云迷雁唳，雨打秋篷！秋意凄凄，情怀也凄凄，由外景而内心，由个人而国家，这不是一喉而二歌，一管而二写吗？

《虞美人》是蒋捷沧桑历尽的暮年悲歌，词的下片由过去的“少年”“壮年”而逼近“而今”的眼前的现实，由个人而普遍的人生而广阔的时代，心事浩茫连广宇。蒋捷写暮年听雨，明表身世之感，暗寓的是家国之恨、荆棘铜驼之憾与黍离麦秀之悲。我们今日遥遥听到并为之感动的，是他瘦弱垂老的胸膛里滚动的绝望雷声。

六月十九日

图 清 张若澄 居庸叠翠图

长城

［唐］褚载

秦筑长城比铁牢，蕃戎不敢过临洮。
焉知万里连云色，不及尧阶三尺高。

当代诗人李谷虙的《长城》一词，上阕写长城形胜，下阕抒情寄慨：“今日且问长城，汉与秦灭，又几朝兴废？历代豪强称霸处，厮杀可分南北？黩武穷兵，苍生涂炭，白骨堆如雪。孟姜何哭，帝王都是民贼！”慨当以慷，寄托遥深，令我不禁想起唐诗人褚载的《长城》。

秦增筑长城，本来是为了防御北下东侵之外敌，以图秦王朝的长治久安，褚载开篇化用前人诗意，似乎也不见有何出色特异之处，不料峰回路转之后，新境顿开，他继之以与形象交融的别具洞见的议论：长城万里，高接云天，暴虐的秦王朝仍不免一朝覆灭，高高长城，还不及施行仁政的帝尧居所之矮矮三尺土阶！

相传为春秋时期齐国管仲所著的《管子》曾说：“执政之道，始于爱民。”“夫霸王之所始也，以人为本，本理则国固，本乱则国危。”今日从上到下所倡言的“以人为本”，虽然应有民主、民权、民生等新的时代内容，但却是两千年前古人的成言与智慧的延续和发展。褚载之诗，不也是包容此意而且意在言外么？

图 元 赵雍 先贤图

咏史

［唐］李商隐

历览前贤国与家，成由勤俭败由奢。
何须琥珀方为枕，岂得真珠始是车。
远去不逢青海马，力穷难拔蜀山蛇。
几人曾预南熏曲，终古苍梧哭翠华。

《咏史》诗乃李商隐伤悼唐文宗之作。此诗题为“咏史”，实为伤今。“历览前贤国与家，成由勤俭败由奢”，乃高屋建瓴地总结历代兴亡教训之警句，发人深省。商隐说文宗虽然勤俭，但没有贤臣良才辅佐，最终受制于宦官。“远去”与“力穷”，社会已病入膏肓，国势已不可挽回，这正是商隐敏锐的预感与深刻的洞见。“南熏曲”，传说舜所弹唱的爱民求治之曲。“苍梧”，九嶷山，在今湖南宁远县南，舜葬之处，代指文宗所葬之章陵。“翠华”，以翠羽为饰之旗，皇帝所用仪仗，全诗在追思与哀悼之中结束，如《葬礼进行曲》的尾声。

“成由勤俭败由奢”，“奢”，小而言之是奢侈，大而言之是腐败。《左传·隐公三年》：“骄奢淫佚，所自邪也。”不走正道走邪路，无论家与国，最终都会走向败亡。诗人所悼已成陈迹，但诗人总结历史教训的警句却历久弥新，如同警钟。警钟为谁而鸣？

星塘老屋后人白石山翁画成时乙酉春

图 现当代 齐白石 西瓜蝴蝶图（原图）

食西瓜

［元］方夔

恨无纤手削驼峰，醉嚼寒瓜一百筩。
缕缕花衫粘唾碧，痕痕丹血掐肤红。
香浮笑语牙生水，凉入衣襟骨有风。
从此安心师老圃，青门何处问穷通。

西瓜大约是在公元四、五世纪时从西域传入中国，《五代史》一书开始有"胡峤食西瓜"的记载。公元12世纪的苏轼，将它的大名写入自己的著作《物类相感志》。而明代李时珍的《本草纲目》也说："胡峤出征回纥时，最先将西瓜引入中原一带。"西瓜的故乡是非洲的撒哈拉大沙漠，炙人的沙漠竟然出产这沁人的瓜果，冥冥中我们真要感谢造化的赐福众生了。

家在江南的作者虽没有福气品尝西北的驼峰，但却可以饕餮上百片水浸冰镇过的西瓜。瓜皮上有花纹，红似碧血的瓜瓤上沾有待唾的瓜子，瓜汁瓜瓤的颜色，有如以指爪掐肤的血痕，吃西瓜时大家笑语喧阗、口舌生津，吃下去后顿时感到炎消暑退、透骨生凉。诗的结句用了一个典故，秦被灭亡后，秦国东陵侯召平变成布衣，种瓜于长安城东青门。瓜美，世称"东陵瓜"或"青门瓜"。如此赞美西瓜意犹未足，诗人最后说他从此安心向老园丁学习种瓜去也，不再过问能否富贵通达的红尘。如此收束，似另有寄托。

收刈
田家刈穫
時腰鐮競
倉卒霜濃
手龜坼日
永身罷薾
兒童行拾
穗風色凌
短褐歡呼
荷擔歸望
望屋山月

观刈麦

[唐] 白居易

田家少闲月，五月人倍忙。
夜来南风起，小麦覆陇黄。
妇姑荷箪食，童稚携壶浆，
相随饷田去，丁壮在南冈。
足蒸暑土气，背灼炎天光，
力尽不知热，但惜夏日长。
复有贫妇人，抱子在其旁，
右手秉遗穗，左臂悬敝筐。
听其相顾言，闻者为悲伤。
家田输税尽，拾此充饥肠。
今我何功德？曾不事农桑。
吏禄三百石，岁晏有余粮，
念此私自愧，尽日不能忘！

德宗贞元十六年（800年），白居易二十八岁时进士及第，以后又通过吏部几次科目不同的考试，于宪宗元和元年（806年）授官盩厔（今陕西周至县）县尉。县尉相当于今日副县级干部，掌一县治安，乃封建王朝统治机构中的基层官员，高适、杜甫都曾被授予类这一九品芝麻官。县尉任内两年，是白居易从政之始，也是他创作生涯的正式起航。此时的里程碑式的作品，一是创作了标志中国古典叙事诗艺术高峰的《长恨歌》，一是写出了以《新乐府》《秦中吟》为代表的政治抒情诗之先声的《观刈麦》。

白居易历经六朝，唐帝国江河日下，民不聊生，诗人早在《观刈麦》中就反映了农民的苦难。尤其可贵的是，作为政府官员，他所表现的自省态度与惭愧心理，可与比他年长、曾任苏州刺史的诗人韦应物比美。韦苏州在《寄李儋元锡》中，就说过“身多疾病思田里，邑有流亡愧俸钱”。今日之芸芸官员读到上述之诗，不知作何感想。

图 明 陈洪绶 蕉林酌酒图

哭宣城善酿纪叟

［唐］李白

纪叟黄泉里，还应酿老春。
夜台无晓日，沽酒与何人？

李白美名“酒仙”，又称“酒圣”，他和天下的美酒结下的是不解之缘，他对酿酒的普通人也一往情深。本诗就是情深意切的一首悼诗。

李白嗜酒，除了中国文人的传统习性之外，就因为酒是消愁方，可以让他在醉乡中暂时忘却人间的不平与黑暗、心中的郁闷与忧烦；也因为酒是兴奋剂，可以刺激他的灵感，激发他的诗兴。前者，他早在名诗《将进酒》中就说过了：“五花马，千金裘，呼儿将出唤美酒，与尔同销万古愁！”后者，杜甫在《饮中八仙歌》里也早已慨而言之：“李白一斗诗百篇，长安市上酒家眠。”爱屋尚且及乌，他爱酒当然就更是及于酿酒之人了。

此诗作于上元二年（761 年），正值李白流放夜郎遇赦归来的暮年。“老春”，姓纪的老翁所酿之美酒。唐人酒名多有“春”字，如郢地之富水春，乌程之若下春，今日四川尚有酒名“剑南春”也。“夜台”，墓穴，引申为冥间。生前酒谊，身后哀思，全出之以超越时空与生死的奇妙想象，诗仙的身影与诗作非一般人与一般作品可以望其项背。

图 明 梅清 鸣泉图

白云泉

［唐］白居易

天平山上白云泉，云自无心水自闲。
何必奔冲山下去，更添波浪向人间。

宝历元年（825年），五十四岁的白居易任苏州刺史，苏州之西二十里有天平山。据宋代朱长文《吴郡图经续记》，天平山“巍然特出，群峰拱揖”，山腰有亭，“亭侧清泉，泠泠不竭，所谓白云泉也”，并且说自白居易题《白云泉》绝句，泉“名遂显于世”。

白居易在点出山名与泉号之后，出之以与“半”字句法相仿的“自”字句，连用两个“自”字，分别写“云”之无心（陶渊明句“云无心以出岫”）与“水”之悠闲。然后以诘问转折：既然悠闲，又何必急忙出山呢？结句“更添波浪向人间”水到渠成，议论寓于形象之中，蕴含了许多人生的感慨。诗人另有一首《问淮水》：“自嗟名利客，扰扰在人间。何事长淮水，东流亦不闲？”同是咏水，却是对自己的名利之心的解剖，非一般人所能及，足以自觉觉人。《白云泉》的结句，可能也有此种自省，但更多的恐怕是表现了历经宦海浮沉人间险恶的诗人，对纯真美好的大自然的皈依之心，对纷争扰攘的人世间的讽喻之意。

六月二十五日

图 宋 夏圭 捕鱼图

捕鱼谣

［唐］曹邺

天子好征战，百姓不种桑。
天子好年少，无人荐冯唐。
天子好美女，夫妇不成双。

唐时曹邺的《捕鱼谣》，是中国诗史上罕见的“诗胆大如天”之作。曹邺为人特立独行，守正敢言，例如一人之下、万人之上的“中书令”白敏中卒，他因白敏中怙威肆行，多行不义，上奏请谥为“丑”。《捕鱼谣》直接以“谣”入题，可见此诗具有来自底层直斥庙堂之谣谚的风格与风骨。

冯唐，西汉时历仕五朝。全诗以排比句式结撰成章，复益之以叠词重字之复沓，三十个字中有十一个字系反复咏唱，矛头直指最高统治者的“天子”。三个排比句，前者分别为因，后者分别为果。明代陆时雍《诗镜总论》誉其为“铁中铮铮，庸中佼佼”，明代胡震亨《唐音癸签》赞其为“洗剥到极净极真”。这，大约就是从思想与艺术两方面着眼的吧。

古语有云：“上有所好，下必甚焉。”俗话说：“上梁不正下梁歪。”在一个非民主的集权及至极权的社会或国家中，尤其如此。《捕鱼谣》，是中国诗歌对极权制度之巅的君王最早最有力的批判，是三呼万岁之中一支呼啸而出的响箭，是君君臣臣的长夜之中一线民主思想的曙光。

图 宋 佚名 松谷问道图

庄子说送终

［唐］寒山

庄子说送终，天地为棺椁。
吾归此有时，唯须一番箔。
死将喂青蝇，吊不劳白鹤。
饿著首阳山，生廉死亦乐。

寒山长期居台州（今浙江天台市）始丰县翠屏山，常来往于天台国清寺，与寺僧丰干、拾得友善，好作诗。苏州之西枫桥附近之寒山寺，即得名于他。

死亡，是人生哲学中的一个不容回避的终极命题。寒山的多首诗作对此都作了回答。他认为这是自然规律："四时无止息，年去又年来。万物有代谢，九天无朽摧。东明西又暗，花落复花开。唯有黄泉客，冥冥去不回。"他认为生死双美："欲识生死譬，且将冰水比。水结即成冰，冰消返成水。已死必应生，出生还复死。冰水不相妨，生死还双美。"

本文所引之诗则更进一层。寒山以庄子达观之比起笔，说自己身后只需一张草席，可以喂青蝇，也无劳白鹤吊唁。诗人请出不食周粟、饿死首阳山的商代臣子伯夷叔齐，表达了他的"生廉死乐"的生死观，意为生前廉洁，死时快乐。在人欲横流的今世，这不仅是警世也是醒世的一声铜钟！

图■明 戴进 风雨归舟图

六月二十七日望湖楼醉书五绝（其一）

［宋］苏轼

黑云翻墨未遮山，白雨跳珠乱入船。
卷地风来忽吹散，望湖楼下水如天。

我每次去游览西湖，不仅为“上有天堂，下有苏杭”的西湖美景所迷醉，也被歌咏西湖美景的美诗所陶醉。美景美不胜观，美诗也美不胜览，其中就有苏东坡的组诗《六月二十七日望湖楼醉书》五首，特别是五首中的第一首“黑云翻墨未遮山”。

这首诗，无论是自然排序还是作品评比，均应是组诗之冠。宋神宗熙宁五年（1072 年），被贬为杭州通判的苏轼于西湖边的望湖楼写下此诗，空间是西湖山水，时间是由雨转晴。云黑山青，雨白水蓝，远近互映，动静交织，黑白对比，情景交融，比喻妙而动词巧，非具有慧眼灵心的高手莫办。难怪十五年后，以龙图学士除知杭州军州事之身份重来的东坡，虽已时年五十，却仍然要在《与莫同年雨中饮湖上》一诗中，感叹“还来一醉西湖雨，不见跳珠十五年”，可见他对过去所见的美景和所作的美诗，均念念未能忘情。

图 宋 刘松年（传）江浦秋亭图

峨眉山月歌

［唐］李白

峨眉山月半轮秋，影入平羌江水流。
夜发清溪向三峡，思君不见下渝州。

李白流传至今的诗约有千首，与月有关的将近四百篇，而他专门咏月的最早的作品，则是在故乡四川写的七绝《峨眉山月歌》。

山月而谓之“半轮秋”，说明他月夜江行正是初七、初八的月半圆时，“半轮”比“一轮”更富诗意，它既表现了青山吐月的优美意境，也暗示了诗人离乡时不无留恋的惆怅之情，而抽象名词“秋”与“半轮”组合，也有虚实相生之趣。“平羌江”，即今之青衣江，源出宝兴县北，东南流经雅安、洪雅、夹江等县，至东山会大渡河而入岷江。“夜发清溪向三峡”，点明月夜江行、登舟解缆的地点以及行船的方向。“思君不见下渝州”，“君”与开篇之“峨眉山月”首尾环合，既是指人也是寓月，全诗同结句而构成了一个完美的艺术整体，而且有余不尽。

此诗在艺术上的最大特色，就是整整二十八字之中，竟然叠用了多个地名而仍然气韵生动，诗意盎然，绝无板滞之弊。前人与后人都很难达到这种出神入化之境，故这首诗历来被称为千古绝调。

图 宋 佚名 水村楼阁图

西江月·夜行黄沙道中

［宋］辛弃疾

明月别枝惊鹊，清风半夜鸣蝉。稻花香里说丰年，听取蛙声一片。　　七八个星天外，两三点雨山前。旧时茅店社林边，路转溪桥忽见。

淳熙八年（1181年）冬，辛弃疾已四十一岁，被迫隐居带湖十年之久。他虽仍忧心国事却报国无门，只能专心于词的创作，迎来了果实丰硕的金秋。

“黄沙”，即黄沙岭，坐落在潇水支流贤水河畔之山坳。辛弃疾在此建有读书堂，常于斯闲居，多有吟咏。“稻花香里说丰年，听取蛙声一片”，是此词的名句。“听取”为听着、听到之意。诗人将“稻花香”的嗅觉意象与一片“蛙声”的听觉意象交织在一起，不仅以热闹的蛙吹衬托出夏夜乡村的静谧，而且让人读来深觉别饶情味、诗意盎然。

词的上片描绘了一幅农村夏夜图之后，下片抒写的是夜行途中忽然发现“旧时茅店”的动人情景。英雄既有金刚怒目，也有菩萨低眉；既有壮怀激烈，也有柔情似水。《西江月·夜行黄沙道中》出自英雄诗人之手，不也洋溢着田园闲趣、泥土芬芳吗？

图 明 文征明 千岩竞秀图

望岳

［唐］杜甫

岱宗夫如何？齐鲁青未了。
造化钟神秀，阴阳割昏晓。
荡胸生层云，决眦入归鸟。
会当凌绝顶，一览众山小！

山东东南部曲阜之西的衮州，在战国时代楚国灭掉鲁国之后，一度是楚国的势力范围。时近千年后杜甫往游时，他的父亲杜闲正在那里任司马之职。刚过弱冠之年不久的杜甫于此写了两首名诗，一是《登衮州城楼》，另一首则是矗立在中国诗史上纪念碑式的作品《望岳》。

“岱宗夫如何？”这是开篇的呼问，质实无华，较为拙朴，“齐鲁青未了”却是精心锤炼的工句，它们各有其美，而且互相映照补充。“荡胸生层云，决眦入归鸟”为倒装句。按一般平顺的写法，这两句诗就只能是平凡的笔墨，而一经倒装，就劲健新奇而富于张力。这首诗，“望”字为通篇之眼，第一联写“远望”，第二联写“近望”，第三联写“细望”，第四联写“极望”，全诗由此而构成一个完美的艺术整体，可称阵法森严，无懈可击。

诗，不能有字无句，也不宜有句无篇，一流的诗，必然在炼字、炼句、谋篇诸方面皆为上乘。杜甫年轻时所作此诗，即不朽之典范。

七月

图■宋 佚名 出水芙蓉图

采莲曲

［唐］王昌龄

荷叶罗裙一色裁，芙蓉向脸两边开。
乱入池中看不见，闻歌始觉有人来。

“采莲曲”，原为乐府旧题《江南弄》七曲之一。

梁元帝萧绎《采莲曲》有“莲花乱脸色，荷叶杂衣香”之句，王昌龄诗由此脱胎而来，却有胜出不止一筹的出蓝之美。诗人别出心裁地把夏日荷花与采莲少女交融在一起，荷叶罗裙，芙蓉笑靥，人花莫辨，写景即是写人，写景即是写情，这两个新鲜的富于绘画美的比喻，使人与景水乳交融。如果说，前面两句还只是静态的色彩鲜明的水彩画，那么，后两句动态的刻画，就更加强了诗的魅力。

全诗以巧比妙喻为构思的核心，将自然美与人物美融合，将静态描绘与动态展现交织，展示了采莲的劳动场景，塑造了流散着莲荷芬芳的人物形象，表现了青春向上的朝气，读者不仅看到了一幅江南水乡的美妙生活图景，耳边还仿佛传来少女们那“江南可采莲”的歌声。

图 宋 佚名 柳塘泛月图

赋新月

[唐]缪氏子

初月如弓未上弦，分明挂在碧霄边。
时人莫道蛾眉小，三五团圆照满天。

唐代是一个诗的时代。因为诗是整个社会文化的中心，诗的氛围是社会的主要文化氛围，耳濡目染，言传身教，儿童或少年之诗的早慧，便犹如春未暖而花已开，羽未丰而翅已展。

最有名的是初唐四杰之一的骆宾王，“鹅鹅鹅，曲项向天歌。白毛浮绿水，红掌拨清波。”他七岁时所作的《咏鹅》诗，今日已选入小学语文课本，童蒙均朗朗成诵。女诗人薛涛八岁时，她的父亲指着庭院中的一株梧桐，吟成“庭除一古桐，耸干入云中”之句令她续作，薛涛应声而曰“枝迎南北鸟，叶送往来风”，至今传为佳话。

《全唐诗》记载说：“开元时，缪氏有子七岁，聪慧解文，以神童召试，赋新月诗，称旨。”这首《赋新月》，首句以“弓”比喻新月的形态，活泼生动，结句预想新月将成满月，颇有想象力，一片天真童趣，一派云锦天机，置于成人之诗中也绝无多让。

图 宋 刘松年 四景山水图-夏

山亭夏日

［唐］高骈

绿树阴浓夏日长，楼台倒影入池塘。
水精帘动微风起，满架蔷薇一院香。

高骈，幽州（今北京）人，其家世代为禁军将领，他年轻时即精通武艺，而且是文学粉丝。所作多五七言绝句，宋人计有功《唐诗记事》称其“好为诗，雅有奇藻”。

此诗以楼台与池塘为构图的中心，辅之以动态的点染与嗅觉的渲染，完成了一幅清丽而生机勃勃的夏日园亭的图画。“绿树阴浓”状山亭的背景与环境，“夏日长”点明题目，“楼台倒影入池塘”，古典诗词中多有写“倒影”的美词妙句，此诗以美妙的倒影显示画面的主体楼台与平面池塘。“水精”即水晶。全诗不仅视觉形象美好，而且“满架蔷薇一院香”，嗅觉意象迷人。宋人谢枋得在《唐诗绝句注解》中说得好：“此诗形容夏日之光景，极其妙丽，如图画然。想山亭人物，无一点尘埃也。水精帘乃微风吹池水，其波纹如水晶帘也。”

图 清 王翚 唐人诗意图卷

过故人庄

[唐]孟浩然

故人具鸡黍，邀我至田家。
绿树村边合，青山郭外斜。
开轩面场圃，把酒话桑麻。
待到重阳日，还来就菊花。

《过故人庄》，是孟浩然隐居在襄阳附近鹿门山时的作品。

“绿树村边合，青山郭外斜”，诗人所造访的故人村庄，周围都是蓊郁成阴的绿树，这是静景，也是远景，而句尾的“合”字，显然是一个动态性的意象，使静态的绿树，有了跃动的姿态和生命。“郭外”即城外，从村庄往远处瞭望，隐隐的青山横卧在城郭的外边，这是远景，也是静景；而句尾的“斜”字，使静态的青山有了生动的气韵。

在对故人庄的周围环境做了一番布置和描写之后，“开轩面场圃，把酒话桑麻”则主要是登堂入室后的动态性描写。禾场、菜园和桑麻之类固然是静态的，但占据全诗画面中心的却是开轩面对、把酒欢谈的活跃情态，而且那些静态的事物都成为主客对话时流动的话题了。

主客尽欢，由今日而他日，由现实而未来，“待到重阳日，还来就菊花”，全诗就在预设和期待中收束，留给读者以联想的广阔余地。

图 宋 何荃 草堂客话图

清平乐·村居

［宋］辛弃疾

茅檐低小，溪上青青草。醉里吴音相媚好，白发谁家翁媪？　大儿锄豆溪东，中儿正织鸡笼。最喜小儿亡赖，溪头卧剥莲蓬。

这首词，是辛弃疾农村词的代表作之一。词的上片，主要写背景和老人。“茅檐低小”，可见生活之艰难。“溪上青青草”，一曲清溪两岸绿茵更是背景的背景。“醉里吴音相媚好，白发谁家翁媪”，吴侬软语本来就很温柔了，何况这两位老人喝了点酒已经微醉，彼此轻言细语絮叨家常，听起来声音更加妩媚好听。词的下片，分写儿辈。“大儿锄豆溪东”，大儿子当是家中主要劳动力，既不能像现在这样进城当农民工，就担负在溪东豆田锄草的重担。“中儿正织鸡笼”，二儿年纪小些，但他也同样勤劳，手不停织，各尽所能。“最喜小儿亡赖，溪头卧剥莲蓬”，“亡赖”义通“无赖”，此处为活泼顽皮之意。小儿子尚在幼年，无忧无虑，他“好闲”但不“游手”，正躺在溪头的青草上剥食莲蓬呢。

《清平乐·村居》宛如一幅明丽的水彩。辛弃疾是一代大才，于词无所不能，这首诗让我们看到多棱形钻石的另一面光辉。

图 明 丁玉川 渔乐图

渔翁

［唐］柳宗元

渔翁夜傍西岩宿，晓汲清湘燃楚竹。
烟销日出不见人，欸乃一声山水绿。
回看天际下中流，岩上无心云相逐。

永州潇水西岸有一处名胜为“朝阳岩”，为其举行命名礼的是中唐诗人元结。永泰二年（766 年），道州刺史元结一游永州，系舟岩下，因此岩地望朝东，故作《朝阳岩记》以记，作《朝阳岩下歌》以歌。柳宗元诗中的西岩，并非一些注家与论者所说的《永州八记》中的“西山”，而是俯临潇水的朝阳岩。

《渔翁》一诗，可说是《江雪》的姐妹之篇。诗的首句，点醒题目，交代了人物和地点，次句的“晓”字贯串全篇，因为全诗着力渲染的正是清江晨景，而一“汲”一“燃”，乃楚地渔翁的生活写照。第三句写日出烟消，伊人不见；“欸乃”系摇橹之声，第四句点出渔舟已顺流而下，水色山光交融莫辨。结尾写渔翁回首西岩，云无心而出岫，它们自由自在，并没有人间之竞逐的机心。全诗咏的是渔翁，也是柳宗元自己的自我写照。宋代的苏轼认为诗应该有“反常合道”的“奇趣”，此诗有奇趣，但删掉结尾两句“亦可”，反对者有之，附和者有之，这就是后话了。

图 元 盛懋 山居纳凉图

小暑六月节

［唐］元稹

倏忽温风至，因循小暑来。
竹喧先觉雨，山暗已闻雷。
户牖深青霭，阶庭长绿苔。
鹰鹯新习学，蟋蟀莫相催。

农历二十四节气中，夏天的第五个节气，便是小暑。暑为炎热之意，小暑拉开的正是夏季的序幕，农作物开始在充足的阳光下茁壮成长，而炎炎的夏日便随之汹涌而来。古代的诗人除陶渊明似乎还参加过一些田间劳作之外，其他人大都未曾从事过稼穑，所以写小暑的诗作均未能由此而抒写农事。南北朝时庾信就有咏小暑之作，此后代不乏人，但精彩之作并不多见，中唐诗人元稹的《小暑六月节》算是其中出色的一首。

此诗首联点明“小暑”到来，热风忽至，颔联写室外，一以写竹喧，衬之以雨，一以写山峦，衬之以雷。颈联写户内，一以写门户间潮湿的青色雾气，一以写院落中滋生的绿苔。尾联兼及两种生物，鹰与蟋蟀，鹰于晴爽长空练习搏击，蟋蟀七月在野，诗人嘱其休要急于催促时间前行，更换节气。以上种种，描绘的均为小暑来时的物象，虽无十分精妙之处，但也句句切题，一丝不走，是可读之作。

图 清 袁耀 汉宫秋月图

咏月

［唐］李建枢

昨夜圆非今夜圆，却疑圆处减婵娟。
一年十二度圆缺，能得几多时少年？

诗人李建枢，世次不祥，生平无考。前人咏月之诗成千累万，但李建枢此诗却可谓一枝别开。

他有不同于他人的独特的感悟与发现，也有不同于他人的独特的艺术表现。题为“咏月”，但他写的却是宝贵的青春和更广阔的人生。首句是一个否定句，时间流逝，一夜之间月亮已有变化，昨夜之圆已非今夜之圆。第二句重复“圆”字，暗示清光已减之“缺”。第三句由“昨夜”至“今夜”的短暂而扩展至“一年”之长远，再重复“圆”字而明点“缺”字。最后逼出“能得几多时少年”的诘问。它是诘问，也是警语。人生苦短，应该倍加珍惜，尤其是年少的青春时光！

对青春年少的珍惜，可谓无分中外古今。古希腊诗人荷马在《伊利亚特》中说:“啊,青春,你永远是可爱可亲的！”香港作家陶然祖籍广东而出生印尼，他怀念童年时代而写有散文诗《赤道线上·柚子树》，结尾是：“走遍天涯我又阅尽千树百花，但记忆的宝库却永远给这棵柚子树留住；它盛开我童年的苦乐，在细雨纷飞的轻梦中，在和煦的阳光下。啊！那拾不回来的童心，还在那招风的绿叶间留连吗？”此之谓中外同心，古今同慨。

图■明 沈贞 竹炉山房图

夏昼偶作

［唐］柳宗元

南州溽暑醉如酒，隐几熟眠开北牖。
日午独觉无馀声，山童隔竹敲茶臼。

“南州”，即柳宗元谪居十年的今湖南永州。何以解忧？有永州的嘉山胜水。但何以解热呢？他就无计可施了，有《夏夜苦热登西楼》以记其事：“苦热中夜起，登楼独褰衣。山泽凝暑气，星汉湛光辉……凭栏久彷徨，流汗不可挥。”南方人或在南方生活过的人，读此诗当会感同身受。

此诗以“溽暑醉如酒”既生新又传神的比喻领起，继写诗人自己在敞开的北窗之下，靠着座侧的几案熟睡。最妙的是后面两句，“茶臼”为捣茶的容器，一觉醒来，天地皆寂，只听到竹林中山童敲击茶臼的声音。如此以动写静，暑热中见清凉，音响中见寂寞，创造了前人美称的柳宗元所独具的“清迥绝尘”的诗境。六朝时王籍有“蝉噪林愈静，鸟鸣山更幽”（《入若耶溪》）之句，晚唐李洞有“药杵声中捣残梦，茶铛影里煮孤灯”（《上崇贤曹郎中》）之语，似都不及柳宗元诗的境界清幽，情韵深远。我多次往游永州西山下的愚溪，寻觅柳宗元居住的故地，他的《永州八记》仍在，他写于此间的许多诗章仍在，但我沿溪徘徊，在竹林中侧耳倾听，却再也听不到那位山童敲打茶臼的声音从唐朝传来，令人不胜惆怅。

图 宋 佚名 红蓼水禽图（原图）

翠碧鸟

［唐］韩偓

天长水远网罗稀，保得重重翠碧衣。
挟弹小儿多害物，劝君莫近市朝飞。

对于大自然中的鸟，我们的祖先总是赐以嘉名，“翠碧鸟”即是其中之一。翠碧鸟还有许多美丽的别名，它又名翠鸟、翠碧、翡翠、翡翠鸟。

韩偓此诗，不只单义而有多义，或者说义有多解。它是写鸟，希望这可爱而有益的翠鸟安全地栖息在天长水远的大自然中，得以保全自己翠碧的衣裳，劝告它们不要飞临热闹的市朝，那击鸟的弹丸制造的是生命的杀机。作者是晚唐人，它也可说是写鸟而兼咏人，抒写了在奸恶当道（如篡唐之朱全忠）的乱世中全身远害之意。

今天，我更愿意将它视为一首环保诗，人类今日对于飞禽走兽的滥捕滥杀，造成了自然界生物链的严重破坏，即使是为了自己和子孙后代的生存，见利忘义（环境保护之大义）之辈与只知一饱口腹之欲的饕餮之徒，也真应该反躬自省了！

图 宋 佚名 远水扬帆图

送日本僧敬龙归

［唐］韦庄

扶桑已在渺茫中，家在扶桑东更东。
此去与师谁共到？一船明月一帆风。

唐太宗贞观五年（631年），日本第一次“遣唐使”来长安。公元645年，日本开始“大化革新”运动，更大规模地学习和引进唐文化，至唐末昭宗乾宁元年（894年），一共派出过十九次遣唐使团，少则一二百人，多则五六百人。此外，留学生与学问僧来唐也不绝于途。他们长期居留中国，学习中华文化，并与诗人们唱和，有的甚至成为政府机关的公务员。晚唐时的敬龙就是其中的一位，他回国时，韦庄秀才人情纸半张，赋诗送行。

“扶桑”，原是神话中的树木之名，传说为日出之处，故借指日本。首二句“扶桑”两次出场，用“已”与“更”关连并递进，极写大海波高浪渺，敬龙归途遥远。第三句故为设问，引发下文，以“一船明月一帆风”收束，这在古典诗法中称为“实下虚成”或“以景截情”，即在结句的写景中寄托悠然不尽的情意，敬龙归途的寂寞孤独，作者送别的怀人念远，都尽在其中。如果明言直说，裸露无余，那就是非诗之道而大煞风景了！

图 明 仇英 高山流水图

龙标野宴

［唐］王昌龄

沅溪夏晚足凉风，春酒相携就竹丛。
莫道弦歌愁远谪，青山明月不曾空。

天宝七年（748 年），有“诗家天子”之誉的王昌龄五十一岁之时，从江宁（今江苏南京）丞任上贬为龙标尉。“龙标”，即原湖南怀化市之黔城镇，现已改为中方县。在唐代，这里是远离中原的蛮荒险恶之区，《荆州记》称之为“溪山阻绝，非人迹所能履”。江宁虽然也是他的放逐之地，但较之龙标，可以说是人间天上。

王昌龄在此间困居七八年之久，其生活的艰难困苦，心情的纠结郁闷，均可想而知。“醉别江楼橘柚香，江风引雨入舟凉。忆君遥在潇湘月，愁听清猿梦里长”（《送魏二》），透露的正是他远谪南荒的深愁苦恨，因为三十年仕途，二十年迁谪，盛年时又在穷乡僻壤虚掷黄金般的岁月啊！上引之诗写“春酒”，写“莫道”，实际上是在故作旷达之中透出深沉的忧然与悲愤，而沅溪夏晚与青山明月，也正是清代王夫之在《姜斋诗话》中所说的“以乐景写哀，以哀景写乐，一倍增其哀乐”。

七月十三日

图 南宋 梁楷 六祖截竹图

禅宗偈两首

［唐］神秀 慧能

身是菩提树，心如明镜台。
时时勤拂拭，莫使惹尘埃。

菩提本无树，明镜亦非台。
本来无一物，何处惹尘埃。

神秀与慧能，均为初唐人。神秀为禅宗五祖弘忍门下上座弟子，教授师。慧能，为弘忍门下破柴碓米的下等僧徒。弘忍欲传衣钵，神秀、慧能各作一偈，弘忍将衣钵传给慧能，此为成语“衣钵相传”的出典，慧能遂为禅宗六祖。

“菩提树”，梵语中“菩提”为智、觉之意，释迦牟尼当年因在一树下觉悟成道，故以菩提为此树命名。“明”，佛家称智慧与真言。弘忍对神秀之偈虽也表示欣赏，但他认为尚在佛门之外，而慧能之偈则明心见性，直道佛家的空无之境，故以衣钵相传。神秀强调“渐悟”，慧能主张“直指人心，见性成佛”之顿悟。慧能之偈，有心于佛的读者自可深入研习。神秀之偈呢？则与我们这等凡夫俗子隔得更近，学佛与否姑且不论，在红尘俗世，在权、名、利、色等诸多诱惑之中，一个人要保持心地的“清”与“净”，就必须勤为拂拭，让自己的心中葆有一方净土。

图 宋 马远 竹涧焚香图（原图）

偶兴

［唐］吕从庆

吾亦陶彭泽，从来懒折腰。
焚香怀落落，对酒意嚣嚣。
世态云多幻，人情雪易消。
最佳猿共鹤，闲里日相邀。

“落落”，潇洒自然。“嚣嚣”，闲适自得。晚唐自号“丰溪鱼叟”的诗人吕从庆，他的这种遗世独立不同流合污的人生态度，焚香品酒闲云野鹤的云水生涯，还有其“丰溪渔叟生涯定，明月清风一钓竿”（《寄弟》），“杂客不来尘思少，落花啼鸟自年年”（《纠峰别业》）等作品为证。大自然是人类永恒的精神家园，也是真正的诗意的栖居之所在，这可谓古今同概，而“世态云多幻，人情雪易消”呢？这一警句所表现的人生感慨同样具有普遍意义。“多幻”与“易消”的形态是长存的，只是“世事”与“人情”的内涵不同而已，大至时事的变化，小至个人的遭逢，不都是如此吗？

俗谚有云：“人情似纸张张薄，世事如棋局局新。”众生对此已是耳熟能详的了，因为流传已久的《增广贤文》收录了这一名谚，而吕从庆的“世态云多幻，人情雪易消”呢？却少有人知。其实，较之前者，它同样直指社会世相与普世人心，但却更精炼更富于诗意。

七月十五日

图 元 盛懋 三峡瞿塘图

峡中行

[唐]雍陶

两崖开尽水回环，一叶才通石罅间。
楚客莫言山势险，世人心更险于山。

三峡乃自然之杰作，天下之奇观。唐诗人咏三峡的诗不少，但从来还没有人像中唐诗人雍陶这样写三峡，也许是他由自然而社会，直抉世道人心，颇为尖锐而另类吧。

诗的前两句铺陈描写山势之危，第三句故作顿挫，以否定句否定山势之险，逼出“世人心更险于山”的惊心动魄的结句，让人倏然而惊，悚然而思。

中国古代的贤哲早就有“人之初，性本善”与“人之初，性本恶”之争，也有“从善如登，从恶如崩”的名训。印度诗哲泰戈尔曾认为“当人是兽时，他比兽更坏”（《飞鸟集》），法国的启蒙思想家伏尔泰也说“作恶的机会每天有上百回，而从善的机会一年只有一次”（《查第格》）。官场的尔虞我诈、你死我活且不必去说它，文场与艺界的拉帮结派、争名夺利也无须多论，今日为谋取不义之财，“毒奶粉”“瘦肉精”“塑化剂”“地沟油”“三聚氰胺”“电信讹诈”等等坑蒙拐骗的恶行遍于国中，不正是“世人心更险于山”的证明吗？

图 北宋 刘寀 群鱼戏瓣图

放鱼

［唐］李群玉

早觅为龙去，江湖莫漫游。
须知香饵下，触口是铦钩。

晚唐诗人李群玉，澧州（今湖南澧县）人。清才旷逸，以吟咏自适。曾因人提携而短暂出仕，后被诬陷而还乡，他厌恶并畏惧黑暗的官场，从此息影园林。其诗多送别寄赠、羁旅游览之作，因久居沅湘，师法屈宋，故其作语言流丽而有民歌气息，情致清幽而有杳远风神。

我国古典诗歌最早写鱼的诗句，见于《诗经·卫风》中之《硕人》篇，汉魏乐府中的《枯鱼过江泣》则是咏鱼的完整篇章。唐代咏物诗不少，但写鱼之作不多，李群玉的《放鱼》是独具一格富于哲理的佳作。“铦钩”，锋利的钓鱼之具。此诗特色之一是小中见大地展开，特色之二是由此及彼地暗示。它描写的是具体而微的尺寸之鱼，却由鱼而社会而人生，抒写的是善良者对社会与人心之险恶的普遍感受，全诗手挥五弦，目送飞鸿，音流弦外，余响无穷。

图 唐 李思训 宫苑图

玉楼春

［五代］孟昶

冰肌玉骨清无汗，水殿风来暗香满。
绣帘一点月窥人，倚枕钗横云鬓乱。
起来琼户启无声，时见疏星渡河汉。
屈指西风几时来，只恐流年暗中换。

五代十国时期后蜀末代君主孟昶，对他的一位才艺双绝的爱妃赐名“花蕊”，人称“花蕊夫人”。在一个炎夏之夜，两人在摩诃池上纳凉，孟昶对景生情，一时兴起而作了这一首《玉楼春》。流年似水，花蕊夫人与孟昶纳凉歌咏及其悲欢离合，均已成为历史的陈迹。时至北宋，在苏轼贬于今日湖北黄冈之时，他追忆往事，说七岁时在家乡眉山遇到一位九十高龄的朱姓老尼，这位老尼年轻时曾随师父进入孟昶之宫，亲见孟昶与花蕊夫人在摩诃池上纳凉，并能记诵，她在叙说这一故事时，还向苏轼朗朗背诵。

四十年后，往事重到心头。苏轼还能记得孟昶词的首两句，他诗兴大发，在滚滚长江东逝水的涛声里，将其“足成”一阕《洞仙歌》，全词如下：

冰肌玉骨，自清凉无汗。水殿风来暗香满。绣帘开，一点明月窥人，人未寝，欹枕钗横鬓乱。　起来携素手，庭户无声，时见疏星渡河汉。试问夜如何？夜已三更，金波淡，玉绳低转。但屈指西风几时来，又不道流年，暗中偷换。

图 宋 范宽 溪山行旅图

题画建溪图

［唐］方干

六幅轻绡画建溪，刺桐花下路高低。
分明记得曾行处，只欠猿声与鸟啼。

“建溪”，闽江北源，源出福建浦城县北仙霞岭，流经建阳市，故又名“建阳溪”。《题画建溪图》是晚唐诗人方干的一首题画诗。

“六幅轻绡”，即六扇装着生绡的屏风，“画建溪”，点明是画建溪风光的山水屏风。“刺桐花下路高低”，仍是画面实景，建溪两岸开满了刺桐花，一条高下不平的山路，若隐若现地掩映在花阵花光之中。如果此诗后面仍是如此就画实写，那就会索然无味了，好在诗人陡转一笔，抒发观感，妙在“以画作真”：分明记得曾游历过建溪，行走过这条山路，怎么现在听不到曾经听过猿啼与鸟鸣呢？画是无声诗，他此时却无声偏要有声，正是这种诗的痴想，平添了一番奇趣。

唐代诗僧景云《画松》说：“画松一似真松树，且待寻思记得无？曾在天台山上见，石桥南畔第三株。”与方干诗同一机杼，同是“以画作真”，同是无理而妙地刺激读者的联翩浮想。这，正是高明的“题画诗”的绝技。

图 宋 梁楷 柳溪卧笛图（原图）

赠花卿

［唐］杜甫

锦城丝管日纷纷，半入江风半入云。
此曲只应天上有，人间能得几回闻？

上元二年(761年)，杜甫由陇入蜀，多方经营历时一年终于客居于成都草堂。该年四月，梓州刺史段子璋袭绵州，自称梁王，成都尹崔光远率裨将花敬定平叛，斩段子璋。花敬定恃功骄奢，不但大掠东蜀，而且家中日日越礼歌舞，杜甫先作《戏作花卿歌》，复作《赠花卿》一诗。

杜甫与花敬定相识，故以友朋间互称之“卿”称之。杜甫以首二句极写花卿府中丝管日纷纷之盛况。在如此铺垫之后，诗人掉转笔头，发而为问，似赞而实讽：这种乐曲只应朝廷上或天宫中才有，普通人世怎么能得听闻，何况是“日纷纷”呢？诗的后两句颇为精警，今日仍有很高的引用率，但含意已延展引申，常用于赞扬乐曲或歌唱之不同凡响。

图 明 商喜 过海图

题竹

[唐] 玄览

欲知吾道廓，不与物情违。
大海从鱼跃，长空任鸟飞。

中唐时的禅僧玄览仅存诗二首，另一首平常，此一首高妙。此诗之本意在言“道”，即首句所说的“欲知吾道廓”，玄览认为自己所恪守与宣讲之道颇为广大，其中心则是“不与物情违”，即尊重事物的本性及其发展规律，然后他更以“鱼跃”与“鸟飞”，形象地阐说佛家之不争不竞、听其自然的观念。

好诗常常是作者未必然而读者未必不然，也即是前苏联文豪高尔基所说的“形象大于思想”。朱熹认为“大丈夫处世，不可无此气象”，对此诗的理解接近现代人的意识，即天地广阔，大有可为。不过，有为与否，我认为应兼顾主观与客观，“鱼”应是北溟之鱼，“鸟”应是志在云天的鸟，而非胸无远志、鼠目寸光的俗物，“海”也应该是真正的大海，“空”也应该是真正的长空，它们应为鱼跃鸟飞提供充分的条件与良好的环境。古老谚语兼今日俗语所云之“海阔凭鱼跃，天高任鸟飞”，就是从玄览之诗转换而来，只是一般读者只见波浪不知源头而已。

图 宋 马远 踏歌图

竹枝词（其一）

［唐］刘禹锡

杨柳青青江水平，闻郎江上踏歌声。
东边日出西边雨，道是无晴却有晴。

“竹枝词”，本为巴渝（今重庆市一带）的民歌，多写儿女柔情与旅人思绪，旁及风土人情，是唐代文人竹枝词的源头。

刘禹锡所首创的竹枝词，既保留了民歌质朴天然的天生丽质，多用口语入诗，具有浓郁的泥土气息，同时由俚词而入雅调，从语言到情调多了一份文人的优雅高华。“杨柳青青江水平，闻郎江上踏歌声”，流丽简妙，颇有六朝民歌的韵调，三四句则运用民歌习见的谐音手法，以“晴”谐“情”，虽是信手拈来，却是诗心独造，所以千百年来脍炙人口。

从唐代文人竹枝词以来，历代诗人以至现当代，创作竹枝词者不绝于途。1911 年农历二月底，梁启超自日本去台湾，考察日本占领下台湾的民生民瘼，作诗多首，其中就有《台湾竹枝词十首》。如“韭菜花开心一枝，花正黄时叶正肥。愿郎摘花连叶摘，到死心头不肯离”，如“相思树底说相思，思郎恨郎郎不知。树头结得相思子，可是郎行思妾时（全岛所至植相思树）”，这是时代的新曲，也是古典的回声。

图 唐 李思训（传）九成避暑图

苦热行

［唐］王毂

祝融南来鞭火龙，火旗焰焰烧天红。
日轮当午凝不去，万国如在洪炉中。
五岳翠干云彩灭，阳侯海底愁波竭。
何当一夕金风发，为我扫却天下热！

生活在中国特别是南中国的诗人，几乎无人没有领教过酷夏的炎威与淫威。今天，我们即使是在纸上谈晚唐诗人王毂的《苦热行》，恐怕也会感同身受而汗出如浆吧。

“祝融”，传说中以火施化的古帝，一说为帝喾时的火官，后人尊为火神。“阳侯”古代传说中的波涛之神。古以阴阳五行解释季节演变，秋属金，故“金风”即秋风。作者写苦热，既借用神话传说，又以“火旗”“洪炉”作正面的绘声绘色的形象描绘，以翠干、云灭、海枯作侧面的渲染烘托。

王毂还有《暑日题道旁树》，录以备参：“火轮迸焰烧长空，浮埃扑面愁濛濛。羸童走马喘不进，忽逢碧树含清风。清风留我移时往，满地浓阴懒前去。却叹人无及物功，不似团团道旁树。”由物及人，人不如物，真是另一种意义的“树犹如此，人何以堪”。

图 明 文征明 山庄客至图

井栏砂宿遇夜客

［唐］李涉

暮雨潇潇江上村，绿林豪客夜知闻。
他时不用逃名姓，世上如今半是君。

中唐诗人李涉的《井栏砂宿遇夜客》，这是一首题材独特颇具创意的好诗，婉而多讽，令我们耳目一新。

“井栏砂”，在今安徽省怀宁县皖口。“夜客”，即打家劫舍的绿林强盗。据《唐诗纪事》：“涉尝过九江，至皖口遇盗，问何人，从者曰：‘李博士也’。其豪首曰：‘若是李涉博士，不用剽夺，久闻诗名，愿题一绝足矣。’涉赠一绝云云。”李涉遇盗，遂题赠上述之诗，盗首不仅回赠礼物，而且还护送一程。后来有人于岭南之乡野投宿一座庄园，把酒夜话时，庄主记诵多首李涉之诗，并追怀往事，唏嘘下泪。此庄主正是已改邪归正并隐姓埋名的那位盗首也。

诗歌在唐代十分热门，深入人心，优秀的诗作影响广泛，优秀的诗人受到众生甚至“黑社会”的尊重。今日的绿林豪客、市井强人虽不致“世上如今半是君”，但为数亦复不少，世风日下诗风也日下，李涉博士如果在僻街冷巷或近郊远野碰到他们，那恐怕就不会再有人请他赋诗相赠了。

图 宋 佚名 送别图（原图）

送友人

［唐］李白

青山横北郭，白水绕东城。
此地一为别，孤蓬万里征。
浮云游子意，落日故人情。
挥手自兹去，萧萧班马鸣。

李白喜爱交游。上至将相王侯，中至文坛名士，下至百姓平民，他的诗文中指名道姓者就有四百多人，颇有“座上客常满，樽中酒不空”之概。他最重情谊而又天性潇洒豪放，所以他的送别诗尤其是早中期之作，其特色就是情真意挚而意兴飞扬，不喜抒缠绵悱恻的悲苦情，不屑作搔首弄姿的儿女态。

“浮云游子意，落日故人情”，是诗中的，也是传诵了千年、引用了千载的佳句。游子之意，飘若浮云，故人之情，唯悲落日。浮云是流动不居的，落日是依回留恋的，所以清人王琦注《李太白集》时要说：“浮云一往而无定踪，故以比游子之意；落日衔山而不远去，故以比故人之情。”

“旧日朋友岂能相忘？让我们同声歌颂友谊地久天长”，灯下品诗，独酌千古，恍兮惚兮中，苏格兰民歌《友谊地久天长》的乐音飘然而至，叩响我的耳鼓与心弦。

图 五代 董源 龙宿郊民图

客思

［唐］贾岛

促织声尖尖似针，更深刺著旅人心。
独言独语月明里，惊觉眠童与宿禽。

人生，本就是一次时间长短有别、路途远近不一的旅行，何况是离家在外的山一程水一程的旅途？何况是交通不便、音讯难通的古代？何况是关山难越、谁悲失路之人？贾岛此诗写长夜难眠的旅人之孤独寂寞。可谓构思新颖，语言警醒。

“促织”，蟋蟀别名。全诗集中于秋夜蟋蟀的鸣声落笔。“声尖”已是用字尖新了，在“声尖尖似”的顶针修辞强调其尖之后，复出以象形状声妙不可言的“尖似针”的比喻，并以“刺着”一语补足。“独言独语”是以人拟物，妙写蟋蟀之鸣，“眠童”与“宿禽”竟然俱已惊觉，旁听而长夜难寐的诗人则可想而知矣。

当代诗人李天靖有《在三山耳朵失眠了》一诗，结尾是：“一夜耳朵／到何处去痛哭／那声音，直追到耳神经／自杀的深渊／逆来顺受吧／耳朵，其它耳朵／不都沉寂在幸福的安眠之中！为什么你要独醒？”造语新警，可与贾岛此诗对读。

图 宋 梁楷 泽畔行吟图

短歌行

［唐］子兰

日月何忙忙，出没住不得。
使我勇壮心，少年如顷刻。
人生石火光，通时少于塞。
四季倏往来，寒暑变为贼。
偷人面上花，夺人头上黑。

生卒年不详的子兰，是唐末诗僧。

“短歌行”乃乐府旧题，此处也暗示人生是一曲短歌。日升月落，没有停驻，勇壮的少年时光转瞬即逝，生命如电光石火，快心畅意时少而不如意之郁闷阻塞时多。子兰此诗写到这里还没有特别出色之处，精彩的是他将四季寒暑独创性地比拟为“盗贼”，而且用常人之所未用的“偷”与“夺”二字。时光偷人朱颜，夺人黑发，这是似谬实真的虚实转换，匪夷所思的联想借代，而“花”与“黑”的颜色词置于句尾，不仅直击人的眼球，令人警动，而且直叩人的心弦，令人警醒！

印度诗哲泰戈尔在《飞鸟集》中说：“使生如夏花之绚烂，死如秋叶之静美。”青松可贵，红颜可珍，生命苦短，让我们善待自己也善待他人，珍惜人生只有一次的生命吧！

图 明 仇英 梧竹书堂图

题弟侄书堂

[唐]杜荀鹤

何事居穷道不穷，乱时还与静时同。
家山虽在干戈地，弟侄常修礼乐风。
窗竹影摇书案上，野泉声入砚池中。
少年辛苦终身事，莫向光阴惰寸功。

杜荀鹤不仅是一位诗人，而且是一位学人。他家境孤寒，但从小苦读，年既老而不衰，“鬓白只应秋炼句，眼昏多为夜抄书”，有他的《闲居书事》中的诗句出示证明。出示证明的，还有他的《书斋即事》一诗：“时清只合力为儒，不可家贫与善疏。卖却屋边三亩地，添成窗下一床书。沿溪摘果霜晴后，出竹吟诗月上初。乡里老农多见笑，不知稽古胜耕锄。”穷则独善其身，达则兼济天下，不论“独善”与“兼济”，都需要通过读书来充实、丰富和提高自己的精神世界，诗人卖地而买书，使一介书生的我读来分外感动。

《题弟侄书堂》是写给子侄辈的诗，更是为学的劝勉书。本是家徒四壁的贫穷，又逢干戈满地的乱世。“居穷”而“道不穷”，“乱时”而与“静时同”。前人尚且如此以书为伴，以书为乐，何况我们已臻温饱而处在太平时世的现代人？特别是青春少年，莘莘学子，更要以“少年辛苦终身事，莫向光阴惰寸功”作为自己的座右之铭！

图 宋 佚名 荷亭消夏图

齐安郡中偶题

［唐］杜牧

两竿落日溪桥上，半缕轻烟柳影中。
多少绿荷相倚恨，一时回首背西风。

唐武宗会昌二年（842年），杜牧出任黄州刺史，时年四十岁。“齐安郡”，即黄州，治所在今湖北黄冈市。他于此写了一系列诗作。怀诗人扶危拯世之才，抱以天下为己任之志，但时已四十却来守黄州这一户口不满二万之荒僻小郡。有才难展，且时年刚届不惑就已白发满头，年华空掷如同逝水，他怎能不忧心如捣？

《齐安郡中偶题》写的虽是外在景物，却更有他内在心境的折光。全诗以对偶句起，“两竿”状日之将落，“半缕”状烟之轻细，黄昏景色，如幻如梦。在这一背景之下，他以特写镜头和拟人手法描绘西风中的绿荷：他们相依相倚，含愁带恨，一齐回过头去背向肃杀的西风。屈原的《离骚》说：“惟草木之零落兮，恐美人之迟暮。”诗人对西风中盛时难再的绿荷的他怜，不也包含了对青春已逝壮志难酬的自己的自怜吗？全诗气象清华，寓意深远，是所谓不着一字而尽得风流，真不愧才人手笔。

七月二十九日

图·明 魏克 金陵四季图

石头城

［唐］刘禹锡

山围故国周遭在，潮打空城寂寞回。
淮水东边旧时月，夜深还过女墙来。

“安史之乱”后，大唐帝国江河日下，刘禹锡生当中唐，是不到半途便夭折的“永贞革新”的中坚力量，原来如日中天的唐王朝，不久之后就要步入晚唐而引来自己的一轮落照了，刘禹锡无力回天，却有意回眸。

《石头城》，是他的《金陵五题》的第一首，也是唐诗中咏金陵的翘楚。山，还是那些山，城，还是那座城，但如今却是一座已落花流水春去也的空城。隋文帝杨坚于公元 589 年灭陈而统一中原之后，竟然以为金陵之所以有六朝建都于此，是因为王气太盛，为了杨氏江山的万寿无疆，竟下令将金陵城邑不分宫室与民居，全都夷为平地。然而，隋朝短命的国运也只不过维系了三十七年。

古人不见今时月，今月曾经照古人，诗人在描写了“山”与“故国”以及“潮”与“空城”之后，还以拟人化的特笔，写旧时的明月还依然不知人事已换，还依旧照临石头城的城墙。如此以景结情，富于动态美与历史感，留给读者的是不尽的阅读期待和想象余地。

图 清 陈枚 琼台玩月图

君生我未生

[唐]无名氏

君生我未生，我生君已老。
君恨我生迟，我恨君生早！

唐诗有两个民间宝库，均为无私的天地所收藏。一在西北的敦煌石窟之中；一在东南的长沙铜官窑地下，书写在土制火烧的瓷器之上。

铜官窑瓷器上所刊布的诗，除了文人之作，多为民谣与民歌，有的可能还是烧瓷工人的即兴之作。《君生我未生》是一首义有多解而令人兴味盎然之作。它是一种形式与情调都颇为“另类”与“新潮”的民歌，“君”与“我”、“生”与“老”、“迟”与“早”两两对举，是现代诗法中所谓的“矛盾修辞”，又称“抵触法”，极富张力，而且在寥寥二十字之中，“君”“我”“生”三字各重复四次，“恨”字重复两次，是民歌中习见的重叠复沓，颇具音乐之美。对此诗说者纷纭，有人以为它产自商业和都市的土壤，表现的似乎不是寻常百姓家的恋情或爱情，而隐约有茶舍酒家或秦楼楚馆的印记。但我宁愿相信它是一首上品的情诗，或者说情诗中的一匹“黑马”。

生活中有“忘年之交”，也有“忘年之恋”。这首民歌中所表现的有情人未能成眷属之恨，感情质地之真挚强烈，艺术表现之新颖警绝，四环复沓之音乐美感，真是令人一读难忘！

省试湘灵鼓瑟

[唐]钱起

善鼓云和瑟，常闻帝子灵。
冯夷空自舞，楚客不堪听。
苦调凄金石，清音入杳冥。
苍梧来怨慕，白芷动芳馨。
流水传潇浦，悲风过洞庭。
曲终人不见，江上数峰青。

“省试”，即晋京赴尚书省参与礼部主持的进士考试。唐时，试题、体制、用韵均有严格规定，诗为五言六韵，名为“试帖诗”。

钱起的《省试湘灵鼓瑟》本是应考的试帖诗，但他写来却非同凡俗，意境幽远。《楚辞》中有“使湘灵鼓瑟兮，令海若舞冯夷”之句，这首诗的诗题就是由此而来。全诗着重表现的，是湘灵鼓瑟的不同凡响的效果和诗人独特的审美感受。

依照试帖诗的规定，首二句必须点明题目，概括题旨。钱起之作不仅中规中矩，点名乐器之“瑟”与鼓者“湘灵”，而且运笔空灵，语言优美。接下来的五韵十句紧扣题意，从各个角度与正反两面渲染哀怨动人之乐声的幽远情韵和神奇力量：河神冯夷闻声起舞，被放逐楚地的迁客骚人听来更是黯然神伤。苦调清音，穿云裂石，飞过了浩浩洞庭，回荡在千里湘江之旁，飞扬在白云青天之上，连九嶷山的舜帝也为之心碎，连屈原赞美过的白芷也吐放出更浓郁的芳香。

此诗的体制是排律，规定除首尾两联之外，中间各联必须对仗工整，平仄和谐。此诗完全符合这种美学规范，一丝不苟而情韵悠长。尾联也严守试帖诗的要求，而且成为令人激赏的千古名句：“曲终人不见，江上数峰青。”一曲既终，伊人不见，余音仿佛还在江水之上和峰峦之间袅袅不绝，高雅之意与怅惘之情均含蕴其中，令读者低回寻味，欲罢不能。因此之故，此诗堪称“试帖诗”中难得的绝唱。

八月

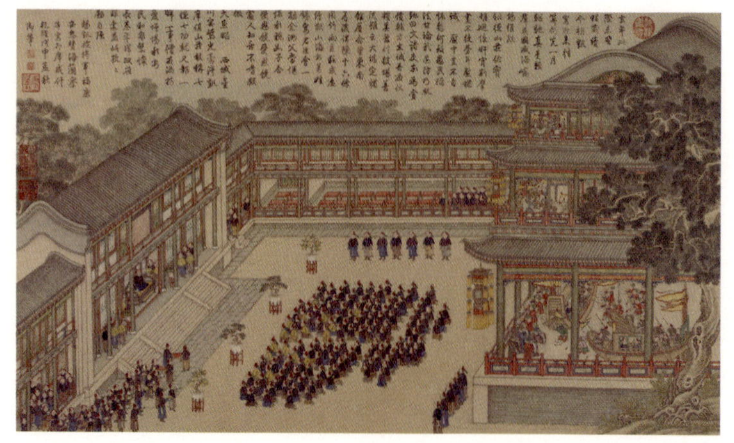

图■清 姚文瀚等 平定台湾战图

孙武

［唐］周昙

理国无难似理兵，兵家法令贵遵行。
行刑不避君王宠，一笑随刀八阵成。

周昙是唐末诗人，擅作“咏史诗”，今存诗一百九十五首，均为咏史之七绝。

他写诗有明确的创作意图，即古为今用，《孙武》一诗就是如此。孙武是春秋时齐国人，军事名家。据《史记·孙子吴起列传》记载，吴王阖庐以一百八十名宫女给他布阵演武，孙武选吴王宠姬二人分任两队队长，三令五申而宫女们却嬉笑不止，孙武当着吴王的面立斩二位队长。“随刀”即按军法处斩之意，于是令行禁止，作战的阵法立即演练成功。

理国如理兵。严明的法制，不论社会地位高低人人必须遵循的法制，是“现代化”的重要标志，也是现代文明国家必具的条件。没有法制就会“和尚打伞，无法无天”，没有完善的法制，社会就会滋生许多弊病，很难达到众生所向往的有序与和谐；有相关的法制却因种种原因而不能严格执行，甚至以权力代法，以金钱代法，以人情代法，豪门犯法不与庶民同罪，法制就会形同虚设，法令与法律也就会沦为缺乏约束力与公信力的一纸空文。

“历代兴亡亿万心，圣人观古贯知今”，让我们记住周昙《吟叙》一诗中的警句。

图 现当代 齐白石 绿柳鸣蝉图

蝉

［唐］虞世南

垂緌饮清露，流响出疏桐。
居高声自远，非是藉秋风。

20 世纪 80 年代伊始，诗人余光中写有《听蝉》一诗："知了知了你知不知／岛上的夏天有多长／多长是夏天的故事／锯齿锯齿又锯齿／拉你天真的金锯子／试试夏天有多长。"其实，从南朝梁代范云《咏早蝉诗》以来以至清代，蝉就独奏或合唱在许多人的诗中了，在唐诗人的作品中演奏得尤为热烈。

虞世南，书法与欧阳询并称"欧虞"。太宗称其有五绝：德行、忠直、博学、文辞、书翰。这首借蝉抒怀之作，是所谓咏物诗，他先写蝉的形态，餐风饮露的高洁和其鸣声的高远，然后写自己的寄托：一个人行事端方，品格高尚，自然会有美好的声誉，而不需要借助他人的吹嘘，权势的力量。

新加坡诗人蔡欣有一首小诗，也是以《蝉》为题："响响亮亮的下午／一树绿蒲团上／有只蝉把闹市／参成一座空山。"语工意新，小如晶莹的珍珠，味如回甘的橄榄，那是咏蝉之诗的又一种天地了。

八月三日

图 清 袁耀 扬州四景－万松叠翠图

忆扬州

［唐］徐凝

萧娘脸下难胜泪，桃叶眉头易得愁。
天下三分明月夜，二分无赖是扬州。

在唐代的众多诗人中，浙江建德人氏的徐凝是终生布衣的一位。他最好的诗，就是这首使他的诗名与名城同在的《忆扬州》。

有人说此诗是忆念扬州的恋人，有人说是怀念扬州的美好风光。义有多解，调动读者欣赏的积极性参与艺术的再创造，是好诗常具的标志。

诗人将扬州比喻为月下美丽的少女萧娘与桃叶，而美好的月色天下三分，扬州就占去了两分，“无赖”本系江淮方言，在此处为美好可爱之意，扬州之美美当如何？如此以人喻景，以景喻人，极写妙赞扬州，使得扬州更加名声大噪，从此永恒在徐凝的诗里。今日扬州有“徐凝路”“徐凝门”。颇具文化品位的扬州人，怎么不会投之以木瓜，报之以琼瑶，而以诗人之名作为路名、城门之名呢！

图 清 陈枚 碧池采莲图

采莲曲

[唐] 白居易

菱叶萦波荷飐风，荷花深处小船通。
逢郎欲语低头笑，碧玉搔头落水中。

“采莲曲”，系乐府旧题，梁武帝所制《江南弄》七曲之一，写江南荷塘莲浦，多咏青年男女的爱情。白居易的这首《采莲曲》，是此类体裁与题材的妙品，它撷取的是生活中一个小小的片段，提炼的是一个声发纸上而又宛然如见的细节，描绘的是一对有情的小儿女在荷塘的邂逅，创造的是清新优美、耐人寻味的意境。

首句写荷塘景象，此为倒装句法，使语势化平板为峭劲，并与后面的诗句协韵，正常语序应为“波萦菱叶风飐荷”。小船摇入荷花“深处”，此“深处”可疑亦复可喜，他们是早有预约还是偶然相逢？“深处”不为外人所见，正是幽情蜜意的最佳去处。最妙的是“欲语”“低头”“笑”的描写，将主人公喜悦而羞怯的心理与情态，表现得层次分明、惟妙惟肖，更妙的是她头上的碧玉簪子竟然也掉落水中，不仅照应“低头笑”，而且这一意外事件更使全诗情韵浓至。至于那男子是纵身一跃潜入荷塘捞取以表忠心呢，还是去珠宝店另购珍贵首饰作为补偿呢？我们今天都不得而知了。

图 清 华岩 观泉图

峡石西泉

［唐］韩愈

居然鳞介不能容，石眼环环水一钟。
闻说旱时求得雨，只疑科斗是蛟龙。

英国诗人布莱克《天真的预言》写道："一颗沙里看出一个世界，一朵野花里一个天堂。把无限放在你的手掌上，永恒在一刹里收藏。"诗中的"小中见大"就是如此，读者不惟可从具体的意象中见到深远的世界，也可一窥诗人广阔的胸襟。

此诗极言"石泉"之小，妙在"闻说"一转，"只疑"一振。韩愈当年就听说小小石泉居然能祈雨解旱，他不禁奇思喷涌，忽发蝌蚪化龙之想，这既是诗的奇想，也是他非同凡俗的精神与抱负的寄托。

当代诗人赵丽宏的早期诗作《英雄》有云："山峰，高昂起峻峭的头颅，青藤，就是他们披散的发束。几枝古松倔强地伸出枝干，像愤怒的手臂指向苍天……哦，在这人迹罕至的深山里，一定埋葬过至死不屈的英雄！"由小而大，结句出奇，因韩愈之诗而重读丽宏此诗，印象仍犹如惊喜的昨日。

图 宋 米友仁 云山墨戏图

云

［唐］来鹄

千形万象竟还空，映水藏山片复重。
无限旱苗枯欲尽，悠悠闲处作奇峰。

晚唐诗人来鹄，一作来鹏，豫章（今江西南昌市）人，才名颇著而屡试不第。其诗多写羁旅之情、落魄之感，也有讥刺权贵、愤世嫉俗之作。此诗的开始着笔于“夏云”的形象姿态的描绘，它映照水面，藏于山岫，有时是一朵数片，有时是叠叠重重，但最后却行云而不布雨。田野上的禾苗枯焦得奄奄一息，然而它却优哉游哉，无所用心，变幻出与人间痛痒无关的奇峰模样。

古今的好诗，其特征大都是明朗而耐读。不是一望见底的浅水沙滩，也非一塌糊涂的晦涩泥潭，而是提供联想线索，提示想象范围，让读者以各自的审美体验去补充和丰富诗的形象。此诗是同情困于久旱的农民？是借云以讥身居要津而不恤民劳者？是讽执政者徒托空言？还是刺生活中口惠而实不至的人？读者何妨见仁见智。

八月七日

图■元 佚名 瑶岑玉树图

早秋客舍

［唐］杜牧

风吹一片叶，万物已惊秋。
独夜他乡泪，年年为客愁。
别离何处尽，摇落几时休？
不及磻溪叟，身闲长自由。

“悲哉，秋之为气也，萧瑟兮草木摇落而变衰”，屈子的学生宋玉，早就在他的《九辩》中如此说过。秋士多悲，秋天的凄清肃杀易于引起众生的哀思愁绪，何况是多愁善感的诗人？晚唐诗人杜牧于立秋时写的《早秋客舍》，也加入了古诗人的悲秋大合唱。

诗的前六句明白易懂，不需多解。“溪叟”指春秋前的吕尚，他在渭水之滨的磻溪村垂钓，得遇周文王拜其为师，佐周灭纣而有天下，诗中泛指溪边自由自在的垂钓老叟。作者为功名仕途月月年年奔波劳碌于红尘之中，当然不禁羡慕向往田间野老溪边钓叟。“自由”虽是现代人经常提及的名词和十分向往的境界，但千年前的杜牧早就特为标出慨而言之了。杜牧乃晚唐诗坛的重要人物，其诗以豪俊爽健著称，悲秋只是偶一为之而已，他的《山行》是人所熟知的了，其《长安秋望》也令我们精神一振：“楼倚霜树外，镜天无一毫。南山与秋色，气势两相高！”此诗，表现的毕竟是这位诗人的本色。

图 宋 王诜 飞阁延风图

八至

［唐］李冶

至近至远东西，至深至浅清溪。
至高至明日月，至亲至疏夫妻。

诗题脱俗，句法新颖，内涵独特而富于哲学意蕴，这首木秀于林不可多得的《八至》诗，竟然是出自盛唐与中唐之交一位弱女子的纤纤素手。

李冶此诗充满辩证思维，古典而现代。首句说东西之方位，次句说溪流之浅深，第三句说日月之高明，从客观的物理着笔，矛盾相激相荡，语言极富张力，内涵颇多深趣，结句由物理而人情中本应最亲密的夫妻之情。夫妻本是“至亲”，但却可以“至疏”，原应同床一梦，但却多异梦同床，这真可触发读者许多历史的与现实的联想。

《断章》，是新诗人卞之琳的名篇：“你站在桥上看风景，看风景的人在楼上看你／明月装饰了你的窗子，你装饰了别人的梦。”全诗从“相对”与“换位”的角度着笔，虽为现代之佳构，却有古典之馨香，不妨与李治的《八至》对读。

图 清 王翚 水阁幽山图

关河道中

［唐］韦庄

槐陌蝉声柳市风，驿楼高倚夕阳东。
往来千里路长在，聚散十年人不同。
但见时光流似箭，岂知天道曲如弓。
平生志业匡尧舜，又拟沧浪学钓翁！

“关河”，指长安以东之黄河函谷关一带。《关河道中》一诗，应是写在晚唐诗人韦庄十年漂泊期间。其时他多次赴京应举，风尘仆仆，从诗中的“往来千里路长在，聚散十年人不同”之句可见。他本来壮志凌云，像当年杜甫一样立志“致君尧舜上，再使风俗淳”，即诗中所谓“平生志业匡尧舜”。但是，时光飞逝，如箭之急；天道多私，似弓之曲。匡时济世之志成空，他就不免“又拟沧浪学钓翁”了。诗的结尾，韦庄抒写的是自己归隐林泉独善其身之叹。

韦庄《题许浑诗卷》说：“江南才子许浑诗，字字清新句句奇。十斛明珠量不尽，惠休虚作碧云词。”此诗如用以自况，他也当之无愧。以七律而论，韦庄今存七律一百四十五首，多警句佳篇。“但见时光流似箭，岂知天道曲如弓”，意象鲜明，对比尖锐，为直抉人生世相之奇句，岂止古人而已，今人仍可引起强烈的共鸣。

图 宋 巨然 溪山兰若图

霍山

[唐] 曹松

七千七百七十丈，丈丈藤萝势入天。
未必展来空似翅，不妨开去也成莲。
月将河汉分岩转，僧与龙蛇共窟眠。
直是画工须阁笔，况无名画可流传。

神州大地，以“霍山”为名的山至少有三处，一在今山西霍县东南，一在今安徽霍山县与岳西二县之间，一在今广东龙川县北。晚唐诗人曹松所咏之霍山正在龙川，乃诗人游历广东时所作。《霍山》一诗形容此山之高峻，首句全用数字，且“七”字叠唱三次。数字入诗虽早已有之，但表现为如此句法且笼罩开篇者，则前所未有。次句以顶针格修辞叠用三“丈”字，也极为罕见，开欧阳修词“庭院深深深几许”之先河。中间两联，以“似翅”描山之飞腾之势，以“成莲”状山之华美之形，以“月”与“河汉”绘山之接天之状，以“僧”与“龙蛇”画山之幽险之境，可谓气足神完。最后故作顿挫，故为诘问，诗笔而兼画笔，匠心独运地完成了这一诗而似画的佳作。

曹松善于炼字炼句，如“直峰抛影入，片月泻光来”（《题鹤鸣泉》），“湖影撼山朵，日阳烧野愁”（《岳阳晚泊》），“如何住在猿声里，却被蝉吟引下来”（《荆南道中》），我以为均有现代诗的风采与韵味。

图 明 文征明 万壑争流图

瀑布联句

[唐] 唐宣宗 黄檗禅师

千岩万壑不辞劳，远看方知出处高。
溪涧岂能留得住？终归大海作波涛！

所谓联句诗，即由两位或多位作者各以自己的诗句合成之诗，基本要求是承上启下，前后连贯，同韵属句。

李忱本为唐宪宗第十三子，乃唐武宗之叔，在未即位为宣宗时，为避猜忌迫害，他遁迹禅林，流连佛寺，常作方外之游。某日他游洪州黄檗山（今江西宜丰县西北），遇禅师希运（一说系于庐山与香严闲禅师联咏）。黄檗禅师先出上联，他答以下联，其时虽在韬光养晦之中，但其答联不仅是紧承上联顺流而下，而且极具气概，寓意深长。

一僧一俗的如上联句，乃联句诗之妙品。其鲜活警策的意象之中所蕴含的深刻哲理意义，已超越特定情境下的个人咏叹，指向普遍与永恒，成为经典，让不同时代的不同读者根据自己的生活经历与审美体验，去参与原作的艺术再创造。这，正是真正的好诗的永远保鲜保值的魅力。

图 清 项圣谟 林泉高逸图

苦吟

［唐］杜荀鹤

世间何事好，最好莫过诗。
一句我自得，四方人已知。
生应无辍日，死是不吟时。
始拟归山去，林泉道在兹。

苦吟，是一种创作态度，也是一种生活方式和生存状态。杜荀鹤创作之“苦”，一是态度严肃，生死以之，将诗视为自己的生命；二是继承了杜甫、白居易的现实主义传统，他自称“诗旨未能忘救物”（《自叙》），关注人民的苦难，心忧苦难的人民；三是早得诗名而屡试不第，待到登进士第时已四十六岁，“空有篇章传海内，更无亲族在朝中”（《投从叔补阙》），以后仍沉沦下僚，焉能不苦？杜荀鹤的诗集中，提及苦吟的诗句不胜枚举，如“江湖苦吟士，天地最穷人”（《郊居即事投李给事》），“无人开口不言利，只我白头空爱吟”（《山居自遣》）。他还有《秋夜苦吟》一诗：“吟尽三更未着题，竹风松雨共凄凄。此时若有人来听，始觉巴猿不解啼。”巴东三峡巫峡长，猿鸣之声泪沾裳，其苦吟已胜过悲猿之啼了。

图 清 钱松岩 蜀道行旅图

过松源晨炊漆公店

[宋] 杨万里

莫言下岭便无难，赚得行人错喜欢。
正入万山圈子里，一山放过一山拦。

松源与漆公店，均在今日安徽南部的山区。一般人都以为上山艰难下山容易，与杨万里同行的人可能真也这样说过。“莫言下岭便无难”，开篇的否定句有如当头棒喝，警人亦以自警。“赚得行人错喜欢”，为什么“错喜欢”呢？这既是对上句“莫言”的进一步申说与补充，也为后面两句留下了悬念。全诗因此而显得曲折有致，跌宕生姿，这正是被人美称“活法”的“杨诚斋体”的看家本领。

诗的三四两句，承接上面的“莫言”与“错喜欢”而来，创造出一个富于情趣而别有韵味的诗的世界。将磅礴回环的“万山”形容为“圈子”，已经很形象了，已经预示出下山的艰难，更妙的是结句将万山拟人化，一“放”一“拦”两个反义动词的运用，不仅将山化静为动，发板为活，使得山富于灵性，也更表现了下山之困苦艰难。当然，此时并非对俗语做一般性的解说，而是寄寓了深沉的令人浮想联翩的人生哲理：要保持清醒的头脑，要克服纷至沓来的困难，要勇于面对逆境的挑战，如此等等，这就是南宋诗人杨万里此诗对我们的启示。

图 明 陈洪绶 花卉图册

感寓

［唐］杜荀鹤

大海波涛浅，小人方寸深。
海枯终见底，人死不知心。

人，如果本应该是如前苏联名作家高尔基所说“大写的人”，那么，小人就是十足的“小写的人”，即人格卑鄙、行为阴险的邪恶之人的代称。

波涛浩渺的大海本来很“大”很“深”，方寸之地的人心本来很“小”很“浅”，诗人反其道而错位言之，逆向对比强烈。言之不足，故重言之，“海枯”与“人死”对举，“终见底”与“不知心”对照，进一步揭示出小人之心的居心叵测。小人有强烈的私欲，又没有任何道德负担与底线，同时又极善于伪装，不择手段，所以正人君子往往非其对手。在杜荀鹤之前，大奸兼小人的李林甫于开元二十二年（734 年）爬上相位，嫉贤妒能、弄权祸国二十年，人称其“口有蜜，腹有剑”，乃成语“口蜜腹剑”之原典。

“小人”这一族群起源很早，作用极坏，早在诗经的《邶风 · 柏舟》中，就有“忧心悄悄，愠于群小”之句了，其子孙以后绵延不绝，以至如今。君子坦荡荡，小人长戚戚，读杜荀鹤之诗，戚戚的小人何妨对号入座，坦荡的正人则当以此为鉴。

图■清 金农 鞍马图

出塞

［唐］王昌龄

秦时明月汉时关，万里长征人未还。
但使龙城飞将在，不教胡马度阴山。

王昌龄，盛唐边塞诗派的主要掌门人之一。因为有了他，当代的诗歌包括边塞诗才大放异彩，如果没有他，那将会是不可弥补的遗憾，如同星空少了一颗顶级星座的光辉。

王昌龄年轻时经山西而宁夏，由宁夏而六盘山下的萧关，出关复入关，得以一游甘肃的“陇右”与河西的“塞垣”。他现存以边塞为题材的作品共二十一首，那些出色的边塞之诗，既是得江山之助，出于西北边塞实地游历的心灵体验，也是因为他手中握有一支如椽的彩笔。他的《从军行》七首，他的《出塞》二首，他的《塞上曲》与《塞下曲》，在今天这个日趋商品化、功利化的“为钱”而“惟钱”的社会，究竟其值若何？怎样标价？究竟要多少黄金与白银才能购得呢？

比如他的这首《出塞》，王昌龄即使只有这一首前人称为唐人七绝压卷之作的绝句，也足可以笑傲昔日威风八面的王侯和今日腰缠万贯的大款了。

图■清 郎世宁 郊原牧马图

房兵曹胡马

［唐］杜甫

胡马大宛名，锋棱瘦骨成。
竹批双耳峻，风入四蹄轻。
所向无空阔，真堪托死生。
骁腾有如此，万里可横行！

此诗当作于开元二十九年（741 年）前后，杜甫尚未及而立之年，胸怀壮志，血气方刚。“兵曹”，即兵曹参军，州府所置掌军防驿传之官。房兵曹姓房，不知何许人，他有一匹产自西域的名马，杜甫年轻时也爱马而善骑射，他赞美房兵曹的骏马，实为借物言志。所谓咏物而不止于物，他借此表现的，是自己奋发有为的蓬勃朝气和驰骋万里的远大理想。“大宛”，西域国名，盛产良马，以汗血马为最。诗的前四句，交代胡马的产地、外形以及它善于驰驱的特性。诗的后四句亦骥亦人，在对良马一往情深的极尽赞美中，深层抒写的正是自己青春之豪气与高远之志向。

近二十年后，蹉跎岁月流寓秦川（今甘肃天水）的杜甫，作有《病马》一诗：“乘尔亦已久，天寒关塞深。尘中老尽力，岁晚病伤心。毛骨岂殊众？驯良犹至今。物微意不浅，感动一沉吟！”世易时移，韶光不再，人亦如老去的病马，此时的老杜，已经无复当年咏大宛名马的气象与心境了。

八月十七日

图 明 文征明 松石高士图

偶题

［唐］郑遨

帆力劈开沧海浪，马蹄踏破乱山青。
浮名浮利浓于酒，醉得人心死不醒！

“名”与“利”是一柄双刃剑，也有如一枚银币的两面。好名或嘉名，于个人是生命的正面价值的体现，于产品与企业，则是质量和信誉的证明，合理的正当的利益，对个人或企业都无可厚非。但是，名心太炽，追名逐利，利欲熏心，名缰利锁等等，也是对世人醉心名利的贬词。不择手段地追逐名利，因而丧失人格、扭曲灵魂乃至身败名裂者，在生活中也触目皆是。对于重度“名利病”患者，晚唐诗人郑遨的《偶题》，不失为高烧中的清凉散，昏迷中的清醒剂。

郑遨，唐昭宗时举进士不第，入少室山为道士，屡召不赴。不能兼济天下，则只好独善其身。诗人大不忧已无可救药之国，小不忧家无长物之贫。他冷眼观世，继之以比，风帆之力可以劈开海浪，马蹄之劲可以踏破青山，但虚名浮利之祟人溺人之力却远胜过它们，使人至死不悟。“浮名浮利浓于酒，醉得人心死不醒”，这是如警钟般的警句，警钟为谁而鸣？

图 清 徐方 出征图

己亥岁

［唐］曹松

泽国江山入战图，生民何计乐樵苏。
凭君莫话封侯事，一将功成万骨枯。

晚唐之时，地方军阀割地称王，攻伐不已，加之黄巢军起，前后征战达十年之久，更是兵连祸结，民不聊生。生于末世运偏消的曹松，曾在《言怀》诗中自叹时世："出山不满意，谒帝值戈铤。岂料为文日，翻成用武年。"其《己亥岁》本为两首，第二首可以互参："传闻一战百神愁，两岸强兵过未休。谁道沧江总无事？近来长共血争流！"

清人黄周星《唐诗快》评论曹松此诗有道是："此即'无定河边'之骨也。一且不忍，何况千万？然则此侯当封为'万骨侯'可矣！"人最宝贵的就是生命，古往今来，只图一己之私的统治者总是虐民以乐，榨民以肥，残民以逞，视芸芸众生的生命如草芥。"凭君莫话封侯事，一将功成万骨枯"，这是铁与血、泪与火凝铸而成的千古警句啊！

八月十九日

图 元 赵孟頫 诸葛亮像

读三国志

［唐］李九龄

有国由来在得贤，莫言兴废是循环。
武侯星落周瑜死，平蜀降吴似等闲。

李九龄，洛阳（今河南洛阳）人，唐末进士，五代宋初之乾德二年（964年）复中进士第三名。他生活于唐末乱世，忧心家国，曾作《山舍偶题》：“门掩松萝一径深，偶携藜杖出前林。谁知尽日看山坐，万古兴亡总在心。”他总是兴亡在心，而非超然世外。他认为兴废并非简单、注定的周而复始，而在于“得贤”与否，并以诸葛亮与周瑜死后蜀吴即行败落为证。一部三国史，从何说起？此诗言简意赅，颇具灼见。

“由来在得贤”，一个国家如此，一个部门何莫不然？如不选贤任能，奸邪当道，国家可以国将不国，一个部门也会是一派瘴气乌烟。国家的兴盛根本在于体制与制度的先进和健全，以及在良性体制之下的选贤任能。此诗作于唐王朝即将落幕之时，乃晚钟之鸣，然而，千年前的晚钟不仍可昭示现代的今人吗？

图 宋 夏圭 溪口垂钓图

直钩吟

［唐］卢仝

初岁学钓鱼，自谓鱼易得。
三十持钓竿，一鱼钓不得。
人钩曲，我钩直，哀哉我钩又无食。
文王已没不复生，直钩之道何时行？

汉乐府中有一首童谣，流行于汉顺帝刘保末年与汉桓帝刘志当朝之时，题为《顺帝末京都童谣》，其中有句是："直如弦，死道边。曲如钩，反封侯。"直曲荣枯的对比，惊人耳目。这首汉代的流行歌曲，到唐代有了青出于蓝而胜于蓝的翻版，这就是中唐诗人卢仝的《直钩吟》。卢仝，济源（今河南济源市）人，郡望范阳（今河北涿州市），自号玉川子，家境贫困而又孤傲耿介。从古及今，正人直士虽有才华却许多沉沦下僚，甚至坎坷不遇，而巧言令色趋炎附势之徒却不少登龙有术，飞黄腾达。

大和九年（835 年）十一月，卢仝留宿于宰相王涯家，适逢宦官仇士良等为祸的"甘露之变"，城门失火，殃及池鱼，他和王涯均被杀害。唐代前有陈子昂、王昌龄，后有卢仝，凶手们杀害的是无辜的诗人，断送的也是有望源源问世的好诗。

图 唐 李昭道 龙池竞渡图

龙池

[唐]李商隐

龙池赐酒敞云屏，羯鼓声高众乐停。
夜半宴归宫漏永，薛王沉醉寿王醒。

“龙池”，玄宗李隆基为藩王时的宅中之池。玄宗常在此赐酒高会，杨贵妃等妃嫔也和诸王一起宴乐。“羯鼓”，为南北朝时由西域传入中原的羯族打击乐器，玄宗极爱亲自演奏，“一把手”示范，当然众乐皆停。“薛王”，原封玄宗之弟李业，李业之子李瑁嗣封。“寿王”，玄宗之子李瑁，杨玉环之原任丈夫，其妻后为玄宗所夺成为杨贵妃，他虽迫不得已，居然还要以尽孝之名上表祝贺。宴会迟迟，宫中计时的铜壶漏滴长长，事不关己的薛王早已酩酊沉醉，而忍辱负屈的寿王却自是长夜清醒。

“薛王沉醉寿王醒”中，“醉”“醒”对举，相激相荡，此种诗艺中国古典诗学称为“矛盾逆折”，西方诗学称为“矛盾语”或“抵触法”。“有的人活着，他已经死了；有的人死了，他还活着……”臧克家悼念鲁迅的名篇《有的人》即是如此，虽是现代诗而有古典的馨香。

图 五代 顾闳中 韩熙载夜宴图

韩信庙

［唐］刘禹锡

将略兵机命世雄，苍黄钟室叹良弓。
遂令后代登坛者，每一寻思怕立功。

同题作诗，有如对同一个对象画画，用同一种棋子下棋，执同一种乐器弹奏，挥手之间便高下立见。

唐代与刘禹锡同时的李绅，曾作《却过淮阴吊韩信庙》："功高自弃汉元臣，遗庙阴森楚水滨。英主任贤增虎翼，假王徼福犯龙鳞。贱能忍耻卑狂少，贵乏怀忠近佞人。徒用千金酬一饭，不知明哲重防身。"他对刘邦有所批评，但主要是指责韩信功高自弃，不知明哲保身。这，似乎有欠公平。

刘禹锡则比李绅高明得多，他首先说韩信为将用兵的韬略著名于世，十分杰出，虽曾在被杀前叹息未能听取他人的告诫而被杀身灭族，但世事翻覆，变起仓促，终被害于长安长乐宫悬钟之室。他的结论可谓振聋发聩直贯古今："遂令后代登坛者，每一寻思怕立功！"矛头直指极权在握而又猜忌阴险屠戮功臣的帝王。

图 宋 马麟 静听松风图

答人

[唐] 太上隐者

偶来松树下，高枕石头眠。
山中无历日，寒尽不知年。

“太上”，是远古或最上之意。“隐者”，当然是隐于林泉的高士或遁迹山林的释道之流了。这首诗中“偶来松树下，高枕石头眠”的清净无为，超然忘世，“山中无历日，寒尽不知年”的不知有汉，无论魏晋，使得奔走竞逐于市嚣声中但并未完全被污染的人，读来至少会忧烦暂时落潮，俗念临时消退。

宋代诗人刘克庄与唐庚分别有诗说：“村叟无台历，梅开认小春。”“山静似太古，日长如小年。”而李白的《山中问答》与太上隐者的诗境更相仿佛：“问余何事栖碧山？笑而不答心自闲。桃花流水窅然去，别有天地非人间。”不过，于深山远壑尚可寻觅非人间的诗境，在滚滚红尘，嚣嚣闹市，攘攘名场，营营利域，即使你尚未完全目乱心迷，还存解脱之念，仍有世外之想，然而，这些诗现在毕竟只能在案头把玩讽咏了。你到哪里可以寻找飞泉碧峰而且可以斜倚的松树？你到何处可以邂逅超然物外高枕无忧的石头？

图 宋 佚名 江城图

望洞庭湖赠张丞相

［唐］孟浩然

八月湖水平，涵虚混太清。
气蒸云梦泽，波撼岳阳城。
欲济无舟楫，端居耻圣明。
坐观垂钓者，徒有羡鱼情。

在写洞庭湖的诸多诗作中，孟浩然之作名头最响亮，只有后来者杜甫的“昔闻洞庭水，今上岳阳楼。吴楚东南坼，乾坤日夜浮”，才能与它一较波浪的大小，水平的高低。

在古典诗歌中，没有人能破孟浩然和杜甫所创造的描状洞庭湖最优胜者的纪录。在他们之前，宋之问的“初日当中涌，莫辨东西隅”不用说了，在他们之后，如刘长卿的“叠浪浮元气，中流没太阳”，可朋的“水涵天影阔，山拔地形高”，乃至于元稹的“人生除泛海，便到洞庭波。驾浪沉西日，吞空接曙河”，许棠的“四顾疑无地，中流忽有山。鸟高恒畏坠，帆远却如闲”等等，虽然都不错，但都只能相形失色。难怪到了元初，方回在《瀛奎律髓》中也说：“予登岳阳楼，此诗大书左序毬壁间，右书杜诗，后人自不敢复题也。”可见这两首诗，是洞庭湖与岳阳楼注册的永久商标与诗标。

图 宋 李唐 江山小景图

南陵道中

［唐］杜牧

南陵水面漫悠悠，风紧云轻欲变秋。
正是客心孤迥处，谁家红袖凭江楼？

唐文宗大和四年（830年）九月，沈传师由江西观察使迁宣歙观察使，游于沈幕的杜牧也随他来到宣州（今安徽宣城），历时四年。“南陵”，唐代县名，即今安徽南陵县。《南陵道中》应作于这一时期。

诗人远离故乡长安和家中的亲人，作客他乡。此诗的首二句，写的是客中的初秋景色：地上江阔流缓，天上风紧云轻，正是夏末初秋的时节，悠悠江水如乡思悠悠，何况秋天正是离人多感的季节？第三句点明自己斯时斯地的心境，以“正是”陡转，为结句铺垫蓄势。“谁家红袖凭江楼”，不仅在淡雅清冷的底色上平添如火的红色，画面色彩对比鲜明而焦点突出，近似如后来王安石的诗句所云“万绿丛中红一点，动人春色不须多”。红袖的凭栏远望，是否正是在盼望归人呢？诗人因客中红袖之当前，不免忆家中绿窗之人远，不说破乡愁，乡愁却已氤氲在字里行间了。如斯结句，有余不尽，留给读者的是联想与想象的广阔天地。

图 唐 周昉 调琴啜茗图

琴歌

[汉] 司马相如

凤兮凤兮归故乡，遨游四海求其凰。
时未遇兮无所将，何悟今兮升斯堂。
有艳淑女在闺房，室迩人遐毒我肠。
何缘交颈为鸳鸯，胡颉颃兮共翱翔！

中国古代诗人常常以传说中的凤凰象征情爱，早在诗经的《大雅·卷阿》篇中，就有“凤凰于飞，翙翙其羽”的歌唱。司马相如和卓文君冲破封建礼教而自由恋爱，他们在成都开设一家酒馆，夫妇当垆卖酒，开今日文人下海经商的先河。杜甫流落成都时，曾作《琴台》一诗，表示赞赏与追怀：“茂陵多病后，尚爱卓文君。酒肆人间世，琴台日暮云。野花留宝靥，蔓草见罗裙。归凤求凰意，寥寥不复闻。”

不过，自司马相如的《琴歌》之后，“凤求凰”就成了中国语汇中表示男子求偶的专门用语。西方诗人则往往以野玫瑰象征爱情，如德国诗人歌德的《夜玫瑰》、英国诗人布莱克的《我可爱的玫瑰树》、彭斯的《一朵红红的玫瑰》，都是如此。由此可见，中国人唱的是凤凰之歌，西方人吟的是玫瑰之曲。

八月二十七日

图 宋 马兴祖 浪图（原图）

浪淘沙词九首（选二）

［唐］刘禹锡

九曲黄河万里沙，浪淘风簸自天涯。
如今直上银河去，同到牵牛织女家。

日照澄洲江雾开，淘金女伴满江隈。
美人首饰侯王印，尽是沙中浪底来！

刘禹锡一代诗豪，其诗作尤其是七绝与七律，留下了许多名篇胜句，至今仍然有数不清热诵的粉丝。如“野草芳菲红锦地，游丝撩乱碧罗天”（《春日抒怀》），“沉舟侧畔千帆过，病树前头万木春”（《酬乐天扬州初逢席上见赠》），“唯有牡丹真国色，花开时节动京城”（《赏牡丹》），诸如此类，在他的诗集中好似俯拾即是的珍珠。

“浪淘沙”呢？原为民间曲调，后入唐教坊曲，二十八字，四句，三平韵，实为七言绝句，后成为词调之名。刘禹锡这一组诗分咏各条江河，首章乃咏黄河，“九曲黄河万里沙，浪淘风簸自天涯”为组诗的开篇，不仅点明曲调之名，而且想象飞腾，天开地阔，极具浪漫主义的幻梦色彩。“日照澄洲江雾开”可能是咏湖南的沅水，为组诗之六，仍然紧扣题旨，但却由天宇而地上，由仙界而人间，由浪漫而写实，极具现实主义的批判力量。

图 宋 赵伯驹 仙山楼阁图（原图）

鹊桥仙

［宋］秦观

纤云弄巧，飞星传恨，银汉迢迢暗度。金风玉露一相逢，便胜却人间无数。　柔情似水，佳期如梦，忍顾鹊桥归路。两情若是久长时，又岂在朝朝暮暮。

牛郎织女的故事，汉代即已开始流行，诗人们或咏叹他们的相思之苦，或歌唱他们的相会之欢。如汉代《古诗十九首》中的“迢迢牵牛星，皎皎河汉女。纤纤出素手，札札弄机杼。终日不成章，涕泣淋如雨。河汉清且浅，相去复几许？盈盈一水间，脉脉不得语”。秦观此词却独弹别调，其结句尤其被词评家美称为“化腐朽为神奇”。

咏七夕之古典诗词，此作当为上上之选，它不仅新其命意，而且新其意象，同时新其语言，唐宋词中殊不多见。不过结局所说的那种境界，恐非一般重在当下的凡人所能做到。人生苦短，为欢几何？当代女诗人舒婷《神女峰》一诗有句说：“与其在悬崖上展览千年，不如伏在爱人的肩头痛哭一晚。”似可视作古典秦观词的现代反调。

图 清 王翚 夏景山口待渡图

长相思

［唐］白居易

汴水流，泗水流。流到瓜洲古渡头，吴山点点愁。
思悠悠，恨悠悠。恨到归时方始休，月明人倚楼。

这首词是写“闺怨”的名词。上片写景，也写思妇追溯丈夫江上航程的意识流，景中有情；下片写情，也写思妇月夜依楼怀人的现实，情中有景。

全词重字“留”与“恨”，叠词“点点”与“悠悠”，不仅突出了题旨，也为全诗平添了一番“大珠小珠落玉盘”的音乐之美。上下片的结句前者拟人，后者点明长相思的主人公。前者写“吴山”，其实是写人物的千愁万恨，“吴山点点”，不过是“愁”的客观对应物而已，后者直接写人物，高楼长倚，真是“多少恨，昨夜月明中”了，全词如洞箫一曲，余音袅袅。

白居易的“长相思”为题的词，还有另一首也风情与风华兼而有之：“深画眉，浅画眉。蝉鬓鬅鬙云满衣，阳台行雨回。巫山高，巫山低。暮雨潇潇郎不归，空房独守时。”读者可以对读参看二者之异同。

图 宋 佚名 深堂琴趣图

夜筝

［唐］白居易

紫袖红弦明月中，自弹自感暗低容。
弦凝指咽声停处，别有深情一万重。

中国的古典诗歌，与音乐结下的是不解之缘：《诗经》又称“乐经”，《乐府》可以咏歌，唐人绝句与宋词可以和乐歌唱，近体诗中的平仄调谐，也就是为了增加音乐之美。白居易喜音乐，至少有《琵琶行》《小童薛阳陶吹觱篥歌》与《夜筝》等篇为证。《琵琶行》对演奏琵琶的描写可谓出神入化，精彩绝伦，“秋月”在诗中前后出场三次，各有其妙。《夜筝》唯一的环境背景也是明月当空，月色满地，推向前台的人物就是那位弹筝女子。“紫袖”指弹筝之人，“红弦”指所弹之筝，以“紫”与“红”形容，不仅色彩鲜明，对比有度，而且象征青春与华美，与弹者自弹自感暗自低眉若有所思的情态，构成对照与跌宕。“弦凝指咽”与“别有深情”，令人想起《琵琶行》中的“别有幽愁暗恨生，此时无声胜有声”。

绘画中有“留白”，音乐中有“停顿”，诗歌中有“弦外之音”，一切艺术都不能太实太满，都应该以不了了之，以不尽见无尽。《夜筝》也是如此，那“别有”的“深情一万重”的具体内涵指的是什么呢？那就只有让读者自己去联想了。

图 宋 王诜 莲塘泛舟图（原图）

采莲子

［唐］皇甫松

船动湖光滟滟秋，贪看年少信船流。
无端隔水抛莲子，遥被人知半日羞。

德国大诗人歌德在自传中曾经说过，每只鸟儿都有它的诱饵。

晚唐诗人皇甫松（一作嵩）是著名古文家皇甫湜之子。《采莲子》是其名作。此诗之妙主要在三四句，“抛莲子”的细节描绘颇具心理深度，如闻纸上有人，而且声生发纸上。但不知那位少年接住采莲少女那颗隔水抛来的信号没有？至今仍令人悬想。在古代，男女之间传情达意颇为不易，难以公开，即使有所表示也近似于做秘密的“地下工作”，在这一方面，现代人真是身在福中要知福。

此词中的采莲女情窦初开，全词集中表现她既欲试探又感羞怯的可爱情态。当代的诗词创作中，我的学生词人蔡世平的《浣溪沙·初见》也颇堪玩味：“对镜几回弄晓妆，青蛾淡淡舔晴光。熊头狐尾暗收藏。叫句老师唇没动，改呼宝贝口难张。慌忙粉面映羞郎。”写爱中的羞涩，羞涩中的情爱，令读者有端猜想而无端神往。

九月

图 清 金农 采菱图（原图）

采菱行

［唐］刘禹锡

白马湖平秋日光，紫菱如锦彩鸾翔。
荡舟游女满中央，采菱不顾马上郎。
争多逐胜纷相向，时转兰桡破轻浪。
长鬟弱袂动参差，钗影钏文浮荡漾。
笑语哇咬顾晚晖，蓼花缘岸扣舷归。
归来共到市桥步，野蔓系船萍满衣。
家家竹楼临广陌，下有连樯多估客。
携觞荐芰夜经过，醉踏大堤相应歌。
屈平祠下沅江水，月照寒波白烟起。
一曲南音此地闻，长安北望三千里。

“采菱曲”本为远古民歌，楚辞《招魂》云：“涉江采菱发《阳阿》。”《阳阿》即当时的采菱曲。刘禹锡诗中说的“相应歌”的“南音”，正是他听到的包括《采菱曲》在内的沅湘一带之民歌。

长期的流放生涯，使诗人接触了民间群众的生活以及他们生动活泼的口头创作。这首诗着意吸收民歌刚健清新的语言和悠扬宛转的音节，以及民歌常用的重叠回环的手法。首四句写秋日白马湖的美丽景象和采菱女初下白马湖的情景，次四句描绘他们采菱的热烈情状，中四句写他们采罢归来系船“市桥步”时的欢声笑语，接下来的四句写众人在晚上欢唱的场景。白马湖在沅水之旁，结尾四句点明地点，也点明他身为北人有缘听到民间美妙南音，是所谓以乐景抒贬谪之哀。

全诗勾画出一幅武陵百姓的生活与风土人情的风俗画，音韵低昂合拍，自然流走，有民歌曲调的风味，而“争多逐胜”“笑语哇咬”的民歌语言，“蓼花缘岸扣舷归，归来共到市桥步”的回环接字的手法，更平添了全诗的泥土气息，真是赏心悦耳的“一曲南音”。

九月二日

图 清 钱与龄 秋风墨藻图

江南曲

［唐］于鹄

偶向江边采白蘋，还随女伴赛江神。
众中不敢分明语，暗掷金钱卜远人。

这首诗之所以出色，有特色的民俗活动场面的描写所构成的“风俗画”，固然是原因之一，但主要还在于精彩的细节描写。

“众中不敢分明语，暗掷金钱卜远人”，真是金光四射的笔墨！唐代占卦之风颇盛，不惟宫廷，民间的信者亦众。此诗写年轻的女主人公迎祭江神之时，在女伴之中她不敢分明地说出自己的心事和祝愿，而只得金钱暗掷，也许还偷偷地念念有词，卜问在外的良人的消息。

这种不敢明言而暗掷金钱的细节，是多么细致入微地刻画了女主人公娇羞切盼的心态，是人物的神情心理跃然如见而又引人寻索呵。这就说明了：一个精妙典型的细节，胜过平庸的万语千言！

九月三日

图 元 赵雍 临李公麟人马图卷

破阵乐

[唐] 哥舒翰

西戎最沐恩深，犬羊违背生心。
神将驱兵出塞，横行海畔生擒。
石堡岩高万丈，雕窠霞外千寻。
一喝尽属唐国，将知应合天心。

“石堡城”，又名铁刃城，简称石城，在今青海湟源县西南，三面悬崖绝壁，堪称天险。这里是唐朝与吐蕃交界之处，为唐蕃交通要道，唐帝国边防前哨，后来陷于吐蕃之手。吐蕃守兵仅数百人，因其山高城险，许多大将率军进击都未能攻克。

哥舒翰任陇右节度使，治所在唐之鄯州今之青海乐都县。天宝八年（749年）六月，他率兵十万围攻兼仰攻，伤亡数万人方始收复。他因功封御史大夫，从三品，服紫。“破阵乐”本是进行曲、凯旋歌，大规模的集体舞蹈，原系唐太宗所制，精通音乐的唐玄宗继之作《小破阵乐》。哥舒翰此诗，是庆祝胜利的文辞，可能将士们还边舞边唱，为那一时代及曾经发生过的一个重要事件，留下了难得的当事人的“本事诗”。诗的中间四句写行军战斗与石堡险峻，确实笔酣墨饱，虎虎生风。

望海潮

［宋］柳永

东南形胜，三吴都会，钱塘自古繁华。烟柳画桥，风帘翠幕，参差十万人家。云树绕堤沙，怒涛卷霜雪，天堑无涯。市列珠玑，户盈罗绮，竞豪奢。　　重湖叠巘清嘉。有三秋桂子，十里荷花。羌管弄晴，菱歌泛夜，嬉嬉钓叟莲娃。千骑拥高牙。乘醉听箫鼓，吟赏烟霞。异日图将好景，归去凤池夸。

此词既是一曲湖山颂歌，也是一轴名都画卷。宋人罗大经在《鹤林玉露》中说："此词流播，金主亮闻歌，欣然有慕于'三秋桂子，十里荷花'，遂起投鞭渡江之志。"可见不仅在宋朝的版图之内，有井水处皆歌柳词，而且这一作品也具有"国际影响"，以至金主完颜亮对江南之美也不胜欣羡，遂兴南下而牧马之意。

柳永的词也许令完颜亮更加动心，因为当时没有电视电影，没有照相机与摄像机，生活于北方的完颜亮从柳永词中见到如此美丽而陌生的风光，当然更加萌动他的非分之想。但是，战争有其偶发因素，更多的却是一种必然。宋代的外患，一是开国之始就积贫积弱，且重文治而轻武功，君主昏庸，朝廷内长期的党争党祸，消耗了国家的元气，国势从赵匡胤黄袍加身时起就从来未曾兴盛过，就像一个底气不足而又疾病缠身的人，面对外敌几乎无还手之力，只有勉强招架之功；二是从契丹之辽到女真之金以至蒙古族之元，他们大都是逐水草而居的游牧民族，而宋朝则是物产丰饶文化发达的农业文明之国，为了生存和发展，强悍的民族必须以战争来掠取生活与生存的资料。

弱肉强食，从北宋至南宋，边防连连告警，首都频频告急，金人的箭矢先是射落北宋的皇旗，由漠北而来的蒙古族的铁骑，最后终于敲遍也敲痛了整个南宋大地。

图 宋 佚名 大傩图

长安杂兴效竹枝词体

［清］庞垲

万树凉生霜气清，中元月上九衢明。
小儿竞把清荷叶，万点银花散火城。

每年农历七月十五日的中元节，与除夕、清明节、重阳节三节携手，为中国传统的四个祭祖大节，俗称鬼节、七月半，佛教称为孟兰盆节。这一节日，有放河灯、俗称“烧包”焚纸锭的风俗，还要备办丰盛的酒饭肴馔果品以及香烛祭供祖先，目的在于慎终追远，同时祈求列祖列宗庇佑子孙人丁兴旺，多福多寿。

清诗人庞垲的《长安杂兴效竹枝词体》，让我们如过其节，如临其境。此诗主要描绘了中元节之夜儿童们手持荷叶灯，结伴嬉游的情景。荷叶灯亦名河灯，即在荷叶做的底座上安放灯盏或蜡烛，漂流于江河湖海之中，普渡落水鬼以及其他走投无路的野鬼孤魂。

现代作家萧红在她的名作《呼兰河传》中，就记写过这种民间习俗。但这一习俗今日只剩下烧包，至于放河灯之类其他种种似乎已绝版无寻了。不过，幸而还有庞垲这首诗为今日有心怀旧的读者作证。

图 宋 佚名 竹汀鸳鸯图

半死桐·重过阊门万事非

[宋]贺铸

重过阊门万事非。同来何事不同归。梧桐半死清霜后，头白鸳鸯失伴飞。　　原上草，露初晞。旧栖新垅两依依。空床卧听南窗雨，谁复挑灯夜补衣。

在宋代男性词人的悼亡之作中，堪与苏轼《江城子》称为双璧的，应该是贺铸的《半死桐》。

也许是因为贺铸是宋代宗室之后，他的夫人赵氏也出身皇族。贺铸怀文武之奇才而官冷如冰，位沉下僚，始终未能风云聚会而化为展翅凌云的大鹏，然而，他的夫人却任劳任怨，伴随他到年届五十的半生。

此词本名《鹧鸪天》，贺铸改题为《半死桐》，源于汉代枚乘的《七发》之文。枚乘说龙门之桐，其根半死半生，斫以为琴，声音为天下之至悲。男人的一半是女人，贺铸借用于此，一以喻自己已是半死之身，一以喻此词也是至悲之哀音。贺铸巧用典故，善用比喻，尤其动人的是结尾，化抽象的锥心泣血之情为新鲜独创的补衣之细节性意象。词人三十九岁在河北磁州供职时，早就写过一首《问内》，写的就是妻子在炎炎夏日为他补衣的情景，如今雨打南窗，一灯独对，睹物思人，情何以堪？全词本已浪涌波翻了，至结尾更轰然而成九级之浪，令读者也不免为之心摧神伤！

图 宋 佚名 征人晓发图

月夜忆舍弟

［唐］杜甫

戍鼓断人行，边秋一雁声。
露从今夜白，月是故乡明。
有弟皆分散，无家问死生。
寄书长不达，况乃未休兵。

唐玄宗天宝十四年（755 年），安禄山、史思明发动之“安史之乱”爆发。四年之后的唐肃宗乾元二年（759 年），杜甫在战乱中流落到甘肃之秦州，他的四个弟弟杜颖、杜观、杜丰与杜占，只有一位在身边，其他都音书阻隔，处境不明。在气节正当“白露”的月明之夜，杜甫有感于国难时艰，也更加怀念他的手足，于是写下了《月夜忆舍弟》这一五律名篇。

此诗前两联写月夜，景中有情：戍楼上平时用以报时、战时用以报警的鼓声响起，路上行人断绝，时代的战乱、社会的动荡由此可见；边地的孤雁失群，哀鸣之声嘹唳，人间兄弟的分散也由此可知。颔联是诗中名句，起句点明时令，是眼前的写实，对句点明故乡，是主观的悬想，“月夜”二字蕴含其中。后两联写忆弟，情中有景。古代交通不便，通讯极为困难，何况是在兵荒马乱、死生难卜的战乱之时？全诗感情深至，恻恻动人。

图 宋 佚名 高阁凌空图

筹边楼

［唐］薛涛

平临云鸟八窗秋，壮压西川四十州。
诸将莫贪羌族马，最高层处见边头。

如果不署作者的姓名，有谁知道这首颇具眼光与气概的《筹边楼》诗，是出自沦落风尘者的纤纤素手呢？有谁知道，它是出自清人纪晓岚在《纪河间诗话》中所赞美的"其托意深远，非寻常裙屐所及"的薛涛之手呢？

薛涛，字洪度，长安人，幼年随游宦蜀中的父亲薛郧流寓成都，父死家贫，沦为乐妓。她精音律，工小诗，擅行书，后来脱乐籍而居浣花溪，创深红小笺，号"薛涛笺"。

大和四年(830年)，李德裕任剑南西川节度使，于成都府之西建楼，绘蜀地山川险要于楼之左右壁，故名"筹边楼"。薛涛此时已届暮年，但她却以"平临云鸟八窗秋"领起全诗，以"壮压西川四十州"补足筹边楼的高峙与胜概。在描绘高楼的壮观之后，她继之抒发自己的感怀与洞见，劝诫主帅与边将要重在保境安民，不要贪功启衅。这种阔大胸怀与战略眼光，可谓巾帼胜过甚至压倒须眉。唐代女诗人之中的佼佼者薛涛，她的诗多婉约之风，但这首《筹边楼》一派阳刚之气，是宋代李清照慨当以慷的七绝《八咏楼》的先声。

图■明 项圣谟 闽游图

送人

［唐］李咸用

一轴烟花满口香，诸侯相见肯相忘。
未闻珪璧为人弃，莫倦江山去路长。
盈耳暮蝉催别骑，数杯浮蚁咽离肠。
眼前多少难甘事，自古男儿当自强！

唐人之送别诗多矣，如珠玉盈眸，如繁花照眼。李咸用的《送人》却能让人的眼睛一亮，因为诗中情绪昂扬，态度积极，更因为那不向艰难困苦屈服的抗争精神所凝成的警句：“眼前多少难甘事，自古男儿当自强！”

李咸用，郡望陇西（陇山以西地区，今属甘肃），袁州（今江西宜春）人。生活于晚唐之僖宗、昭宗年代，屡试不第，一生沦落，以律诗见长。

这首诗是送人去赴科举，作为一位屡试落第者，送人时却全是勉励与祝福之辞，令人分外感动。他的《别李将军》有云：“男儿自古多离别，懒对英雄泪满巾。”《送从兄入京》也说：“大抵男儿须振奋，近来时事懒商量。”表现的均为不屈之情，奋斗之意，向上之志，可以与此诗的结句兼警句互参共赏。

九月十日

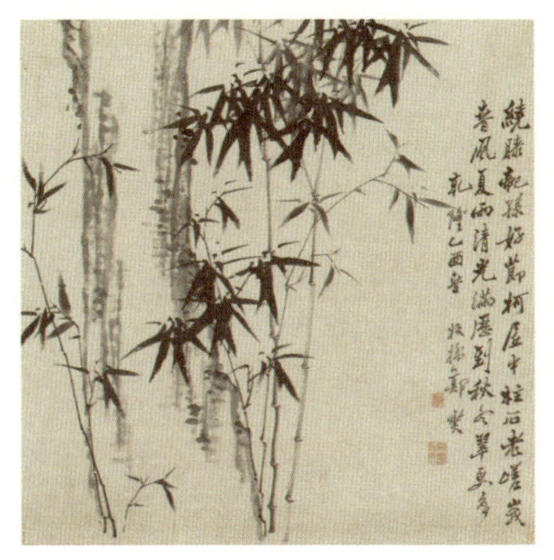

图 清 郑板桥 竹石图

新竹

［清］郑板桥

新竹高于旧竹枝，全凭老干为扶持。
明年再有新生者，十丈龙孙绕凤池。

在清代江苏扬州府兴化县城东门外的护城河上，有一道原铺木板的板桥，称古板桥。杰出的书画家兼诗人郑燮的旧家，即坐落于板桥附近，于是他以自己喜欢的“板桥”为号，还自称“板桥居士”或“板桥道人”。

在历代的文人画士之中，画竹咏竹者不可胜数，但论数量之多与品格之高，无人能出郑板桥其右。他的题竹诗包括竹石兰草合题之诗，现存共计一百余首，为历代画家之最，其中的《新竹》，就是别具风采的一枝。此诗题于他所画的一幅竹画之上，画面上有竹六株，其中一株老竹，五株新竹，新竹依附老竹的根部与主干而生。“龙孙”在此处是竹子子孙的美称，“凤池”即“凤凰池”，此处指高贵的园林。

全诗的主旨由此彰显：新生事物，新新不已，而新生的力量需要的是前辈的爱护与扶持。然而，这种人生哲理不是诉之抽象的说教而是诗意的表现，因而韵味无穷。今日为教师节，吟诵此诗，更是引人思索。

图 清 石涛 唐人诗意图

送梁六自洞庭山作

［唐］张说

巴陵一望洞庭秋，日见孤峰水上浮。
闻道神仙不可接，心随湖水共悠悠！

排行第六的谭州（今湖南长沙）刺史梁知微是张说的友人，经岳阳去长安入朝，时当秋日，张说作此诗相送。

首二句实写洞庭湖山，在一望无边的洞庭秋水的阔大背景上，君山兀然而立，这在构图上是平面加立体。君山，自古就号称“神仙窟宅”，盛产山珍湖味，也盛产神仙神话传说，据云王母娘娘的银簪就是失手掉落湖中，黄帝于斯建台铸鼎之后便成仙飞升，水下有金堂华屋数百间，是神仙门的安居工程，他们经常举行音乐演奏会，其中就有美称“湘君”“湘夫人”的湘水之神。第三句由实境转为虚写，结之以“心随湖水共悠悠”，不仅照应开篇，使全诗构成一个完美的艺术整体，而且心潮和湖潮一同澎湃，送别友人之情，心系君山之意，重回庙堂之想，便都悠然而尽在不言之中。

张说此诗是初唐至盛唐历史转型期的七绝代表作，全诗调高韵远，在凡尘与仙界之间。往日我多次在岳阳楼上凭栏望远，心醉神驰于张说此诗，蓦然回首，总怀疑他会忽发旧地重游之雅兴，从千年前的唐朝远道而来，风尘仆仆，正在登楼。

图 宋 佚名 风雨归舟图（原图）

八声甘州·对潇潇暮雨洒江天

[宋] 柳永

对潇潇暮雨洒江天，一番洗清秋。渐霜风凄紧，关河冷落，残照当楼。是处红衰翠减，苒苒物华休。唯有长江水，无语东流。　　不忍登高临远，望故乡渺邈，归思难收。叹年来踪迹，何事苦淹留？想佳人，妆楼颙望，误几回、天际识归舟。争知我，倚栏杆处，正恁凝愁！

宋代写漂泊生涯的词，大多表现了中国人那种根深蒂固的乡愁，那种偏于地理与亲情的对故乡的怀想。例如柳永，在宋词人之中，他是萍踪浪迹最多的一位，也是写乡愁最多的作者。他先世河东，后来南迁定居于崇安（今属福建），青年时期活动于汴京，复又浪游江南各地，遍历淮岸楚乡。其中他回过福建故里，在《题中峰寺》诗中有“旬日经游殊不厌，欲归回首更迟回”之句，对故乡一往情深。而他的上述《八声甘州》，苏轼曾极表欣赏，认为其中佳句“唐人佳处，不过如此”。

柳永浪萍风梗、飘转四方，对他的故乡可谓中心藏之，何日忘之。这位最善于表现游子情怀的词人，在《八声甘州》这首名作中抒写他的旅人望远之怀，客子思乡之念，行役羁旅之愁，登高临远之思，就是以秋日黄昏的长江为背景，从头至尾，长江的波浪拍痛了他的乡愁也拍湿了他的诗行。

九月十三日

图 宋 李大忠（传）秋葵图（原图）

金钱花

［唐］皮日休

阴阳为炭地为炉，铸出金钱不用模。
莫向人间逞颜色，不知还解济贫无？

诗的角度，是诗艺之一端。德国大诗人歌德说："为了使树变成画，我要绕树走一遭。当我找到了最美的地方时，我还要退后相当远的距离来观察它，等待最好的光线。"他追求的就是新颖而深刻的艺术角度与思想角度。诗的角度，就是观察、认识和表现生活的视角，即着眼点与切入点。金钱花是百花中的一种，对这一题材，诗人怎样来抒写和表现呢？晚唐诗人皮日休着眼的则是"济贫"，否定的是"莫向人间逞颜色"，诘问的是"不知还解济贫无"。言在此而意在彼，咏物而不止于物，是一首相当出彩的咏物诗。

当今之世，贫富悬殊有增无已，金钱魔方胜于昔时。诗人熊楚剑《城居杂拾》之一说："街头处处小雷锋，闪闪童心火样红。堪叹哥门长大后，相逢只话孔方兄。"所咏皆"钱"，角度有异，内涵有别，时代不同，但咏"钱"则一，如同不同乐器演奏的同一乐曲。

图 清 罗聘 寒山拾得图

吾心似秋月

［唐］寒山

吾心似秋月，碧潭清皎洁。
无物堪比伦，教我如何说？

《吾心似秋月》一诗，是以明月碧潭喻禅心的杰作，也是唐代著名诗僧寒山诗中的上品。此诗以秋月碧潭喻禅者空明纯净之心，也即不染纤尘、远离世俗的清净佛心。在今日愈来愈商业化、功利化、世俗化的扰攘尘世，其当下意义在于让我们省悟：在温饱的前提下，要少一些钻营奔竞之心，少一些物质贪求之欲，少一些蜗角浮名、蝇头微利之想，要追求自然适意的生活方式与清净高洁的精神生活。

人啊人，人在温饱无虞的前提之下，不应只顾对形而下的物质、金钱、名位的追逐，而应向往和追求形而上的精神生活与审美境界。清凉之国在大自然中，也在我们心中。当代诗人彭浩荡《我的心遗失在桂林》中说得好：“我的心遗失在桂林，是在那实兀的峰顶，还是在那清浅的江水中，还是在那一动脚就会踩着的传说里？该到何处寻找我的心？”

图 宋 李嵩 明皇斗鸡图

题长安壁主人

［唐］张谓

世人结交须黄金，黄金不多交不深。
纵令然诺暂相许，终是悠悠行路心。

“长安壁主人”指诗人在长安（今陕西西安）的寄居主人，此诗题于壁上。诗的首句为肯定式的条件句，次句为否定式的条件句，指出世人一切以利益为转移，第三句转折，指一诺千金已是遥远的传说，结句点明主旨，指出没有金钱先行则世人如同陌路。

张谓，是盛唐与中唐之交的诗人。唐代是中国封建社会的黄金时代，对于以金钱为社会价值准则的不良世道人心，张谓就已经有了如此深沉的感喟与犀利的批判。今日世风不古，金钱拜物教盛行于神州大地，社会日益世俗化与功利化，以利相交成了许多人的行为准则，金钱至上成了许多人的人生信条，人为财死、鸟为食亡成了许多人的生命轨迹。张谓如果复生，目睹今日的世界多精彩，眼看今日的世界很无奈，不知会有多少新的感慨？

图 宋 林椿 果熟来禽图（原图）

自遣

［唐］杜荀鹤

粝食粗衣随分过，堆金积帛欲如何？
百年身后一丘土，贫富高低争几多！

晚唐名诗人杜荀鹤之诗，语言通俗晓畅，善于白描，少用典故，其诗在反映民生疾苦之外，多抒写个人的身世之感以及由此而生发升华的人生哲理。大唐末世，许多诗人命途多舛，往往以“自遣”为题发而为诗。

全诗首句写“粝食粗衣”之贫，“随分过”，强调随遇而安。次句写“堆金积帛”之富，出之以欲当如何的设问。第三句陡作转折，人生不满百年，到头来都归于黄土，这是任何人都不可抗拒的自然规律，任你是帝王将相还是百姓平民。结句以“贫富高低”一语关锁前文，指出“争几多”之虚妄，这是对以富贵也即以金钱权势骄人者的一记当头棒喝，也是对未能超脱心怀不平者的一剂清凉散。

人，从哪里来？到哪里去？人生的意义与价值到底是什么？这是古今中外无数哲人与诗人思索不尽的终极命题，杜荀鹤的《自遣》也可视为他交出的一份答卷。

图 清 李士倬 皋涂精舍图

宿巾子山禅寺

[唐] 任翻

绝顶新秋生夜凉，鹤翻松露滴衣裳。
前峰月映半江水，僧在翠微开竹房。

任翻，翻又作蕃，生卒年不详，唐末诗人。他有《宿巾子山禅寺》一诗，尤为人所称道。

任翻往游天台县北天台山巾子峰时，题此诗于寺壁。离去已百余里，复返欲改原作之“一江水”为“半江水”，但待他到题诗之处，不知何人已改为“半江水”矣。“一江水”一览无余，“半江水”有余不尽，尤其是在“前峰”的掩映之下，“月光”的照耀之中。一字之改，可见炼字的魅力。任翻以后还曾两度来游，先赋《再游巾子山寺》，后赋《三游巾子山寺感述》：“清秋绝顶竹房开，松鹤何年去不回？惟有前峰明月在，夜深犹过半江来。”多年以后，有人在此题诗感叹说：“任翻题后无人继，寂寞空山二百年。”

中国古典诗歌讲究炼字，一个字恰到好处，往往如灵珠一颗，可以使遍体生辉。古典诗歌如此，新诗何莫不然？闻一多《也许》的第二节是：“不许阳光拨你的眼帘，不许清风刷上你的眉。无论谁都不能惊醒你，撑一伞松荫庇护你睡。”“拨”原作“攒”，“能”原作“许”，尾句原作“我吩咐山灵保护你睡”。原作经诗人自改，果然后来居上。

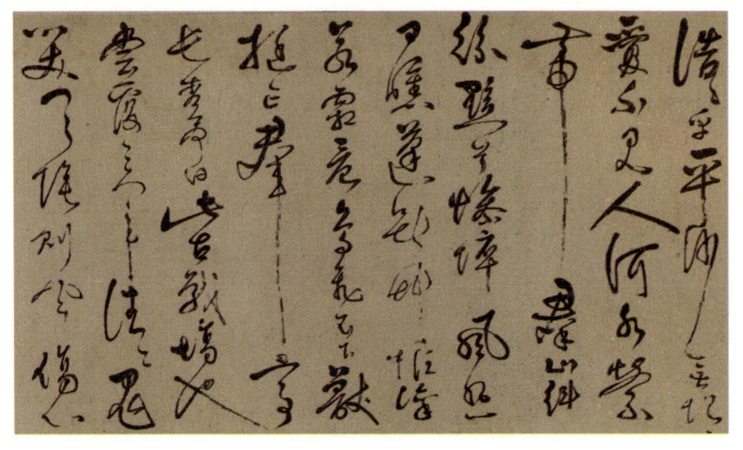

图 宋 岳飞 悼古战场草书

满江红

［宋］岳飞

怒发冲冠，凭阑处、潇潇雨歇。抬望眼、仰天长啸，壮怀激烈。三十功名尘与土，八千里路云和月。莫等闲、白了少年头，空悲切。　　靖康耻，犹未雪。臣子恨，何时灭。驾长车，踏破贺兰山缺。壮志饥餐胡虏肉，笑谈渴饮匈奴血。待从头、收拾旧山河，朝天阙。

岳飞本国家之干城，民族之栋梁，中兴之希望，而且其个人品质也堪称楷模。他位至将相，但廉洁奉公，自奉菲薄，不娶姬妾，不置私产。许多高官大将在杭州都建有富丽堂皇的宅第，高宗也意欲为他建造，他辞谢说：“北虏未灭，臣何以家为？”这种高风亮节，与当时官绅士大夫爱钱敛币、穷奢极欲形成了鲜明的对比，时至今日，又有多少人能望其项背？

然而，正如明代文征明《满江红》词所说：“岂不念，中原蹙；岂不惜，徽钦辱。但徽钦既返，此身何属？千古休夸南渡错，当时只怕中原复。笑区区一桧亦何能，逢其欲！”宋高宗与秦桧上下联手，改写了岳飞也改写了南宋的命运。秦桧固然坏透，但他还只是帮凶，宋高宗才是罪魁祸首，早在明代，文征明就早已慨而言之了。

图 宋 佚名 桐荫玩月图

一剪梅·红藕香残玉簟秋

[宋] 李清照

红藕香残玉簟秋。轻解罗裳，独上兰舟。云中谁寄锦书来？雁字回时，月满西楼。　花自飘零水自流。一种相思，两处闲愁。此情无计可消除，才下眉头，却上心头。

“一剪梅”在宋人的口语中为一枝梅之意。此词乃李清照早期作品，抒写的是青春时代的别绪离愁。元人尹世珍《琅嬛记》早有追记：“易安结缡未久，明诚即负笈远游。易安殊不忍别，觅锦帕书《一剪梅》词以送之。”李清照满怀思念，幸亏她有才人手笔，能写下这首伤离念远的名词为证。

李清照词的一个特色，就是“用浅俗之语，发清新之思”（清人邹祗谟《远志斋词衷》），此作即可证明。全词以抒情女主公为中心意象，上阕抒写秋季的景物，景中有情地寄托相思之情，下阕直抒胸臆，“一种相思，两处闲愁”的数字对仗，“才下眉头，却上心头”的转折重叠，曲折有致地表达了闲愁之苦。感情真挚清纯，语言朴素洗练，如花之开，如泉之涌，如月之明，也如风之清。

图 宋 朱惟德 江亭揽胜图

独坐敬亭山

［唐］李白

众鸟高飞尽，孤云独去闲。
相看两不厌，只有敬亭山。

“敬亭山”，在安徽宣城西北，离城十余里，又名昭亭山。题目标明“独坐”，全诗表现的就是诗人对炎凉世态和社会黑暗的厌憎之情，以及向大自然寻求精神寄托的遗世独立之意。

诗的构图是上天下地，诗的中心是作者与敬亭山。“众鸟”与“孤云”对举成文，鸟“尽”云“闲”，说明天地之间一片岑寂，只剩下了“独坐”的诗人自己。然而，诗人还要进一步申说和表现自己的孤独，但他却不从正面着笔，而移情于无知无觉的青山，青山和他竟然“相看两不厌”，如此从侧面烘托，更显愤世与孤独之深！辛弃疾《贺新郎》词之“我见青山多妩媚，料青山见我应如是”一语，正是于此脱胎。一唐一宋，一为前浪，一为后浪，一为大诗人，一为大词人，真是诗坛与词坛的千古佳话。

图 宋 佚名 江上青峰图

过海联句

［唐］高丽使　贾岛

沙鸟浮还没，山云断复连。
棹穿波底月，船压水中天。

联句，是中国诗歌园地里旁逸斜出的一枝。联句之花，在唐代开得颇为繁茂，韩愈与孟郊可称催花使者，其《城南联句》竟多达一百五十三韵，一千五百三十字，可谓联联不休。《红楼梦》第五十回“芦雪庭争联即景诗，暖香坞雅制春灯谜”，就是写凤姐、湘云、香菱等十余美人联句。

联句诗长而佳者不多，短而佳者则时有所见，上述高丽使与贾岛的联句即是。出联系来华的高丽使者所吟（唐时朝鲜半岛并存三国，北部为高丽，南部偏东为新罗，南部偏西为百济），一写海鸟，一写山云，但之后他却难以为继，没有下文。据说同船共渡的贾岛应声而续，前后对比，确乎后来居上，尤其是“穿”与“压”两个动词的妙用，更使贾岛在这场国际联句诗大赛中取得完胜，连高丽使臣本人也不得不为之叹服。

《全唐诗》误收元末明初诗人唐温如的《题龙阳县青草湖》：“西风吹老洞庭波，一夜湘君白发多。醉后不知天在水，满船清梦压星河！”这一无上妙品的诗中之“压”字，不知是否受到过贾岛的启发？

九月二十二日

图 宋 赵佶 瑞鹤图

秋词

［唐］刘禹锡

自古逢秋悲寂寥，我言秋日胜春朝。
晴空一鹤排云上，便引诗情到碧霄。

出生于吴郡（今江苏苏州）的刘禹锡，二十多岁和柳宗元同登进士，有同年之谊。长安相聚的时期，他们和吕温、韩泰等同为国家的精英俊彦，同气相求，切磋学问，研讨国事。“永贞革新”失败，刘禹锡贬为朗州司马，治所在武陵（今湖南常德市），他和柳宗元通过古驿道交换诗文，互致书信。刘禹锡性格开朗豪放，和沉郁内向的柳宗元不同，故有“诗豪”之称。

这首诗写于朗州，他应该寄给过相濡以沫的柳宗元吧？一位“独钓寒江”，一位“晴空一鹤”，意象虽异，精神相同。刘禹锡如果从朗州去永州愚溪拜访过柳宗元，他们定会互相对诵过上述诗篇。刘禹锡在柳宗元逝世后三年所作的《伤愚溪》中，曾经说：“柳门竹巷依依在，野草青苔日日多。纵有邻人解吹笛，山阳旧侣更谁过？”情景如绘，似曾亲历。

今日湖南常德市的沅水防洪堤上，建有长达三公里的诗墙，镌刻自屈原以来的历代诗歌名篇，刘禹锡的高华而高远的《秋词》就高居其上，如同永远也不会熄灭的火炬。

图 唐 李昭道 明皇幸蜀图

雨霖铃·寒蝉凄切

[宋]柳永

寒蝉凄切。对长亭晚，骤雨初歇。都门帐饮无绪，留恋处，兰舟催发。执手相看泪眼，竟无语凝噎。念去去、千里烟波，暮霭沉沉楚天阔。　　多情自古伤离别，更那堪冷落清秋节！今宵酒醒何处？杨柳岸、晓风残月。此去经年，应是良辰好景虚设。便纵有千种风情，更与何人说？

唐代天宝年间，渔阳的动地鼙鼓敲破了唐玄宗燕舞莺歌的好梦，仓皇中他携杨贵妃逃离长安而奔往四川。进入蜀道之后，大雨滂沱，杨贵妃已经作了替罪之羊，唐玄宗的安全危机也已过去，他难免愧恨与怀念交集，泪水与雨水齐流。闻雨霖銮铃，长于音乐的他采其声为乐曲，命名“雨霖铃”。

《雨霖铃》作为唐代教坊乐曲，它的创作权属于唐玄宗李隆基。唐玄宗虽贵为帝王，然而其悲欢离合的故事，以及《雨霖铃》怀人伤逝的悲剧音调，当打动过柳永这位多愁善感的才子的心，不然他就写不出如上这首名词，这首被称为北宋婉约词派抒写离情别绪的代表之作《雨霖铃》。

柳永词中不仅有“杨柳岸、晓风残月”这样的秀句，更抒写了“多情自古伤离别，更那堪冷落清秋节”这样的警语，创造了古往今来人共此境而人同此心的普遍情境，成了众生共有的精神财产。

图 元 吴镇 渔父图

赠渔父

［唐］杜牧

芦花深泽静垂纶，月夕烟朝几十春。
自说孤舟寒水畔，不曾逢着独醒人。

“渔父词”，是唐人诗歌创作的传统题材之一。在写法上大体可分两类：一种是如实描绘名符其实的渔人的生活；一种则是带有隐士色彩或高士情结的诗人的自况，“渔父”云云，均系假托之辞。杜牧的《赠渔父》，可以归入后一种谱系，名为他赠，实为自况或自赠。

“垂纶”，垂放钓丝。“独醒人”，独立于俗世、浊世或乱世的清醒者。出自屈原《渔父》篇，屈原对渔父的答问：“举世皆浊我独清，众人皆醉我独醒，是以见放。”杜牧生当晚唐的衰败之世，落日余辉，他有志回天却不蒙重用，而芸芸众生则大都随波逐流，浑浑噩噩，他不免为有志不酬、知音难逢而满怀孤愤，便假托渔父以抒情咏志。这正是古代正直士人、今日称为“公共知识分子”的苦闷、良心与思想的另类表现。

图■清 髡残 溪山秋雨图

题玉泉溪

[唐] 湘驿女子

红树醉秋色，碧溪弹夜弦。
佳期不可再，风雨杳如年。

楚地本来是幽奇惝恍的楚辞的故里，光怪陆离的神话传说的家乡，“湘驿女子”不知名姓，身世不传，甚至是否实有其人也无从考究，这首诗的来历也就笼罩在一片恍兮惚兮的迷雾里。

我们今日也无法侦破这首诗的来历。我们倒是应该认定这是一首情境凄迷甚至凄美的好诗，一首具有人生普遍情境的引人寻味的好诗。首二句分写白天与夜晚的景色，有色而且有声。时令是深秋，白天，满山红树酿造的是令人醺然欲醉的美酒；夜晚，清碧的溪水弹奏的是令人肠回九曲的夜歌。这是环境的描绘，色彩的渲染，氛围的烘托，为怨情幽思的抒发作了极富诗意的铺垫，后两句便直接抒发佳期不再而风雨中度日如年的悲怀。

诗的悲剧内蕴若明若暗，若隐若现，可以意会，难以言传，此之谓朦胧之美。湘驿女子的《题玉泉溪》，湘竹制成的洞萧吹奏的缠绵悱恻的小夜曲呵，多愁多感特别是有相同或相似经历感受的读者，读来当别是一番滋味在心头。

图■明 蓝瑛 溪山话旧图

夜雨寄北

［唐］李商隐

君问归期未有期，巴山夜雨涨秋池。
何当共剪西窗烛，却话巴山夜雨时。

本诗约写于大中二年（848年），李商隐其时流寓巴蜀，在剑南东川节度使府作幕僚，他的夫人王氏留居长安，所以此诗题目一作《夜雨寄内》。这首诗，抒情情深意远，构思婉曲回环，借用音乐的术语，是一阕情切切而意绵绵的“回旋曲”。

首句“君问归期未有期”，空间上从远在长安的对方写起，可见双方忆念之深，相聚之难。次句回到诗人写诗的此时此地，既表现了诗人当下的羁留景况与相忆之情，也补足申说了“未有期”的原因。“何当共剪西窗烛”，一个“共”写出的是诗人对未来的希望。“却话巴山夜雨时”，意即未来重聚之日，再来互相倾诉此时此夜的相忆之情。

全诗就是这样一笔从未来荡回到现在，构成了一个首尾相应的“水精如意玉连环”。产生这种章法与音调上曲折多姿、回环往复的艺术效果，除了构思巧妙之外，还因为李商隐喜欢在诗中重复某些字句，“期”字两见，“巴山夜雨”更是四字重出。绝句本来一般应力避重字，李商隐却偏偏犯难冒险而大获成功，说明他确实是才情并茂的诗林高手，才识难双的诗国大家。

图 宋 佚名 橘枝栖雀图

秋登宣城谢朓北楼

［唐］李白

江城如画里，山晚望晴空。
两水夹明镜，双桥落彩虹。
人烟寒橘柚，秋色老梧桐。
谁念北楼上，临风怀谢公。

李白与杜甫是唐代诗国天空的双子星座，它们闪耀的是永恒的光芒。然而，“尺有所短，寸有所长”，这是司马迁所说而为后世所习用的名言。李白五、七言绝句的数量与质量远在杜甫之上，而五、七言律诗的成就却也远不及杜甫。然而他的五律整体成就虽不如杜甫，单篇却足可抗衡，如《秋登宣城谢朓北楼》即是。

南朝齐代诗人谢朓为宣城太守，在宣城陵阳山建北楼，人称谢朓楼。李白一生敬慕谢朓，多次来游宣州。此诗为天宝十二或十三年（753或754年），李白秋日宣城登楼而作。“两水”，指城东之宛溪与句溪。“双桥”，指隋代于宛溪之上所建之凤凰、济川二桥。秋水澄清，故比“明镜”，桥呈拱状，因喻“彩虹”。这一联与下联人景分写的“人烟”与“秋色”，不仅点明了题目中的“秋”，同时也是登高临眺所见的“如画”之秋色秋光。

全诗可称是天球不琢的完美艺术整体，其中颔颈两联更是锦上添花。

图 宋 佚名 海棠蛱蝶图（原图）

临江仙·六曲阑干三夜雨

［清］纳兰性德

六曲阑干三夜雨，倩谁护取娇慵。可怜寂寞粉墙东，已分裙钗绿，犹裹泪绡红。　　曾记鬓边斜落下，半床凉月惺忪。旧欢如在梦魂中，自然肠欲断，何必更秋风！

纳兰性德曾奉命出使塞外，也曾以贴身侍卫的身份，多次扈从康熙皇帝巡边。从词前“塞上得家报云，秋海棠开矣，赋此”的小序看出，此调是在塞上得到家信所作。

秋海棠，是一种多年生草本植物，又称“八月春”“断肠花”，花小，粉色，背叶有红丝。绡红，生丝织成的薄绢。词的上片写想象中的雨中海棠花，以女子绿色的衣裙喻绿色的枝叶，以红丝花瓣上的宿雨比离人的眼泪。下片自然无迹地由物及人，转而为对往日和妻子欢聚情景的回忆：曾和她一起欣赏秋日海棠，并将海棠花插在鬓边，半床凉月半明半暗地照耀，人如海棠，海棠如人。结句由回想而跌入眼前的现实，更觉唱叹有情。

词如此，诗亦然，纳兰为妻子卢氏写的《四时无题诗》十八首之一，也曾有近似的描写：“绿槐阴转小阑干，八尺龙须玉簟寒。自把红窗开一扇，放它明月枕边看。”风光旖旎，令人魂销。

图 唐 惠崇 雁图

雁

［唐］陆龟蒙

南北路何长，中间万弋张。
不知烟雾里，几只到衡阳？

陆龟蒙，晚唐名诗人与散文家。诗文与皮日休齐名，世称“皮陆”，鲁迅先生在《小品文的危机》一文中，称他们的小品文在唐末“放了光辉”。其诗于历史之兴衰，统治者之腐朽，民生之凋残，士风之萎靡，或直陈以刺，或借物以讽，而不少绝句也警策可读，清丽可诵。

雁，在古老的《诗经·郑风·女曰鸡鸣》中，我们就已经看到它惊飞的身影了：“将翱将翔，弋凫与雁。”它们早已是万物之灵的捕杀对象。在唐诗中，李峤《雁》诗有“望月惊弦影，排云结阵行”之句；在宋诗里，欧阳修《江行赠雁》中有“云间征雁水间栖，缯缴方多羽翼微”之辞。“弋”以绳系箭而射，“到衡阳”，传说北雁南飞，至湖南衡阳而止。王勃《滕王阁序》中，有“雁阵惊寒，声断衡阳之浦”之语，今日衡阳市内有“回雁峰”。

曾日月之几何，江山不可复识，对飞禽走兽的滥捕滥杀，即为生态平衡破坏之一端。自然环境的破坏，成了今日人类生存的重大危机之一。陆龟蒙此诗，可能是言乱世之多艰，道乱世之多危，我以为说它是“环保诗”也无不可。

图 元 赵孟頫 杜甫像图

又呈吴郎

［唐］杜甫

堂前扑枣任西邻，无食无儿一妇人。
不为困穷宁有此？只缘恐惧转须亲。
即防远客虽多事，便插疏篱却甚真。
已诉征求贫到骨，正思戎马泪盈巾！

大历二年（767年）秋天，杜甫从四川奉节的瀼西草堂搬去“东屯”的茅屋，将瀼西草堂借给从忠州调任夔州司法参军的吴姓晚辈亲戚居住。草堂种有枣树，一个贫困老妇常来打枣充饥，杜甫听说吴姓亲戚在草堂周围安插了篱笆，便写了这首《又呈吴郎》。此诗“以诗代简”，娓娓道来，曲尽人情，目的就是开导吴郎不要禁止老妇前来打枣。

首句的“任”字说明自己的一贯态度，次句包含了四层意思：无食、无儿、孤寡一人，又是妇女。接着说她不是贫困怎会如此，她害怕新主人，因此你反而应该主动表示亲近。然后说妇人立即提防新来的远客实为多余之虑，语意婉转，为吴郎转圜，但又说吴郎新插篱笆却是真事，妇人不免疑虑，语意委曲，又是为妇人着想。最后由小及大，由近及远，由一位贫穷的妇人想到天下的苍生：百姓艰难困苦的原因，在于官府的横征暴敛和连绵不绝的战乱。

此诗全用白话，直写真情至性。更重要的是，仁义之人，其言蔼如，此诗表现的正是杜甫的爱民济世的仁人之心。

十月

图 五代 阮郜 阆苑女仙图

柘枝

［唐］章孝标

柘枝初出鼓声招，花钿罗衫耸细腰。
移步锦靴空绰约，迎风绣帽动飘飖。
亚身踏节鸾形转，背面羞人凤影娇。
只恐相公看未足，便随风雨上青霄！

“柘枝舞”，一说源出西域之石国，一说来自西南之诸蛮，总之它是由境外引进中土的一种健舞。

舞者穿胡服，着锦靴，戴绣帽，舞姿刚柔相济，节奏明快急促，且以鼓伴奏。中唐诗人章孝标的《柘枝》描绘的正是这种舞蹈，他出色地表现了这一舞蹈特殊的造型美与动态美。鼓声乍起，舞者出场，那头上的花钿、身上的轻衫和耸动的杨柳般的细腰，猛然就镇住了观者的眼睛。“移步”即步法之变换，“亚身”即压身，“踏节”即应鼓声的节奏以足蹬地，“背面”即转身。诗的中间两联抒写了舞者优美的舞姿，令人目不暇接。白居易《柘枝妓》说“带垂钿胯花腰重，帽转金铃雪面回”，刘禹锡《和乐天柘枝妓》说“鼓催残拍腰身软，汗透罗衣雨点花”，他们的描写各有千秋。章孝标此诗结尾写舞人的飘然轻举，如上云霄，也令观者中心摇摇，意往神驰，欲罢不能。

读张孝标此诗，我不禁想起当代诗人艾青写前苏联舞蹈家的《给乌兰诺娃》：“像云一样柔软，像风一样轻，比月光更明亮，比夜更宁静，人体在太空里游行……”

图 明 仇珠 女乐图

李凭箜篌引

[唐]李贺

吴丝蜀桐张高秋，空山凝云颓不流。
江娥啼竹素女愁，李凭中国弹箜篌。
昆山玉碎凤凰叫，芙蓉泣露香兰笑。
十二门前融冷光，二十三丝动紫皇。
女娲炼石补天处，石破天惊逗秋雨。
梦入神山教神妪，老鱼跳波瘦蛟舞。
吴质不眠倚桂树，露脚斜飞湿寒兔。

李凭，中唐以弹箜篌著名的宫廷乐师。“箜篌”，来自西域的古弦乐器。诗的前六句写李凭的弹奏及箜篌的音响之美：时当秋日，响遏行云，连湘娥与善鼓瑟的秋露之神——素女，都为之感动。其声温润如“昆山玉碎”，清越如“凤凰叫”，幽美如“芙蓉泣露”，热烈如“香兰笑”。

后八句极写箜篌之声的效果：长安有十二座城门，箜篌之声融化了寒冷的月光，感动了天上的玉帝和人间的皇帝。乐音与旋律变化莫测，如女娲炼石补天引发秋雨，如梦入仙山教谕神女，老鱼瘦蛟都听得出水而舞，如此惊天地而泣鬼神，连月中伐桂的吴刚（吴质，三国时魏人，通音乐，诗人代指吴刚）都成了铁杆粉丝，听得不能入眠，连玉兔也全然忘记了天寒露冷。

李贺此诗，与白居易的《琵琶行》和韩愈的《听颖师弹琴》鼎足而三，是唐诗中描写音乐的最佳之作。

水调歌头·丙辰中秋

［宋］苏轼

丙辰中秋，欢饮达旦，大醉。作此篇，兼怀子由。

明月几时有？把酒问青天。不知天上宫阙，今夕是何年。我欲乘风归去，又恐琼楼玉宇，高处不胜寒。起舞弄清影，何似在人间？　　转朱阁，低绮户，照无眠。不应有恨，何事长向别时圆？人有悲欢离合，月有阴晴圆缺，此事古难全。但愿人长久，千里共婵娟。

熙宁九年（1076年）中秋之夜，催生苏轼写下这一首千古名词的，除了高天的明月，还有他对弟弟苏辙的怀想之情。词前小序说："丙辰中秋，欢饮达旦，大醉。作此篇，兼怀子由。"

有人说，"天上宫阙"和"琼楼玉宇"，虽然明指天上的神仙居所，却暗喻地上的宋代朝廷和首都开封，而"我欲乘风归去，又恐琼楼玉宇，高处不胜寒"，则是说虽有意回到庙堂之上，但政治斗争的风波莫测，使人又生"何似在人间"的处江湖之远的回避之想。苏轼作此词时有无上述想法，权威的阐释权在他自己，而我则宁愿相信那是苏轼叩问青天的奇思妙想，是浪漫主义精灵和诗人主体精神的高扬。他创造了这样一个让我们的精神得以飞扬与遨游的艺术世界，其中即使含有寄托，我已无多少兴趣寻索了，心中洋溢的惟有感激与月光。

苏轼的中秋词之动人情肠，是那种深切的现实关照和深挚的人间情怀。他所发出的"但愿人长久，千里共婵娟"的祝愿，如一炷香火，点燃的是世世代代后来者的希望，如清钟一记，荡起的是千百年来也袅袅不绝的余音。

图■宋 李嵩 月夜看潮图

望月怀远

［唐］张九龄

海上生明月，天涯共此时。
情人怨遥夜，竟夕起相思。
灭烛怜光满，披衣觉露滋。
不堪盈手赠，还寝梦佳期。

张九龄是唐玄宗时代的贤相，《望月怀远》是他对月怀人的名诗，“海上生明月，天涯共此时”是诗中的名句。

张九龄此诗，感情是深挚的，境界是阔远的，风格是高华的，确实是咏月怀人之作中的超一流佳构。它的首二联即开篇点题，远承谢庄《月赋》中的“隔千里共明月”之语，抒写月夜怀远之意，后两联写怀人之情，其情深而且长。晋代陆玑《拟明月何皎皎》有“照之有余辉，揽之不盈手”之句，张九龄化而为“不堪盈手赠”，将相会的佳期托之梦寐，构成了这首《月光曲》悠然不尽的尾声。诗之首联是千古传诵的名句，我在《百折千回梦里惊——唐诗之旅》一书中的《月光奏鸣曲》一文中，就曾请这一名句前来光临助兴。

图 明 吕纪 桂菊山禽图

十五夜望月寄杜郎中

［唐］王建

中庭地白树栖鸦，冷露无声湿桂花。
今夜月明人尽望，不知秋思落谁家？

晚唐诗人王建此诗诗题下原注有云：“时会琴客。”可见当时是友人聚会，且有音乐助兴。杜郎中是作者的朋友杜元颖，时任郎中之职。

诗的首二句分别从视觉与听觉的角度，写中秋之夜的素净芬芳的环境，初唐宋之问《灵隐寺》的“桂子月中落，天香云外飘”，宋代周邦彦的“月皎惊乌栖不定”，可以与此诗的有关描写前后互参。最妙的是后两句，如果没有后两句，全诗就会黯然失色，虽然有中秋的月光照耀也无济于事，不，无济于诗。后两句不再泥于实摹，而是出之以空灵之想，宕开一笔，写天下芸芸众生之望月，使得诗的境界从个人感受而向普遍的情境飞升。最后一句“不知秋思在谁家”中的秋思之“思”，应读仄声 sì 而不读平声 sī，它本指秋天的情思，此处特指怀人的思绪。离别是人之常事，怀人乃人之常情，结句以问句出之，更觉意象清超，令人玩味不尽，如同中秋的月光。

图 宋 佚名 烟风秋晓图

苏幕遮·碧云天

［宋］范仲淹

碧云天，黄叶地，秋色连波，波上寒烟翠。山映斜阳天接水，芳草无情，更在斜阳外。　　黯乡魂，追旅思，夜夜除非，好梦留人睡。明月楼高休独倚，酒入愁肠，化作相思泪！

一代名相范仲淹的《苏幕遮》这首羁旅相思之作，有如山间的清溪，月下的池水，初上的眉月。英雄人物并非只有侠骨，同时也有柔肠，并非只有剑胆，而且也有琴心，他秋夜怀人，忧心忡忡，酒到愁肠，就已化成了相思的泪水。英雄儿女自柔情，没有矫饰，没有伪装，没有出于欺骗与愚弄众生的神化，有的是人生的真实与感情的真实。

如此隽言妙语，有如令人欣羡的财宝，总不免引起他人的觊觎而眼红手痒。元代戏剧家王实甫在《西厢记·长亭送别》中，就半偷半借地化用了范仲淹词而写出了名曲《端正好》："碧云天，黄花地，西风紧，北雁南飞。晓来谁染霜林醉？总是离人泪。"

图 明 项圣谟 岩栖思访图

喝道

［清］郑板桥

喝道排衙懒不禁，芒鞋问俗入林深。
一杯白水荒途进，惭愧村愚百姓心。

所谓“喝道”，即官员出行时，以高举“肃静”“回避”的牌子的吏役作前导，呼喝作势，令行人躲避，相当于党政要员出巡时以前盛行现已少见的鸣笛开道的警车；所谓“排衙”，乃指旧时官员升堂，于官署排列仪仗，属吏依次参谒。

郑板桥四十三岁以后在山东范县、潍县做了十二年的七品县官，相当于现代的县长。他超前地有些现代民主观念，能以民为本，勤政爱民，清廉自守，颇得百姓拥戴。因为“不爱乌纱不要钱”，最后因请账救灾得罪了上司而被罢官，离任时两袖清风，别无长物。上述这首诗写于范县任内，他穿着草鞋深入山林考察民生疾苦，老百姓招待他的即使只有一杯白水，也令他感谢而且惭愧。这，不是微服私行也是轻车简从了，且不论他是一代大画家、大书法家、名诗人，身为官员的他其人其行如此，难怪两百年后的今天还得到后人由衷的尊敬。

图 元 赵雍 孤鹤横江图

暮江吟

［唐］白居易

一道残阳铺水中，半江瑟瑟半江红。
可怜九月初三夜，露似真珠月似弓。

白居易在《暮江吟》中说“露似真珠”，其实，他的这首风华绝代的绝句，就是一颗永远晶莹的珍珠。

长庆二年（822 年），白居易由中书舍人外放杭州刺史，江行途中作此绝句。“铺”，铺展，展开。“瑟瑟”，碧色宝石，此处指碧色江水。白居易以“瑟瑟”状碧色之诗句颇多，《琵琶行》中之“枫叶荻花秋瑟瑟”，正是枫叶红、荻花白、秋江澄碧也。“可怜”，可爱。“初三夜”，夏历九月初三晚上。诗的前两句写的是秋江暮景，系俯视镜头，“半江瑟瑟半江红”为诗家所惯用的“半字句”，设色奇丽而又对比鲜明；诗的后两句写的是秋江夜景，系仰视镜头，“露似真珠月似弓”，为诗家所擅用的“比喻句”。此句连用两喻，贴切而新颖，且叠用“似”字，与前面所叠之“半”字呼应，声谐韵美，平添了全诗的音乐美感，全诗既如璀灿的珍珠，也如悦耳的谣曲。

图 清 冷枚 梧桐双兔图

梦天

[唐] 李贺

老兔寒蟾泣天色，云楼半开壁斜白。
玉轮轧露湿团光，鸾佩相逢桂香陌。
黄尘清水三山下，更变千年如走马。
遥望齐州九点烟，一泓海水杯中泻。

此诗题为“梦天”，即梦游太空之意。全诗句句写天，也是句句写梦，梦在天中，天在梦中，构成一个想象奇幻的天上世界。古代神话传说月中有玉兔寒蟾，此处均代指月亮。圆月如轮，碾轧地上的露珠。“鸾佩”本指雕成鸾鸟状的玉佩，此处代指嫦娥。“黄尘”指陆地。“清水”指海洋。“齐州”，指中国分为九州。从天上下望，浩大的九州渺如九点烟尘，深广的海洋也小如杯中之水。

此诗体裁是七言古风，体例为游仙诗，诗风奇丽幻美，直追屈原与李白。李白喜欢写月，但在他的月世界中，似乎还未曾像李贺这样梦天游月。南宋的刘克庄有《清平乐·五月十五夜玩月》：“风高浪快，万里骑蟾背。曾识姮娥真体态，素面元无粉黛。身游银阙珠宫，俯看积气蒙蒙。醉里偶摇桂树，人间唤作凉风。”一诗一词，前后辉映，堪称中国古典诗歌史上游月诗的两首名篇，一双璧玉。

图■宋 佚名 长桥卧波图

寄扬州韩绰判官

［唐］杜牧

青山隐隐水迢迢，秋尽江南草未凋。
二十四桥明月夜，玉人何处教吹箫？

韩绰不知何许人也，应该是杜牧在扬州时的同事和朋友，韩绰死后，杜牧还写了一首《哭韩绰》，可见两人之交谊不浅。这首诗，应是杜牧在京城任监察御史时于秋日遥想江南扬州的美景，心血来潮一挥而就寄给韩绰的吧？

"二十四桥"之所指，至今仍聚讼纷纭，一说扬州城内有二十四座桥，北宋沈括《梦溪笔谈》还一一记述了桥名与地理位置；一说仅此一座桥，即吴家砖桥，又名红药桥，曾有二十四位美人吹箫于上。

不管如何，杜牧此诗描绘了扬州秋日与秋夜的美好风物，追忆了以前在扬州的美好时光，抒写了对友人的深长怀想，而"玉人"也义有多解，可指韩绰，亦可指桥上美人。自杜牧领唱之后，月明之夜的二十四桥更名闻遐迩，诗人们纷纷前来合唱。北宋贺铸的《太平时·晚云高》，则将杜牧全诗引入自己的词中："秋尽江南草未凋。晚云高。青山隐隐水迢迢，接亭皋。二十四桥明月夜，弭兰桡。玉人何处教吹箫？可怜宵。"他未经杜牧同意，就径自将杜诗与己词调成了一杯别具风味的鸡尾酒。

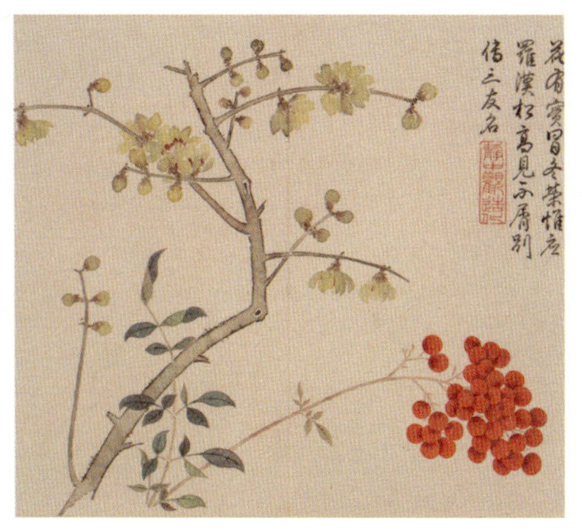

图 清 钱维城 花鸟图册

相思

［唐］王维

红豆生南国，春来发几枝。
愿君多采撷，此物最相思。

此诗题又作《江上赠李龟年》。据说安史之乱中唐代的顶级歌手李龟年流落江南，常在宴席上歌此诗，闻者为之饮泣。后人改题为《相思》，寄寓更为深广。

这是王维的代表作之一，也是古典诗歌中五言绝句的珍品。“相思”本是一种抽象的不可把捉的感情，诗人却找到了“红豆”这一具有象征意义的客观对应物，托物抒情，言近意远，影响深远。在王维之后，温庭筠《添声杨柳枝词》云：“玲珑骰子安红豆，入骨相思知不知？”韩偓《玉合》诗云：“中有兰膏渍红豆，每回粘着长相忆。”时至当代，国学大师陈寅恪写成笺释钱谦益、柳如是姻缘的《柳如是别传》，就是因购得钱氏故园中之一粒红豆引发，有他作于1955年的《咏红豆并序》为证。1958年，陈老相濡以沫的妻子唐筼六十生日，他也曾赋一联以贺：“乌丝写韵能偕老，红豆生春共卜居。”

千百年来，使许多读者心存感激的是，他们在恋爱中情动于衷而无法形之于诗，便去向王维借债，朗读或者书写此诗赠给自己的恋人，好在王维十分大度，借条也不要他们开具一张。

图 清 石涛 李白诗意图

陪侍郎叔游洞庭醉后（其三）

［唐］李白

划却君山好，平铺湘水流。
巴陵无限酒，醉杀洞庭秋！

岳阳，是李白多次遨游之地。他和诗坛的另一位顶尖高手王昌龄于此相逢，时在开元二十七年（739年），王昌龄曾有《巴陵送李十二》一诗相赠。待到他最后一次旧地重游，却已是乾元二年（759年），他从流放夜郎途中遇赦归来之时。豪气干云的朝阳早已西斜，天生我才必有用的壮志早已成灰，生命只剩下一轮怀才不遇而且为时已晚的落照。

当此之时，触犯宦官李辅国而横遭诬陷贬为岭南尉的族叔李晔，因直言进谏贬为岳州司马的贾至，均不期而至岳阳，相逢在李白的生命的斜阳里。他们同游洞庭，相互唱和。李白本来就有一肚子的牢骚与愤懑，何况有同是天涯沦落人的友情的鼓舞，又何况在百年三万六千日，日日须倾三百杯的酒精煽动之下。他在《陪侍郎叔游洞庭醉后》三首中“醉后发清狂”，竟然发出要铲平君山的呼喊。“划却”，削去，铲平。李白在《襄阳歌》中曾说“此江若变作春酒”，辛弃疾《粉蝶儿》词的“把春波都酿作一江春酎”之辞，正是从李白此诗化出。他要铲平君山，让湘水安流，让一湖秋水都变成醉杀愁人的美酒，真是怨气冲天、豪气冲天、酒气也冲天。

图 唐 吴道子 香月潮音纨扇（原图）

霜月

［唐］李商隐

初闻征雁已无蝉，百尺楼高水接天。
青女素娥俱耐冷，月中霜里斗婵娟。

中国古典诗歌中的一轮明月，从《陈风 · 月出》篇中冉冉升起，横过汉魏六朝的天空，在许多诗人的篇章里洒下它的清辉。时至唐代，它在诗人们的笔下更汇成了一个多彩多姿的月世界，其中，就有李商隐的寄情高远的《霜月》。

诗的前两句写人间，是诗人所处的深秋自然环境的实写。秋景寂寥，只闻征雁孤凄的鸣声，热闹的蝉鸣已经停工歇业了。诗人伫立在百尺高楼之上，高寒绝俗的环境与姿态和全诗的意境融合为一。他展目四望，只见月华如水，月色如霜，清霜月色上下交辉，是一片空明而辽远的境界。这种境界，近似于张若虚《春江花月夜》中的“月照花林皆似霰”和“空里流霜不觉飞”，商隐是否曾受到过他的影响呢？诗的后两句承接“水接天”而写天上，是神话与奇想相交织的虚写。他以“耐冷”抒写青女素娥超凡脱俗的品性，何尝不是在污浊险恶的尘世中，寄寓自己不惧挫折而清高自守的精神品格。

小重山·昨夜寒蛩不住鸣

[宋]岳飞

昨夜寒蛩不住鸣。惊回千里梦，已三更。起来独自绕阶行。人悄悄，帘外月胧明。　　白首为功名。旧山松竹老，阻归程。欲将心事付瑶琴。知音少，弦断有谁听？

岳飞生逢的时代，光明与黑暗并存，正义与邪恶互争，美好与腐败同生，正剧与丑剧共演。宋高宗为了自己的皇位，决不会北伐而迎回自己的父兄徽钦二帝，妥协求和是他的基本国策与既定方针。秦桧本来就是金人的奸细，为了相位的巩固自然与宋高宗狼狈为奸。岳飞其时苦闷至极，就写下了上述这首抒发壮怀与孤愤的《小重山》。

“昨夜寒蛩不住鸣，惊回千里梦，已三更。”蟋蟀鸣秋之夜，岳飞又一次梦绕中原故土，及至枕上梦回，不禁心绪难平，辗转反侧。“起来独自绕阶行，人悄悄，帘外月胧明。”绕室独自徘徊，可见岳飞内心的苦闷与孤独。“白首为功名，旧山松竹老，阻归程。”岳飞词中两次提到“功名”，其实，个人的小功名他早就视为“尘与土”。但归程受阻，自己的年龄恐怕会和故乡的松竹一同老去，收复中原故土旧地的壮略宏图，恐怕也会抛给时间的流水了。“欲将心事付瑶琴，知音少，弦断有谁听？”在宋高宗与秦桧的高压迫害之下，有多少人能不顾身家性命发出不平之鸣？举世滔滔，知音寥落，岳飞的满腹雄图一怀幽愤能向谁诉说呢？

《小重山》一词以柔写刚，以婉转抒壮怀，有如万山磅礴中呜咽曲折的流水，有如黄钟大吕中幽远清扬的尺八之箫。

图 元 王蒙 关山萧寺图

寄韬光禅师

［唐］白居易

一山门作两山门，两寺原从一寺分。
东涧水流西涧水，南山云起北山云。
前台花发后台见，上界钟声下界闻。
遥想吾师行道处，天香桂子落纷纷。

白居易的《寄韬光禅师》，是七律词法富于新创的创格之作。

韬光，蜀僧，云游至杭州灵隐山结庵而居，白居易时为杭州刺史，与这位方外之人结为诗友。宝历元年至二年（825—826年），白居易转任苏州刺史，作此诗寄杭州天竺寺之韬光。“禅师”乃对僧人的尊称。“两寺”，指灵隐寺与天竺寺，天竺寺又名天竺灵隐寺，故云两寺原为一寺所分。飞来峰牌门东原有寺门，曰“二寺门”，故云一山门作两山门。“东涧”“西涧”，指南涧与北涧之水汇于飞来峰前。“南山”“北山”，指南高峰与北高峰。“前台”“后台”，南山与北山之山地。“上界”“下界”，指上方与下方。“天香”，桂子之芬芳。

全诗满天花雨，中间两联句中对与流水对珠联璧合又一气而下，尾联也极好。今人赞美师长的讲课或讲演，拈来此语即可，不必劳神费力或弄巧成拙地另撰新辞了。

图 明 朱瞻基 瓜鼠图

官仓鼠

［唐］曹邺

官仓老鼠大如斗，见人开仓亦不走。
健儿无粮百姓饥，谁遣朝朝入君口？

“鼠”最初的出场，可以远溯到两千多年前的《诗经》。“硕鼠硕鼠，无食我黍”，在《魏风·硕鼠》中，“贪婪可憎”的鉴定就已经记录在它的档案之中了。

《诗经》中的硕鼠，据考还是一般的田鼠，虽然它已被赋予贪残的统治者剥削者的象征意义，但“官仓鼠”的最早亮相，则是在司马迁的《史记·李斯列传》之中。曹邺笔下的“官仓鼠”，明显受到司马迁记述的启发。“官仓老鼠大如斗”，这是它们的体貌特征，化公为私，焉能不肥？君不见今日之贪官动辄贪污数百万、数千万或数亿吗？“见人开仓亦不走”，这是他们的心理特征，上有官官相护的保护伞，手握缺乏有效监督的公权力，东窗事发的几率很低，即使锒铛入狱也极少一命呜呼，如此这般，焉能不胆大包天？兵士无粮，百姓贫困，谁造成并纵容包庇那些官仓之鼠，让它们肆无忌惮、为所欲为呢？唐代诗人不可能有今人的现代思考与答案，但全诗以问句收束，却启人深思。

图 宋 赵伯驹（传）汉宫图

感事

［唐］王镣

击石易得火，扣人难动心。
今日朱门者，曾恨朱门深。

王镣，祖籍太原。他虽为宰相王铎之弟，但权势当时似未如今日之承袭传递与固化，他富有才学，却数举不第。

“扣”，同“叩”，敲击之意。此诗前二句分写自然之“石”与社会之“人”，以“易”和“难”作强烈之对照，说明今日识人爱才者极少。后两句则进层申说：今日掌握权要、心如铁石的人，当年不也是怨恨侯门如海、无人援引吗？全诗以议论见长，读者当可在涵咏中获得某种人生哲理的启迪。例如，有人身为布衣或沉沦下僚时，也曾痛恨深居高位者之架子十足，一旦飞黄腾达，一阔脸就变往往过之；有的人无权无势时也愤世嫉俗，针砭时弊，待到一朝权在手，腐败之快也绝不亚于前人。

王镣将个人的人生体验提炼升华为普遍性的哲理情境，我们得到的，是一颗耀眼而照心的珍珠，一方知人而鉴世的明镜。

图 宋 佚名 荷蟹图（原图）

咏蟹

［唐］皮日休

未游沧海早知名，有骨还从肉上生。
莫道无心畏雷电，海龙王处也横行。

皮日休，有如黄昏时天宇上一颗闪亮的星座，是晚唐优秀的诗人与散文家。其《咏蟹》诗咏物而不止于物，别有寄托，颇具锋芒。

他人咏蟹，多将其当成反面角色。而皮日休笔下之蟹是正面形象。全诗以“沧海”领起，以“海龙王处”收束，首尾照应，一线贯穿。“无心”，蟹体内无心亦无肠，故称“无肠公子”，又因横着走路，故在《红楼梦》第三十八回中，贾宝玉称之为“横行公子却无肠”。全诗颂扬它无所畏惧，也敢横行，无卑躬屈膝之形，有气魄雄张之状。有人说表现了对农民起义的同情，也有人说赞赏了一种狂傲无忌敢做敢为的性格，义有多解。我以为至少表现了作者对于正统观念与现存秩序的叛逆精神。他能作如斯咏蟹之诗，后来参加黄巢政权并担任翰林学士，看来就是绝非偶然的了。

图 唐 韩幹 牧马图

使至塞上

［唐］王维

单车欲问边，属国过居延。
征蓬出汉塞，归雁入胡天。
大漠孤烟直，长河落日圆。
萧关逢候骑，都护在燕然。

山水田园诗派的教主王维，他在抒写那些清幽绝尘的山水田园诗的同时，也曾亮出他的强弓劲弩，弓弦响处，支支白羽都命中边塞诗那箭靶的红心。开元二十五年（737 年），吐蕃进攻唐之属国小勃律，河西节度使崔希逸于青海大败之。这年初夏，三十七岁的王维奉命以监察御史的身份，出使河西节度府所在地凉州（治所在姑臧县，今甘肃武威县），并留任河西节度判官。

首联的上句，诗人说自己衔王命而出使西部边塞，下句则极言夸赞唐朝疆域的辽阔，国力的强盛。颈联更是后来居上，有如钱塘江潮，前面浮光跃金、波翻浪涌，随后汹涌澎湃的九级浪轰然而至。“长河”，一说指黄河，一说指流经凉州以北沙漠的石羊河。在这一联中，上句的构图是一根横线上加一根垂“直”线，下句的构图则是两条曲线的端点加一个“圆”形。此联写穷边荒漠，但景物如画，气象雄张，表现了诗人开阔豪迈的胸怀，也显示了昂扬奋发的盛唐精神，所以成了千年来读者与诗家赞不绝口的名句。

图 宋 李赞华 番骑图

出塞作

［唐］王维

居延城外猎天骄，白草连天野火烧。
暮云空碛时驱马，秋日平原好射雕。
护羌校尉朝乘障，破虏将军夜渡辽。
玉靶角弓珠勒马，汉家将赐霍嫖姚。

开元二十五年（737年），三十七岁的王维时任左拾遗，并以监察御史的身份出使河西，《出塞作》就是写于此时。

“居延”，在今内蒙古额尔济纳旗东南，城外为匈奴领地。“猎天骄”，即顺言之“天骄猎”，谓匈奴以围猎之名侵犯边境。“白草”，西域牧草，干熟时为白色。“空碛”，沙碛，沙漠。前四句极言匈奴兵马之强盛，气焰之嚣张。后四句盛赞唐军将领兵士之英勇，破敌之胜利，功成之受赏。“障”，边地修筑的城堡之类防守工事。“破虏将军”，汉代武官名。“辽”，辽水，今辽宁境内。“玉靶”，以玉饰柄之剑。“珠勒”，饰玉的马鞍。“霍嫖姚”，汉代抗击匈奴曾官嫖姚校尉的霍去病。

综观全篇，前四句正是后四句的铺垫与陪衬。因唐人罕有以边塞、宫怨入七律者，且此诗无一虚字斡旋，气足神完而壮声英概，当为王诗人中年的巅峰之作。

图 宋 佚名 胆瓶秋卉图

不第后赋菊

［唐］黄巢

待到秋来九月八，我花开后百花杀。
冲天香阵透长安，满城尽带黄金甲。

黄巢这首《不第后赋菊》又名《菊花》，多年来一直受到论者的赞赏。“飒飒西风满院栽，蕊寒香冷蝶难来。他年我若为青帝，报与桃花一处开。”据云他较早所写仅存的这首《题菊花》，境界大致与此相同，抒写的都是个人的愿望得不到满足之后的愤懑。腐败的晚唐王朝固然是天怒人怨，必将崩盘，但没有造福苍生的施政方略而杀戮无数的黄巢，不过是企图“以暴易暴”而已。他的败亡与唐王朝的败亡，实在是殊途而同归，而且导致了尔后长达半个世纪混乱分裂而极具破坏性的“五代十国”。

黄巢出身盐商之家，与王仙芝从事贩卖私盐之走私活动，屡举进士不第，亟思造反，后来连秀才都考不取而造反的洪秀全，与他心理相同。他的《不第后赋菊》，启发了朱元璋的《咏菊》：“百花发，我未发。我若发，都骇杀。要与西风战一场，遍身穿着黄金甲！”它们都没有百花齐放，只有“百花杀”后的一花独荣；都没有众生平等，只有“尽带黄金甲”的唯我独尊；都没有天地祥和，只有暴力与血腥。区别只是：朱元璋是侥幸成功的枭雄，黄巢是最终败亡的枭雄！

图 宋 赵令穰 陶潜赏菊图

饮酒

[晋] 陶渊明

结庐在人境，而无车马喧。
问君何能尔？心远地自偏。
采菊东篱下，悠然见南山。
山气日夕佳，飞鸟相与还。
此中有真意，欲辨已忘言。

东晋诗人陶渊明，名潜，因家居之旁种了五棵柳树，又自号“五柳先生”。他曾任祭酒之类的小吏，后任彭泽令，但他县长任上只勉强待了八十多天，过不了送往迎来、尔虞我诈的官场生活，宣称不能为五斗米折腰便挂冠而去，归隐田园。他先后陆续写成的组诗《饮酒》二十首，就是四十一岁时辞彭泽令之后所作。本文所引者为组诗之五，也是这一组诗中最优秀最有名的作品。

一千七百年前的陶渊明，为我们提供的是一席精神的盛宴。人生贵在灵魂的自由和精神的超脱，是庄子所谓的无己、无功、无名、无碍与无畏的境界。但滚滚红尘，攘攘俗世，真正做到的能有几人。陶渊明也不定能完全达到此境，但他向往、歌颂这种精神与境界，毅然决然抛弃正县级这顶今日也仍然吃香的乌纱帽，这也很值得我们致以敬意了。

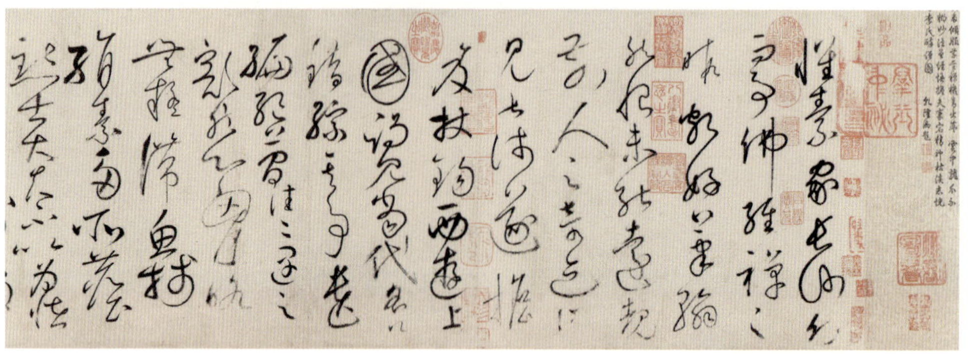

草书歌行

［唐］李白

少年上人号怀素，草书天下称独步。
墨池飞出北溟鱼，笔锋杀尽中山兔。
八月九月天气凉，酒徒词客满高堂。
笺麻素绢排数箱，宣州石砚墨色光。
吾师醉后倚绳床，须臾扫尽数千张。
飘风骤雨惊飒飒，落花飞雪何茫茫！
起来向壁不停手，一行数字大如斗。
怳怳如闻神鬼惊，时时只见龙蛇走。
左盘右蹙如惊电，状同楚汉相攻战。
湖南七郡凡几家，家家屏障书题遍。
王逸少，张伯英，古来几许浪得名！
张颠老死不足数，我师此义不师古。
古来万事贵天生，何必要公孙大娘浑脱舞。

歌行古已有之，至唐勃兴，尤其是七言歌行，可视为唐代的一种新兴诗体。

这是赞美怀素草书的诗。书法，是纸上的舞蹈，草书，乃精神之狂舞。书家素无篆圣、隶圣、行圣或楷圣之名，而只有“草圣”之号，而“草圣”独独诞生在盛唐，张旭与怀素并世而出，这是由于唐代有旺盛的生命力与强大的自信力，让艺术家的艺术个性得到充分的发挥，让草书艺术家去自由地狂歌醉舞。唐诗赞美草书的作品不少，却有一半是为怀素而写，约有三四十家之多，而其中尤以李白之作最为杰特。

李白的诗歌艺术，是超凡拔俗的自由的艺术，是表现了盛唐的时代精神的艺术。全诗状写少年怀素的草书，他的诗也如同怀素的书法一样凤舞龙飞，惊风掣电，自由奔放，痛快淋漓。

蒹葭

诗经

蒹葭苍苍，白露为霜。所谓伊人，在水一方。
溯洄从之，道阻且长。溯游从之，宛在水中央。

蒹葭萋萋，白露未晞。所谓伊人，在水之湄。
溯洄从之，道阻且跻。溯游从之，宛在水中坻。

蒹葭采采，白露未已。所谓伊人，在水之涘。
溯洄从之，道阻且右。溯游从之，宛在水中沚。

20世纪80年代初，一些新诗被定名为“朦胧诗”，在诗坛引起了激烈的争论。其实“朦胧诗”或具有朦胧之美的诗，古已有之，而且是远古已有之，《蒹葭》篇就是两千多年前的《诗经》出示的明证。

在旧时的书信中，“葭思”“蒹葭之思”“蒹葭伊人”成为怀人的套语。台湾作家琼瑶有小说《在水一方》，同名电视剧的主题歌歌词是：“青草苍苍，白雾茫茫，有位佳人，在水一方。我愿溯流而上，依偎在他身旁，无奈前有险滩，道路又远又长。我愿顺流而下，找寻她的方向，却见依稀仿佛，她在水的中央。”而台湾诗人洛夫也以《蒹葭苍苍》为题作诗：“很远就发现一丛芦苇蹲在江边／将满头白发交给流水／乡愁如云，我们的故居／依然悬在秋天最高最冷的地方。”由此可见，古今时空远隔而诗心相通，在水一方的诗歌也自有其母体的血脉。

图 元 王蒙 秋山草堂图

秋下荆门

［唐］李白

霜落荆门江树空，布帆无恙挂秋风。
此行不为鲈鱼鲙，自爱名山入剡中。

“荆门”，在宜昌与宜都之间的长江南岸，与北岸之虎牙山对峙如门，为楚之西塞。《秋下荆门》是二十四岁的李白出川后最早的作品之一。

晋代大画家顾恺之为荆州刺史殷仲堪幕僚，东归时殷借以布帆，途遇大风，顾致书于殷说“行人安稳，布帆无恙”，李白在此既以“挂秋风”之“秋”点明题目，“布帆无恙”也表现了他一往无前的豪情。另一典故仍与“秋”有关，西晋张翰（季鹰）在洛阳为齐王东曹掾，秋风起时，他想念吴地家乡之莼菜、鲈鱼脍的美味，便辞官东归。“剡中”，浙江嵊州市与新昌县一带，南有剡溪，山水秀丽，为晋王徽之访戴逵之处。李白“一生好入名山游”，他没有张翰那种狭隘的乡土之恋，也不愿走科举之途。他之游历四方，是为了开阔见识，获致声名，最终实现自己“济苍生，安社稷”的理想。此诗之风华俊逸，生气勃勃，正是“盛唐之音”的表现，也是青春年少的诗人自己的写照。

图 清 髡残 溪山秋雨图

山中

［唐］王维

荆溪白石出，天寒红叶稀。
山路元无雨，空翠湿人衣。

苏轼《东坡题跋》说：“味摩诘之诗，诗中有画；观摩诘之画，画中有诗。”他引以作证的正是这首《山中》。宋代名僧惠洪说其弟超然喜论诗，认为王维的《山中》有“天趣”（《冷斋夜话》）。可见王维此作历来就吸引赏诗者的眼球。

“荆溪”，源出陕西蓝田县西北，经长安县入灞水。此诗确实是诗中有画，在构图上，“荆溪白石出”是一条粗线，“天寒红叶”为立体兼平面，“山路”是条高低有致的曲线，“人”则是一个点。在色彩上，白与红构成色泽鲜明的对映之美，而“空翠”则是与“白”“红”相映的绿色，使画面更加清幽而多姿。最具天趣与禅意的，当然是“山路元无雨，空翠湿人衣”了，这是诗的心灵的微妙感受，是一种非常人所有的诗性智慧，也是一种近乎今日所说的超现实主义的体悟和表现。

南宋诗僧志南的《绝句》说：“古木荫中系短篷，杖藜扶我过桥东，沾衣欲湿杏花雨，吹面不寒杨柳风。”他继承的该是王维的衣钵吧。

十月二十七日

图 明 沈周 杖藜远眺图

登高

［唐］杜甫

风急天高猿啸哀，渚清沙白鸟飞回。
无边落木萧萧下，不尽长江滚滚来。
万里悲秋常作客，百年多病独登台。
艰难苦恨繁霜鬓，潦倒新停浊酒杯。

律诗本来只要求中间两联对仗，而老杜这首诗却是“八句皆对”或“通首皆对”的格式。通首皆对，这在律诗中是极为罕见的，在现存老杜一百五十一首七律和六百三十几首五律中，也可以说绝无仅有。

律诗由于讲求对仗，除了对仗本身的许多优点可以发挥之外，又往往易工而难化，容易流于平板呆滞，缺乏生动流走的气韵，所以诗人们在怎样使颔颈两联整饬中求变化方面，纷纷驰骋他们的才力。而通首皆对则可以说是律诗的一种变体，更是难于在工整中求变化，因此写作的难度更高。然而，杜甫这首诗不仅八句都用对仗，而且纵横如意，挥洒随心，如天马骧腾于云天之上，如神龙纵游于碧海之中，作者如果没有出群不凡的才思和横扫千军的笔力，绝不可能达到这种美学境界。“艺术要通过一个完整体向世界说话”（《歌德谈话录》），这是歌德的一个重要艺术见解，杜甫的《登高》就是一个杰出的全篇皆对而又饶多变化的艺术完整体。

图 宋 梁楷 三高游赏图（原图）

九日齐山登高

［唐］杜牧

江涵秋影雁初飞，与客携壶上翠微。
尘世难逢开口笑，菊花须插满头归。
但将酩酊酬佳节，不用登临恨落晖。
古往今来只如此，牛山何必独沾衣。

唐武宗会昌五年（845年），杜牧任池州（今安徽贵池）刺史，布衣诗友张祜来访，重九日他们携酒同游齐山。“齐山”，在贵池东南三里，长江南岸，据云因唐池州刺史齐映有善政而得名，但却确因杜牧赋诗而成名山。

全诗以旷达之语写怀才不遇之情，洗尽庸腔俗调，名诗而有名句，影响深远，不仅张祜有唱和之作，宋代王安石和范成大都有唱和之篇。不过，时隔千年，齐山今日已面目全非矣，古典文学专家、诗人林东海于20世纪80年代之初实地考察，为文曰“山多钟乳石，被开发作石灰厂原料。采石场规模颇大，而昔日胜景已破坏殆尽”，并作《登贵池齐山次牧之韵》：“荒草野花梦蝶飞，嶙峋怪石径幽微。未闻旅雁留声过，已见游人扫兴归。山赖老齐传雅号，景因小杜得清辉。风光不比当年秀，重九何须待白衣？”如果杜牧能读到此诗，不知作何感想。

图 明 沈周 盆菊幽赏图

[双调] 水仙子·山居自乐

[元] 孙周卿

西风篱菊灿秋花，落日枫林噪晚鸦。数椽茅屋青山下，是山中宰相家。　教儿孙自种桑麻。亲眷至煨香芋，宾朋来煮嫩茶，富贵休夸。

孙周卿的[双调]《水仙子·山居自乐》，是黑暗时代中走投无路的读书人的隐逸之歌。

元代是中国历史上最黑暗的时代，不但废除科举制度，而且九儒十丐，知识分子跌落到社会的最底层，成为名副其实的“臭老九”，因此隐逸之作特别多，远远超越了前朝历代。这些作品，有的揭示官场的黑暗腐败和仕途的坎坷凶险，有的抒写士人逃避现实而消极无为的生存状态，有的则描绘赏心惬意的自然风光和闲适自得的田园生活。孙周卿之作就是后者。

“双调”是宫调名，“水仙子”是曲牌名，此曲以合璧对领起，写了山林常见六个意象，然后用了“山中宰相”的典故以自喻：六朝梁之陶弘景隐居茅山不出，梁武帝常遣使至山中请教国家大事，人称“山中宰相”。接着从“种桑麻”“煨香芋”与“煮嫩茶”三事写隐居之乐。最后点醒题目表明主旨。全曲纯用口语，活泼自然，是元曲中读来令人口颊生香之作。

图 清 邹喆 乡郊秋雾图

商山早行

［唐］温庭筠

晨起动征铎，客行悲故乡。
鸡声茅店月，人迹板桥霜。
槲叶落山路，枳花明驿墙。
因思杜陵梦，凫雁满回塘。

这首诗，大约写于唐宣宗大中十年（856 年），温庭筠被贬为隋县尉，遂离开长安南下，至襄阳，留任山南东道节度使徐商幕府。此诗应即作于途径商山时。这是一幅山野早行图，一阕旅人怀乡曲。

《商山早行》一诗，最大的亮点就是“鸡声茅店月，人迹板桥霜”一联，如果全诗是一幅锦绣，这一联就是锦上所添之花。此联十个字分别写了六种景物：鸡声、茅店、月、人迹、板桥、霜，六个名词并列组合在一起，中间没有任何关联之词连接，中国古典诗学对此称为“语不接而意接”（清 · 方东树《昭昧詹言》），西方意象派诗学名为“意象脱节”，意象鲜明，引人联想，创造的是一幅凄清的有声有色的乡野秋日早行图。

犹记幼时正逢抗日战争，一家人在湘西的山野流亡，清晨出发的足迹，就曾叠印在落满白霜的板桥之上，只是童稚无知，全然不晓千年前温庭筠早就写出了相似的情景。及至年岁已长，他的诗才唤醒了我童年的记忆，虽然那记忆已沉埋在重重叠叠、愈行愈远的岁月里。

赠李白

［唐］杜甫

秋来相顾尚飘蓬，未就丹砂愧葛洪。
痛饮狂歌空度日，飞扬跋扈为谁雄？

天宝三载（744年），杜甫时在洛阳，此年李白被玄宗放还后东游洛阳，两人得以第一次握手。杜甫写了《赠李白》一诗，这是他写给和写到李白的十四首诗中的第一首。次年秋日同游时，年长杜甫十一岁的李白已名满天下，而杜甫却仍功名未就。“秋来相顾尚飘蓬”，相对而视，两人都一样漂泊不定，其中有多少惺惺相惜之感！十多年后听说李白流放夜郎，杜甫还写了《梦李白二首》和《天末怀李白》，那是他咏叹与李白的友谊之巅峰诗作，也是今存最后之作，至今读来仍然动人情肠。

在中国新文学史上，鲁迅与郁达夫的深厚交谊也传为佳话。郁达夫1933年从上海移居杭州，是他人生不幸的转折点，鲁迅有《阻郁达夫移家杭州》一诗，而同年郁达夫也有诗《赠鲁迅》。“创造社”对鲁迅曾多有攻讦，而郁达夫虽身为创造社重要成员，但他1933年所作《赠鲁迅》对鲁迅却推崇备至：“醉眼朦胧上酒楼，彷徨呐喊两悠悠。群盲竭尽蚍蜉力，不废江河万古流！”

十一月

图 宋 佚名 沧海涌日图

观沧海

[东汉] 曹操

东临碣石，以观沧海。
水何澹澹，山岛竦峙。
树木丛生，百草丰茂。
秋风萧瑟，洪波涌起。
日月之行，若出其中。
星汉灿烂，若出其里。
幸甚至哉，歌以咏志。

建安十二年（207年），袁绍之子袁尚、袁谭勾结乌桓蹋顿部落南侵掳掠，曹操这年率师北征，大胜，于当年秋冬之际班师，路经河北昌黎县西北的碣石山而登临远眺，写下了千古绝唱《观沧海》。诗的前三句是实写，描绘登上碣石山所见的景象，是诗的高潮来临之前的浪头。后三句是虚写，是气魄雄张、前无古人的想象，是诗的高潮所掀起的九级浪，诗人的情感抒发至此也愈加激越昂扬。太阳、月亮与银河，这是天地间最壮美的物体了，但在诗人浪漫之至的想象中，日月好像是在海中升落运行，垂天接海的银河仿佛是从海中涌现闪耀。这种前无古人后亦难有来者的沧海意象，既是年已五十二岁的老诗人的杰出创造，也充分表现了作为政治家、军事家的曹操的胜概豪情。

图 宋 佚名 天寒翠袖图

谢赐珍珠

［唐］江采苹

柳叶双眉久不描，残妆和泪污红绡。
长门尽日无梳洗，何必珍珠慰寂寥。

江妃曾受宠于唐玄宗李隆基，因江喜好梅花的雅洁，所住的院子里全都种上了梅花，故玄宗戏称之为“梅妃”。梅妃留存至今的仅此一诗，从此诗可见帝王之用情难专，也可见被损害的弱女子的痛苦与怨恨。令人深为同情与凛然起敬的是，她竟然敢于拒绝，敢于无视无上的皇权而维护自己的人性尊严，可谓冒天下之大不韪。这位弱女子，做了一回拒绝帝王之赐并抒写幽怨之诗的“女强人”。

玄宗读此诗后怅然不乐，命乐府将诗谱曲，名《一斛珠》。安史之乱中，唐玄宗仓皇奔蜀，梅妃据云为叛军所杀。玄宗至四川返回长安后，已进入往事只堪哀的老境，也许是良心发现吧，他作有一首《题梅妃画真》：“忆昔娇妃在紫宸，铅华不御得天真，霞绡虽是当时态，争奈娇波不顾人。”抚今而忆旧，对像而怀人，但一切都成过去式而为时已晚矣！

图 五代 董源 潇湘图

过三闾庙

［唐］戴叔伦

沅湘流不尽，屈子怨何深。
日暮秋烟起，萧萧枫树林。

“浩浩沅湘，分流汩兮。修路幽蔽，道远忽兮。”屈原早在《九章 · 怀沙》中，就让沅湘之水流进了他的诗行。“屈平正道直行，竭忠尽智，以事其君，谗人间之，可谓穷矣。信而见疑，忠而被谤，能无怨乎？”司马迁在《史记 · 屈原列传》里，也颇不温柔敦厚地标出了一个“怨”字。因此，《过三闾庙》的开始两句，是即景起兴，同时也是比喻：沅水湘江，江流何似？有如屈子千年不尽的怨恨。屈子的怨恨像什么？有如千年不尽的沅湘。

“袅袅兮秋风，洞庭波兮木叶下。”“湛湛江水兮上有枫，目极千里兮伤春心。魂兮归来哀江南！”这本是屈原的《九歌》和《招魂》中的名句，诗人抚今追昔，借来暗用为“日暮秋风起，萧萧枫树林”的后两句。季节是“秋风起”的深秋，时间是“日暮”，景色是“枫树林”，再加上“萧萧”这一象声叠词运用，更觉怨之不胜，情伤无限。这种写法，称为“以景结情”。画面明朗而引人思索，含意深永而不晦涩难明。

图 宋 佚名 枯树鸜鹆图

天净沙·秋思

［元］马致远

枯藤老树昏鸦，小桥流水人家，古道西风瘦马。夕阳西下，断肠人在天涯。

马致远是元代著名杂剧、散曲作者，与关汉卿、白朴、郑光祖合称“元曲四大家”。这首小令的艺术表现十分高明。前三句共用十八个字，九个名词意象并列组合在一起，三组景物的描绘由上而下、由远而近，“藤”“树”“鸦”分别以“枯”“老”“昏”形容，“道”“风”“马”分别以“古”“西”“瘦”修饰，营造了秋风萧瑟、秋意凄凉的环境和气氛。夕阳无限好，只是近黄昏，最后点明了暮色苍茫的时间，逼出了“断肠人在天涯”的结句，突出了整篇作品的“秋思”的主体，表现了作者浪迹天涯的落寞凄凉，也写尽了天下的读书人与旅人在那个艰难时世中的沧桑感与悲剧感。马致远的《天净沙·秋思》一曲所具有的可遇而难求的永恒意义和永恒价值，也许是作者所始料未及的，这，也许就是文学原理所谓的“形象大于思想”。

马致远之作中这种“语不接而意接”的艺术，在 20 世纪 50 年代贺敬之的《放声歌唱》中得到传扬，虽然至今仍是空谷足音。“春风。秋雨。晨雾。夕阳。轰轰的车轮声。嗒嗒的脚步响。”“五月——麦浪。八月——海浪。桃花——南方。雪花——北方。”

图 宋 佚名 江城夜泊图

枫桥夜泊

［唐］张继

月落乌啼霜满天，江枫渔火对愁眠。
姑苏城外寒山寺，夜半钟声到客船。

枫江，是苏州古城的一条北上水道。而枫桥在苏州阊门外九里道旁，坐落在寒山寺之北，距山门不过数百步之遥。而《枫桥夜泊》一诗，则是它们光荣的永恒的标记。

湖北襄阳人张继，天宝十二年（753 年）登进士第，诗名重于当时。安史之乱中的至德元年（756 年）避地江东，来游苏州，留下了这首千古传诵的绝妙好诗。他这首诗之所以流传千古，不仅因为诗中有画，而且画中有声。他在诗中没有明言也不必明言，但他的愁是“小我”之愁也是“大我”之愁，在战乱中漂泊天涯，国破兼家亡的愁情一起奔赴心头，全诗创造的是一种既个性化而又极具普遍意义的艺术情境，所以千百年来能引起广大读者的通感共鸣。

愁情，尽管内涵会各不相同，但它不正是众生所常常产生而永远具有的一种感情吗？如果适逢其会，或者情境相通，张继的诗就会凌波跃水而来，叩响他们的心的弦索。

图 宋 佚名 江山殿阁图

滕王阁诗

［唐］王勃

滕王高阁临江渚，佩玉鸣鸾罢歌舞。
画栋朝飞南浦云，珠帘暮卷西山雨。
闲云潭影日悠悠，物换星移几度秋。
阁中帝子今何在？槛外长江空自流。

王勃，字子安，绛州龙门（今山西河津县）人。他是唐初天才型的学者兼诗人，与杨炯、卢照邻、骆宾王并称“初唐四杰”。

唐高祖第廿二子李元婴封滕王，任洪州（今江西南昌）都督时建阁，名“滕王阁”。唐高宗上元三年（676年），王勃往交趾省父时经此，适逢阎姓都督大宴宾客，本意让其婿作序，王勃当仁不让，遂成千古骈文名篇《滕王阁序》，序为锦绣文章，序后之此诗更是明珠灿烂。王勃虽然命途多舛，但他写高阁壮美与神韵兼而有之，写煊赫一时的王公贵族更是以浩阔无尽的时空来反衬，表现了一种深邃的历史感与浑茫的宇宙感。

崔颢与李白咏黄鹤楼，前者有“白云千载空悠悠”方语，后者有“唯见长江天际流”三句，其文字、意象甚至韵脚与《滕王阁诗》都有相似之处，因为王勃之作是“盛唐之音”的前奏，他们都感应了这位天才早博的脉跳。

图 明 仇英 赵孟頫写经换茶图

立冬

［唐］李白

冻笔新诗懒写，寒炉美酒时温。
醉看墨花月白，恍疑雪满前村。

立冬是廿四节气之一，与立春、立夏、立秋号称“四立”。古人写立冬的诗词不少，宋代画家仇远的《立冬即事二首》之一是：“细雨生寒未有霜，庭前木叶半青黄。小春此去无多日，何处梅花一绽香？”不过，宋代之前，李白也早就以“立冬”为题赋诗了。

李白不仅为立冬赋诗，而且《立春》《立夏》与《立秋》并赋，均为六言诗。六言诗在中国古典诗史上作品不多。王维的“桃红复含宿雨，柳绿更带春烟。花落家童未扫，莺啼山客犹眠”（《春眠》），就是其中的佳作。李白的六言诗更是多乎哉，不多也，其《立冬》一诗虽不像他其他名篇那样出彩，但作为他的六言之诗，也颇可一读。笔墨虽然冻住了，新诗也懒得写了，但他却少不了酒，有酒必有诗，他不就写出了这样别有意味的一首《立冬》，为立冬之日立此存照吗？

图 明 文伯仁 浔阳送客图

送魏二

［唐］王昌龄

醉别江楼橘柚香，江风引雨入舟凉。
忆君遥在潇湘月，愁听清猿梦里长。

盛唐的王昌龄，当世即有“诗家天子”的高名美誉，但他却命途多舛，连遭贬谪。天宝七年（748年）他五十一岁之时，从江宁丞贬为龙标尉。龙标即今日湖南省怀化市之黔城镇，现已并入洪江市。《送魏二》一诗即作于此地。

此诗前两句正面写江楼清秋送别，“江”是城边的沅江与潕水，“楼”已不存，后人于江干之高冈上建“芙蓉楼”以为纪念。后两句则从对面写来，想象被送的“君”不久之后在潇湘月明之夜，也许会对月怀人而愁听猿声。

诗中的“君”即是“魏二”，这位在祖父以下的叔伯兄弟中排行第二的被送者姓魏，但究竟“名谁”则今日已不得而知。王维的《送元二使安西》（又名《渭城曲》），也是如此。如果知道他的名字和生平，也许可以使我们对这首诗别有会心，然而，现在不仅魏二无从查考寻觅，连王昌龄在离此而归乡的途中于安徽遇到恶吏闾丘晓刺史而被冤杀之后，也早已下落不明，今日连墓地都无从寻觅。我们虽心有所惑，但到哪里去找他询问呢？

图■元 吴镇 芦滩钓艇图

江村即事

[唐] 司空曙

钓罢归来不系船，江村月落正堪眠。
纵然一夜风吹去，只在芦花浅水边。

当代很多人都有休闲钓鱼的经历，在池边河畔，半钓青天半钓云，但是，有谁能像中唐诗人司空曙那样随心和潇洒呢？

此诗通首从“不系船”翻出，“江村月落”点明地点与时间，“正堪眠”描画诗的主人公就船而宿的率真自然之情态，“纵然”与“只在”转折呼应。全诗以清新俊逸的语言，写出江村之和美安宁，以及主人公之恬淡闲适。风韵天然，意境幽远。

晚唐杜荀鹤有《溪兴》一诗：“山雨溪风卷钓丝，瓦瓯篷底独斟时。醉来睡着无人唤，流下前滩也不知。”此诗虽可与司空曙之诗比美，但在构思上似乎曾经受到前人的影响。

今日红尘万丈，而且曾日月之几何，江山不可复识，现代城市人多是去城郊农家乐的池塘垂钓，哪里还有司空曙那种条件与环境，逸致与闲情。

图 唐 佚名 敦煌壁画

晚秋

[唐]无名氏

日月千回数，君名万遍呼！
睡时应入梦，知我断肠无？

这是被吐蕃所俘虏的无名氏作品，见之于敦煌石窟唐诗抄本。穿过一千两百多年的时间的风沙，我们仍然可以如在耳边地听到他悲怆的呼声。“君名万遍呼”，这是真实的情景写照，也是动人的艺术表现，可以引起今日许多热恋中人的痛感共鸣。台湾诗人纪弦有名篇为《你的名字》，“用了世界上最轻最轻的声音，轻轻地唤你的名字每夜每夜”，全诗“围绕”名字，结撰成章。法国现代诗人艾吕雅的《自由》，“我写你的名字”一语重复二十一次之多，可与上述敦煌唐诗互参。

犹记1994年中秋节在美国旧金山公园，在北美华人作家协会庆贺中秋节并欢迎我的集会上，在年登上寿的老诗人纪弦面前，我背诵了他的上述名篇，犹记一诵既罢，我笑问老诗人：“这首诗当年是送给谁的呢？是情人还是现在的夫人？”童心未泯的老诗人笑答道：“你可别告诉我的太太哟！”于今斯人已去，令人不胜追怀！

图 宋 苏汉臣 货郎图

商人

［唐］吴融

百尺竿头五两斜，此生何处不为家？
北抛衡岳南过雁，朝发襄阳暮看花。
蹭蹬也应无陆地，团圆应觉有天涯。
随风逐浪年年别，却笑如期八月槎。

在重农抑商、崇尚官本位的封建社会中，“商”只能叨陪末座，居于士农工商四民之末。在唐代以前，诗歌涉及商业题材者寥寥无几，唐代商品经济空前发达，内外贸易高度繁荣，商人群体日趋庞大，商业与商贾于是也进入了唐诗人的视野。晚唐诗人吴融并不能先知预卜千年后的今日是全民狂欢的双十一购物节，但其此诗乃是正面为商人“树碑立传”的特异之作。

此诗着重表现的是商人们东漂西泊、南奔北走的生涯之辛苦。“五两”，亦作“五緉”，古代的测风器，以鸡毛五两或八两系于竿顶，以测风向与风力。“八月槎”，据晋人张华《博物志》：“旧说云天河与海通。近世有人居海渚者，年年八月有浮槎去来，不失期。”诗人写商人水陆兼程，经年累月在外奔忙，和家人难得团圆相聚，其同情之意洋溢于字里行间。

图 现当代 齐白石 芭蕉麻雀图

[中吕] 粉蝶儿·怨别

[元] 王廷秀

呀，愁的是雨声儿淅零零落滴滴点点碧碧卜卜洒芭蕉，则见那梧叶儿滴溜溜飘悠悠荡荡纷纷扬扬下溪桥，见一个宿鸟儿忒楞楞腾出出律律忽忽闪闪串过花梢。不觉的泪珠儿浸淋淋漉漉扑扑簌簌揾湿鲛绡。今宵，今宵睡不觉，辗转伤怀抱！

诗歌是时间的艺术，它不仅要有“可视性”，而且要有“可听性”；不仅要“美视”，而且要“美听”。美国当代诗人费林格蒂曾说：“印刷已使诗变得冷寂无声，我们遂忘记诗曾是口头传讯的那种力量了。”诗的音乐美，是诗通向读者的桥梁，是诗可以振羽而飞的翅膀，而回环复沓的重叠，就是桥梁的重要支柱，是翅膀值得珍惜的羽毛。元曲的语言之美，在“重叠”这一修辞格上也得到了充分的体现。

元曲家王廷秀抒写闺中少女或少妇对恋人的殷切思念之情，那大珠小珠走玉盘的音韵有如交响曲，即使不能说情味远胜也可说音响远过于唐诗宋词，“漠漠水田飞白鹭，阴阴夏木啭黄鹂”（王维《积雨辋川庄作》），“庭院深深深几许，杨柳堆烟，帘幕无重数”（欧阳修《蝶恋花》），其中的叠字运用美则美矣，但怎么能有元曲这种盛大的音乐景观呢？

图 元 徐泽 架上鹰图（原图）

画鹰

［唐］杜甫

素练风霜起，苍鹰画作殊。
㧐身思狡兔，侧目似愁胡。
绦镟光堪摘，轩楹势可呼。
何当击凡鸟？毛血洒平芜！

这是一首题画诗。在唐代以前，题画诗得未曾有，时至杜甫，他创为题画松、画鹤、画马、画鹰、画山水等诸多篇章，是以后日见繁荣的“题画诗”这一诗歌门类的开创者。清人沈德潜《说诗晬语》说得好：“唐以前未见题画诗，开此体者老杜也。”作为尚武精神的象征，“维师尚父，时维鹰扬”，鹰，早就翱翔在两千年前的《诗经·大雅·大明》篇中了。唐人崇尚武功，而且游猎之风颇盛，养鹰成为时尚，而苍鹰有凌越众鸟的矫健之姿和搏击长天的勇武之志，故而成为唐人的审美对象。《画鹰》是杜甫青年时代的作品，不仅为他人所画之鹰传神，而且更是借物寓志，抒写自己的胸怀抱负。首两句倒装，以逆笔收势，以画鹰作真鹰，十分警动，抓人眼球。

大约是同一时期，杜甫还写了一首激扬奋厉的《房兵曹胡马》，与这首《画鹰》一为咏马，一为咏鹰，堪称可以对读的姐妹之篇。

图 清 邹一桂 杜牧诗意图

山行

［唐］杜牧

远上寒山石径斜，白云生处有人家。
停车坐爱枫林晚，霜叶红于二月花。

杜牧生长于诗礼簪缨的世家望族，文才武略集于一身，刚过弱冠之年就写出流传千古的《阿房宫赋》，二十六岁就进士及第并制策登科，所谓“两枝仙桂一时芳”。他殷忧国事，以天下国家为己任，力图实现匡时济世的远大抱负，然而却事与愿违，十余年屈居他人幕府，后来也只是在地方或朝廷的无关大局的职位中沉浮，年方五十即逝世于长安。

尽管如此，他的诗风却高华俊爽，雄姿英发，与他所处的时代与个人的遭逢颇不相侔，这首《山行》就是明证，而且成了美秋而非悲秋的杰构佳篇。这首诗前三句全用赋体，景色如画，结句则由霜叶而联想及于春花，出之以前人未曾道过的比喻，构成全诗富于哲理含蕴的警策。

“楼倚霜树外，镜天无一毫。南山与秋色，气势两相高。”这是杜牧写于北方的《长安秋望》，它和写于南方的《山行》，构成了美秋颂秋的二重唱。

图 宋 佚名 寒林楼观图

蝶恋花·槛菊愁烟兰泣露

[宋]晏殊

槛菊愁烟兰泣露，罗幕轻寒，燕子双飞去。明月不谙离恨苦，斜光到晓穿朱户。　昨夜西风凋碧树，独上高楼，望尽天涯路。欲寄彩笺兼尺素，山长水阔知何处？

晏殊是晏几道的父亲，我将一句俗语反其道而用之，即“有其子必有其父”，晏几道的成就自有他的家学渊源。作为北宋的宰相，晏殊刚毅正直而好提携后进，如曾向朝廷推荐范仲淹、韩琦等人。但作为北宋早期词坛的重镇，晏殊的词也多写离愁别恨，如为王国维所激赏的《蝶恋花》。

此词表现的，正是晏殊词清婉高华的风格。主题是“离恨”，主人公性别不明，属于“模糊美学”的范畴。“昨夜”一句写登高怀远之情，逼出结句之虽有彩笺尺素，但水阔山长无由可达，将离恨表现得格外刻骨铭心。凡是有过类似伤离怨别的生命体验的人，心的弦索都会被这首词敲响，但王国维却心如止水，无动于衷，他在《人间词话》中说的是“昨夜”三句是古今成大事业大学问者必经的第一个境界。三句不离本行，原词如此缠绵悱恻，这位大学问家却别有会心，我们在钦敬之余，也只有徒唤奈何了。

图■宋 佚名 盥手观花图（原图）

偶然作

［清］屈复

百金买骏马，千金买美人；
万金买高爵，何处买青春？

莎士比亚在《雅典的泰门》中对金钱罪恶的批判：“黄黄的，发光的，宝贵的金子，可以使黑的变成白的，丑的变成美的，错的变成对的，卑贱变成高贵，老人变成少年，懦夫变成勇士，可以使受诅咒的人得福，使窃贼得到高爵显位，使鸡皮黄脸的寡妇重做新娘，即使她的尊容会使身染恶疮的人见了呕吐，有了这东西也会恢复三春的娇艳。”时隔数百年，这位碧眼黄髯的莎翁笔锋所及，我们今天社会中的一些污泥浊水仿佛也仍在他的扫荡之列。

这使我想起了清代诗人屈复，他有一首题为《偶然作》的诗。“万金”与“骏马”“美人”“高爵”，这在当代修辞学中称为“层递”。诗人正是通过这种层层递升、步步逼进的写法，极写没有金钱之万万不能。尽管买得到美人却不一定买得到爱情，买得到高爵却肯定买不到威望和智慧，但“骏马”“美人”“高爵”毕竟可以用金钱罗致。诗人运笔至此，在不断递升之后陡降，笔锋一转，“何处买青春”一语又极写金钱之并非万能。

初读此诗，我就被其震撼，特别是它的结句，如同警钟！

图 明 仇英 游船图

泊秦淮

［唐］杜牧

烟笼寒水月笼沙，夜泊秦淮近酒家。
商女不知亡国恨，隔江犹唱后庭花。

南京乌衣巷畔的秦淮河，六朝时不仅是金陵的政治经济文化中心之一，也是堆金砌玉软媚娇红的繁华游乐之地。它的繁华在隋末唐初虽毁于刀兵水火，但在唐代又逐渐恢复旧观。不少诗人前来题咏，而最负盛名且传唱至今的是杜牧的《泊秦淮》。

南朝的陈后主陈叔宝是一个昏君，终日与嫔妃宠臣宴乐，并作《玉树后庭花》曲在宫中演唱，终至亡国身死。所以唐代宰相杜淹曾对唐太宗说，陈之《玉树后庭花》与齐之《伴侣曲》，都是“亡国之音”。

杜牧是晚唐诗人，如果说盛唐是如日中天，晚唐则已成斜阳落照，已经是国将不国了，然而，权贵们仍是贪图享乐，醉生梦死，不知末日之将至。杜牧即景抒情，表达对国家深沉的隐忧，表现了真正的文人应该具有的历史意识与忧患意识，全诗状难写之景如在目前，含不尽之意见于言外，堪称咏秦淮的绝唱，后来者当然只能遥望他的背影。

图 宋 佚名 胡笳十八拍图

即事

［明］夏完淳

复楚情何极，亡秦气未平。
雄风清角劲，落日大旗明。
缟素酬家国，戈船决死生！
胡笳千古恨，一片月临城。

生于1631年的夏完淳，文雄与英雄集于一身，抗清牺牲时尚不满十七周岁。清诗人朱彝尊在《静志居诗话》中说他之文武全才“方之古人，殆难其匹”，方之今人，又有多少人能与他比并呢？

夏完淳的《即事》，是他于顺治三年（1646年）参加抗清义军之后所作。其时南明的都城南京已为清军所破，立于福建的鲁王逃亡海上，他的父亲也兵败殉国。他在极度悲愤的心情下写成这首五律。全诗情景交融，借楚比明，借秦喻清，而一三两联则直抒抗敌复国之志，情中有景，三四两联则描绘悲壮雄豪之景，景中有情。视死如归的复国之志，痛彻肺腑的家国之恨，见之于笔下，奔涌于行间。

夏完淳在松江被俘后曾作《别云间》一诗：“三年羁旅客，今日又南冠。无限山河泪，谁言天地宽？已知泉路近，欲别故乡难。毅魄归来日，灵旗天际看！”堂堂之阵，正正之旗，真是可以令懦夫立志而壮士起舞！

图■清 袁江 寒江泊舟图

易水送别

［唐］骆宾王

此地别燕丹，壮士发冲冠。
昔时人已没，今日水犹寒！

在初唐四杰中，骆宾王最具传奇色彩与侠义精神。他曾从军西域，也曾蒙冤下狱，终为临海县（今浙江临海县）丞，区区副处级，世称骆临海。光宅元年（684年），徐敬业起兵讨伐武则天，他作骈文《代徐敬业讨武曌檄》(又名《代徐敬业传檄天下文》)，相传武则天读至“一抔之土未干，六尺之孤安在”时，曾经责问“宰相安得失此人”。兵败后，或云被杀，或云落发为僧。

他不仅有高洁之心，而且有勇烈侠义之心，文有《代徐敬业讨武曌檄》为凭，诗有《易水送别》为证，它们都是艺术的悲剧，悲剧的艺术。“易水”，即今之中易水（瀑河），源出今河北易县西南，战国末燕荆轲入秦刺秦王，与太子丹别于此水。骆宾王将吊古与伤今、古之荆轲与今之行客、秦之暴政与武后专政三者，亦显亦隐地融为一体，全诗既赞美古代狭义的烈士，也借此勉励友人和自己。

中国古人尤其是城市贫民、乡村居民和底层知识分子，大都有强烈的锄恶扬善、除暴安良而奋不顾身的武侠崇拜意识，骆宾王之赞美刺秦的荆轲并投身讨武的军旅，岂是偶然的吗？明末清初思想家唐甄《潜书》早已有云：“自秦以来，凡为帝王者皆贼也。”对秦始皇、康熙、雍正、乾隆之流的顶礼膜拜，21世纪的今日仍不乏其人，哀哉！

图 宋 刘松年 渭水飞熊图

剑客

［唐］贾岛

十年磨一剑，霜刃未曾试。
今日把示君，谁为不平事？

贾岛是彬彬文士，并非赳赳武夫，是苦吟诗人，并非绿林豪侠，他何以会歌咏剑拔弩张的剑客？社会本多不平，正直的诗人常常是代言人，何况贾岛应举不第，愤世嫉俗，作《病蝉》等诗讥刺权贵、嘲讽公卿，号为举场“十恶”而于长庆二年（822年）被逐出关外，以后还曾因他人之毁谤而遭受不公正的待遇。所以此诗之作，既是他写，也是自写，既是为他，也是为己，勃郁不平之气跃于纸上，豪勇无前之概见于行间。

此诗末句，另一版本“为”作“有”。如作“有”，则系代人报仇，近乎个人之间的交情甚至交易，如今日之黑道杀手然。作“为”，则不仅使结语含蓄不尽，而且意在虚指，即谁做了伤天害理的不义之事，便可予以惩罚，如此遣词，方显侠者的英雄本色。至于此诗首句，则传诵千年，今日更成了意有引申的引用率极高的金句。贾岛还有一些可圈可点之篇，他即使没有别的佳作而仅有此冷光四射的《剑客》，也足可告慰平生而笑傲诗坛了。

图 宋 赵沛 江山万里图

临江仙·滚滚长江东逝水

［明］杨慎

滚滚长江东逝水，浪花淘尽英雄。是非成败转头空。青山依旧在，几度夕阳红。　　白发渔樵江渚上，惯看秋月春风。一壶浊酒喜相逢。古今多少事，都付笑谈中！

这首《临江仙》，许多读者原来以为是《三国演义》的作者罗贯中所作，加之电视连续剧《三国演义》以之作主题歌，更多的观众与读者更以为此词出自罗氏的手笔。殊不知罗贯中逝世八十余年后，杨慎才出生，他不可能从杨慎那里预定其词嵌入自己的小说。真相是，明代学者兼文学家杨慎著有《廿一史弹词》，此词乃第三段《说秦汉》的开场词，后于杨慎二百多年的毛宗岗父子在评点刻印《三国演义》时，将其置于卷首，于是就造成了这一近似以讹传讹的美丽的误会。

杨慎是蜀中才子，正德六年（1511 年）中状元，三十七岁时因故谪戍云南永昌卫，直至七十一岁逝于贬所。他的人生经历与生命体验，使得他得以创作出《临江仙》这一不同凡响的咏史之词。朝代之匆遽，成败之空无，生命之短暂，自然之无穷，他从历史之兴亡与江渚的渔樵两个角度抒写人生之感慨，远远超越了一般作品就实写实的物理层次，也超越了一般人生体验的经验层次，而飞升到具有普遍性与永恒性的超验层次，成为真正的诗的经典，其深远的含蓄于意象之中的形而上意蕴，让读者回味无穷，寻绎不尽。

图 宋 崔白 寒雀图

小雪

［唐］戴叔伦

花雪随风不厌看，更多还肯失林峦。
愁人正在书窗下，一片飞来一片寒。

一位诗人终其一生的创作，能给后世留下一二名篇或一二名句，就已经不错了，因为有的人徒有诗人之名，却无片言只字可以传后。中唐的名诗人戴叔伦，其名作《过三闾庙》颇堪咀嚼："沅湘流不尽，屈子怨何深？日暮秋风起，萧萧枫树林！"他的《除夕夜宿石头驿》不仅是名篇，而且有名句可摘："旅馆谁相问？寒灯独可亲。一年将尽夜，万里未归人。寥落悲前事，支离笑此身。愁颜与衰鬓，明日又逢春！"他的《小雪》绝句，在咏小雪的古典诗词中，也是言短意长耐人寻味的作品。

"小雪"是二十四节气之一，约在每年的十一月廿二日或廿三日。明代王象晋所编《群芳谱》说："小雪气寒而将雪矣，地寒未甚而雪未大也。"戴叔伦的《小雪》一诗，正是以这一节气的名目为题，抒写小雪这一节气的特点和自己的感受。前两句在主要写景之中兼及自己的感受：雪片如花在空中翩翩起舞，轻柔而轻盈，令人赏看（诗中此字读平声 kān）不尽，如果雪花更多更大，则担心树林与山峦都要被遮盖了。第三句作由外而内由物而己地转折，突出愁人之"愁"，结句扣紧题目以景收束，更觉愁情不尽。全诗近乎口语，纯用白描，如一盏清茗，也如一盅醇酒。

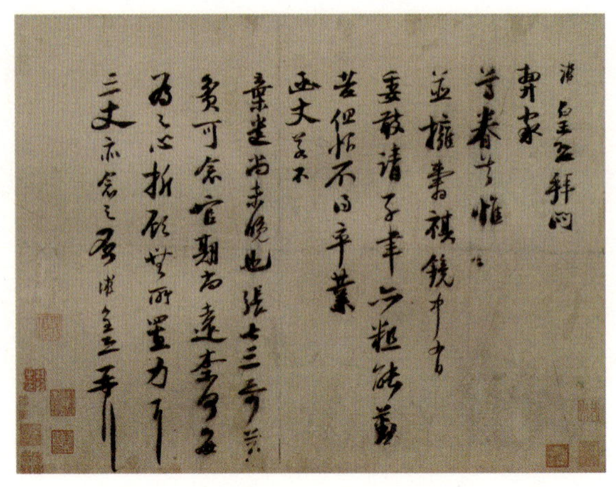

图 宋 陆游 行书尊眷帖（原图）

夜游宫·记梦寄师伯浑

［宋］陆游

雪晓清笳乱起。梦游处、不知何地。铁骑无声望似水。想关河，雁门西，青海际。　睡觉寒灯里。漏声断、月斜窗纸。自许封侯在万里。有谁知，鬓虽残，心未死！

师伯浑名浑甫，四川眉山人，陆游四十九岁时从南郑前线调到成都之后，在眉山和他认识。师伯浑是一位才能未展的隐士，宣抚使王炎想启用他而因忌者所阻未成。酒逢知己千杯少，陆游和他常有诗酒之会与诗文往还。这首词当是南宋乾道九年（1173年）陆游四十九岁以后的作品，闪耀着强烈的诗之幻想的彩虹，是陆游的一阙慷慨悲歌的“英雄梦幻曲”。

这首词上片记梦中情景，抒写对南郑军中生活的怀念。下片写梦醒后的情怀，抒发诗人百折而不已的报国之壮心，是对上片幻境的反衬与深化。在上片中，愈是写军威之壮，愈能对比和反衬出下片中所表现的诗人心境的悲凉。灯残漏尽，寒月凄迷，诗人梦醒后百感丛生的思绪，都含蕴在那特定的景物描写之中。同时，一觉醒来，已经“月斜窗纸”，诗人的这个梦做得多么长久而快心诚意啊！最后几句直抒胸臆，“鬓虽残，心未死”，逆折一笔，又以问句出之，表现“烈士暮年，壮心不已”，不仅使前面的幻境有令人信服的心理与生活的依据，更令人感到沉郁悲凉，其情无限！

图 明 唐寅 王蜀宫妓图

梦泽

［唐］李商隐

梦泽悲风动白茅，楚王葬尽满城娇。
未知歌舞能多少，虚减宫厨为细腰。

“梦泽”，即云梦泽，方圆八九百里，故址在今湖北南部，湖南北部。“白茅”，湖滨所生，春夏间抽生银白色丝状花穗之茅草，古代常以包裹祭祀之物，《左传》载楚国每年须向周天子进贡“白茅”。“楚王”，指春秋时著名的荒淫之君楚灵王，他有一种癖好，喜欢宫女的细腰。《管子》：“楚王好小腰，而美人省食。”《后汉书·马廖传》传曰：“楚王好细腰，宫中多饿死。”

李商隐的咏史诗常常别出己见，发人之未发，此诗亦是如此。他既嘲讽批判了楚王的荒淫无道，但更着眼于宫女们或盲目而为或自觉邀宠所造成的悲剧命运，诗人对她们的麻木与愚蠢既有讽刺，更有同情与怜悯，这就非一般作者所能企及了。在封建专制制度下，众生没有独立的立场与批判的精神，而对权力甚至暴力的屈从或盲从，成为社会的集体意识或集体无意识，那往往是悲剧甚至是浩劫产生的根由。读李商隐的《梦泽》，令人深省。

按嘉本傳嘉以
材官蹶張從高
帝擊項籍不過
軍行間勇健有
材力人耳及至
為相而風采歸
然威重乃如此
往則宰相之職
業乎闕繫顧不
重耶 以應
擢丞六兄指謬
敬庚

狱中题壁

[清]谭嗣同

望门投止思张俭，忍死须臾待杜根。
我自横刀向天笑，去留肝胆两昆仑。

此诗历来的论者对前三句没有歧义，而结句却留下了至今莫衷一是而难以解开的谜团。归纳起来，前人对其中“两昆仑”有三种解释：一说是亡命日本的康有为和京城的侠客大刀王五；一说“去”指康有为，“留”指作者自己；一说指胡理臣和罗升即谭嗣同的两个仆人。我以为，“去”是谭嗣同自指，“留”则是指他的肝胆相照的死友、维新志士唐才常，这一点，前人均未拈出。

“肝胆”，比喻关系密切，心意真诚。“肝胆两昆仑”既喻人品崇高而又情共生死，康梁和王五似乎都不还不足以当此，而只有唐才常才可当之无愧，理由有三，分别简说如下：

唐才常和谭嗣同生同乡，终身以生死交。少年时他们受业于同一师门，后来一起创办时务学堂和《湘学报》，彼此志同道合而情深谊重。

谭嗣同 1898 年 8 月被征入京，参与戊戌变法。途经武汉，唐才常在汉口为他设宴送行，谭口占一绝相赠而有云：“三户亡秦缘敌忾，功成犁扫两昆仑。”“两昆仑”者，自许而兼他许，这不是谭自喻并以喻唐才常的铁证吗？

唐才常 1900 年 8 月起事，湖广总督张之洞勾结英国领事将他逮捕杀害，唐才常念念不忘谭嗣同，狱中题壁诗有“剩好头颅酬死友，无真面目见群魔”之句，临难时则高歌“七尺微躯酬故友，一腔热血洒神州”，联系他生前挽谭嗣同联中之“与我公别几许时，忽警电飞来，忍不携二十年刎颈交同赴泉台，漫赢将去楚孤臣箫声呜咽”，这种生死以之的“肝胆”，真是人间天上而天上人间！

图 明 唐寅 桐荫清梦图

临刑诗

[唐] 陈璠

积玉堆金官又崇，祸来倏忽变成空。
五年荣贵今何在？不异南柯一梦中。

死亡，是生命的终点站。在死神的狰狞面目前所写的诗，往往可以看出作者人品的高下，有时甚至判若云泥。

唐末之人陈璠题为“临刑诗”的绝命诗呢？他是沛县（今江苏沛县）人，本是唐末徐州走卒，攀高结贵与徐州军将时溥结为兄弟，乱世中五年便由副将升为宿州刺史。他性格残狠嗜杀，贪贿山积，是民怨沸腾的大贪官。正如丹麦名作家安徒生所说的“罪过里藏着死机”，他于中和五年（885年）前后，因数额特别巨大，案情特别严重，被人告发而又无人作保，结果被判处死刑。“威赫赫爵禄高登，昏惨惨黄泉路近”，临刑之际，本来粗鄙无文的他竟然还诗兴大发，写下了他生平绝无仅有的这首歪诗。

在这首诗中，没有负罪感，没有忏悔意识，有的是富贵成空的叹息，人生如梦的悲凉，顶多还有早知今日悔不当初的懊丧，这大概是古今贪官面临末日审判时大都具有的共同心态吧。

图 宋 马远 晓雪山行图

行路难

［唐］李白

金樽清酒斗十千，玉盘珍羞直万钱。
停杯投箸不能食，拔剑四顾心茫然。
欲渡黄河冰塞川，将登太行雪满山。
闲来垂钓碧溪上，忽复乘舟梦日边。
行路难，行路难，多歧路，今安在。
长风破浪会有时，直挂云帆济沧海！

开元十八年（730年）春夏之间，李白初到长安，希冀有一跃龙门的机会。君门九重，历时一年，其间既无慧眼爱才的权力在握者援引，又备受他人如宰相张说之子、当朝驸马张珀的冷遇，李白愤而离京，作《行路难》组诗。

因为诗人内心郁闷，情绪愤激，同时仍百折不挠地与不公的社会与命运抗争，具有强大的自信与自强的精神，所以全诗在艺术结构上呈现出百步九折、波澜动荡的特色。诗人开篇极力夸饰美酒美食，然而盛筵当前，却停杯投箸而罢席，拔剑四望内心迷茫不知何去何从。走投无路，诗人想到隐居，学未遇周文王之吕尚垂钓，然而他又心有不甘。接着诗句由较为舒缓的七言一变而为急促的五言，繁音促节，扼腕叹息与彷徨询问兼而有之。最后两句化用故典，提炼出千古不磨的励志警句，成为历代有志者的座右铭。

图 唐 韩幹 照夜白图

马诗（选一）

［唐］李贺

大漠沙如雪，燕山月似钩。
何当金络脑，快走踏清秋。

李贺生当安史乱后的中唐时代，盛唐如日中天万邦来朝的威仪与光荣，已经只能从史籍和记忆中去追寻了，李唐王朝其时所唱的，已是江河日下的悲歌。不过，李贺乃唐代宗室之后，他一厢情愿地自认他瘦弱的双肩，也应该承担振兴大唐的重任，何况深受了儒家传统教育的读书人，更以为天下兴亡，匹夫有责，不能不管人间的沧桑和家国的盛衰。于是，李贺的《马诗二十三首》，强烈地表现了他建功立业实现人生价值的渴望。

李贺说自己“少年心事当拏云”，他时时以骏马与神骓自许，他不仅想立德立言于庙堂之中，也欲效命立功于沙场之上。附带一笔的是，除民间畜养者外，唐代的官马之数就高达七百万匹，这对李贺咏马是启示也是刺激。李贺是病夫一个，其志应为马中之龙，乃书生一介，其才确系非常之人，他羸弱的胸中容纳的是天下和苍生，在煎熬汤药的炉火之旁，他怀的是驰骋沙场置身青云的梦想。从大型组诗《马诗二十三首》中所选的此诗，也可见一斑。

图 宋 马远 雕台望云图

登幽州台歌

[唐]陈子昂

前不见古人，后不见来者。
念天地之悠悠，独怆然而涕下。

武则天万岁通天元年（696年），契丹攻陷营州（今河北卢龙），出狱不久的陈子昂出于报国热情，为建安王武攸宜的参谋随军北讨契丹。武攸宜指挥无能，唐军屡战屡败，陈子昂多次进谏且愿为前锋，武攸宜不仅不予采纳，反而将其贬为军曹。陈子昂悲愤莫名，写下了传诵千古的《登幽州台歌》。

“古人”和“来者”相应，加之“不见”的重复运用，便在时间与空间所构成的辽阔苍茫的背景之前，突出了抒情主人公的孤独者与苦闷者的形象。“念天地之悠悠，独怆然而涕下”，后两句拔地飞升，天高地远地创造了精神与艺术的永恒境界。诗人由个人而人生，由小我而世界，由当下而宇宙，由一己的得失之情而扩大提升到对生命与宇宙关系之探究，表现了强烈的生命意识与博大的宇宙意识，以及有限与无限的无能之对比所生发的悲剧精神，故成为盛唐之音的前奏，千古不磨的绝唱。

古人之诗，无论古体与近体，均未有不押韵者。“后不见来者”之“者”，不能读成今音，而应读古音zhà，以和“独怆然而涕下”之“下”（xià）押韵。

图 宋 佚名 溪山暮雪图

老夫采玉歌

［唐］李贺

采玉采玉须水碧，琢作步摇徒好色。
老夫饥寒龙为愁，蓝溪水气无清白。
夜雨冈头食蓁子，杜鹃口血老夫泪。
蓝溪之水厌生人，身死千年恨溪水。
斜山柏风雨如啸，泉脚挂绳青袅袅。
村寒白屋念娇婴，古台石磴悬肠草。

唐时贵玉，尤重“水碧”，皇室与达官贵族驱人四出采取。此诗四句一层，首先说统治者贪得无厌，驱人采玉。采“水碧”这样的美玉，只是琢成美化宫妃与贵妇的发饰而已，但饥寒交迫的老夫却要为之跋涉水中，搅浑溪水，连水中之龙都为之发怒。次写老夫采玉之艰难困苦。“夜雨冈头”，其寒可知，所食为野果之“榛子”，其饥可想。诗谓蓝溪之水饱食了活人，而死去的采玉工人死后千年都痛恨溪水。第三层以采玉工人怀想家中的“留守儿童”作结。松柏间风雨如啸，老人攀挂在悬崖绝壁上的长绳摇晃不定。“悬肠草”一名思子蔓，又名离别草，他睹物生情，不禁忆念“娇婴”即家中的幼儿弱女，近似今日“留守儿童”。全诗如此戛然而止，更觉余味深长。

十二月

图 清 王鉴 远山岗峦图

丫头山

［唐］施逵

何不梳妆嫁去休，常教人唤作丫头。
只因不信良媒说，耽搁千秋与万秋。

江苏句容市东南有一山，双峰并峙如双髻，故名“丫头山”。在中国门庭鼎盛的山的家族中，此山亦如其名，是辈份最小最默默无闻的了。

诗贵创造而最忌重复，力求发现和表现新的题材。为无人题咏的丫头山传神写照，这已经是题材上的创新了，施逵不仅以丫头山入诗，而且独具慧眼与诗心，他从出嫁与否着眼与落笔，以人拟物，以假作真，调侃戏谑，全诗颇具诗趣中的谐趣，读来令人莞尔而过目难忘。

名诗人之诗，不是每篇都是佳作，无名诗人之作，也许有上品之诗。在历史的长河中，因为种种原因，许多本应闪光的金子都沉埋于泥沙之中了，令人浩叹！此诗作者施逵大约是晚唐人，生平行事已无可查考，此诗也已埋没千年，《丫头山》至今也仍待字闺中。我这段小文既是勾沉，也算是催妆吧。

图 宋 苏汉臣 妆靓仕女图

览镜

[唐] 邵谒

一照一回悲，再照颜色衰。
日月自流水，不知身老时。
昨日照红颜，今朝照白丝。
白丝与红颜，相去咫尺间。

晚唐诗人邵谒《览镜》一诗直赋以抒情，既有壮志未酬年华老大的个人之“悲”，也概括了芸芸众生生命短促的形而上之悲。五六两句分写“昨日”与“今朝”、“红颜”与“白丝”，七八两句合二为一，反之复之，急促如鼓点，读来令人心悸而魄动，耳边轰响的是李白《将进酒》中的“君不见高堂明镜悲白发，朝如青丝暮成雪”的悲歌。

当代诗人曾卓因“胡风反革命集团”一案，1955 年被捕入狱近二十年，出狱后已年近花甲，他作有《我遥望》一诗：“当我年轻的时候／在生活的海洋中，偶尔抬头／遥望六十岁，像遥望／一个远在异国的港口 // 经历了狂风暴雨，惊涛骇浪／而今我到达了，有时回头／遥望我年轻的时候，像遥望／迷失在烟雾中的故乡。”全诗构思新巧，比喻精妙，而且时空阔大，感慨苍凉，极具生命的悲剧感。

图 宋 朴庵 烟江欲雨图（原图）

芙蓉楼送辛渐

［唐］王昌龄

寒雨连江夜入吴，平明送客楚山孤。
洛阳亲友如相问，一片冰心在玉壶。

江苏镇江市的芙蓉楼与湖南怀化市黔城镇（唐时称“龙标”）的芙蓉楼，是两座与盛唐诗人王昌龄有关的同名之名楼。然而，此楼非彼楼，王昌龄当年送别友人辛渐去洛阳的芙蓉楼在江苏，湖南的那座是后人为纪念王昌龄贬谪龙标而修建，当地有些人一厢情愿地说王昌龄送辛渐于此，那真是一个“美丽的错误”。

开元二十八年（740 年），王昌龄自岭南的贬所北还，次年春夏之交出任江宁（今江苏南京）县丞，实际上仍是位沉下僚的贬谪。“芙蓉楼”，原名西北楼，东晋王恭任润州刺史时改名芙蓉楼。在唐代的送别诗中，此诗的名气与王维的《渭城曲》不相上下，王维诗的精彩全在后两句，王昌龄诗的精华也全在后两句；王维主要是抒写友情与别情，王昌龄主要在自白与洗白。南朝鲍照《白头吟》诗云：“直如朱丝绳，清如玉壶冰。”屡遭诬陷和贬谪的王昌龄自云“一片冰心在玉壶”，这正是因高洁自许并抒发怨愤而成为千古名句。

图 五代 周文矩 重屏会棋图

送棋待诏朴球归新罗

[唐]张乔

海东谁敌手？归去道应孤。
阙下传新势，船中覆旧图。
穷荒回日月，积水载寰区。
故国多年别，桑田复在无？

围棋的故乡是中国，但很早就传入了在今朝鲜半岛东南部的新罗国。唐玄宗李隆基开元二十五年（737年），新罗王逝世，唐朝派遣围棋国手杨季鹰为吊祭使团的副使，他与新罗多位国手同场竞技，这是中韩之间见于史籍的最早的比赛。在来华的新罗人中，有不少是围棋高手，最有名的新罗棋手，就是张乔诗中提名道姓的朴球。

朴球身为外国人而得为唐廷之棋待诏，可见其棋艺之了得。晚唐诗人张乔称他“海东谁敌手”，大约相当于今日韩国之李昌镐与李世石之辈吧。“归去道应孤”，系今日所艳称的“孤独求败”；“阙下传新势”，许多着法与布局都是他的发明；“船中覆旧图”，现在他只能在归国的船上独自打谱温习了。

诗的前四句赞美他的棋艺，后四句则为送别并怀想之辞，可见这种跨国友谊之源远流长，两国棋艺交流之流长源远。

图 宋 佚名 歌乐图

问杨琼

［唐］白居易

古人唱歌兼唱情，今人唱歌唯唱声。
欲说向君君不会，试将此语问杨琼。

唐代是中国诗歌的黄金时代，唐代的音乐也在这个充满活力的时代开采了它的黄金。乐器多达三百种以上，歌唱家如盛唐的李龟年、中唐的米嘉荣名动四方。

诗人白居易也是一位音乐的“发烧友”，他的《琵琶行》中那如怨如诉的琵琶之声，从唐朝一直传扬至今天，而“清紧如敲玉，深圆似转簧。一声肠一断，能有几多肠”，他的《题周家歌者》也让我们千年后仍如聆现场。

“杨琼”不知何许人。大约是当时一位声情并茂的艺术家吧。白居易认为艺术的生命首先在于要有真实的感情，他认为古人唱歌不仅讲究声音之美，更要求情感之真，而当时许多人则舍本逐末，只注意外在的声音表现，而缺少内在的真情实感，因此也就没有令人“肠断”的感人力量。

白居易在《听歌五绝句》里，一说“此声肠断为何人”，再说“从头便是断肠声”。他认为唱歌既要“唱声”更要“唱情”，揭示的是声乐艺术的重要美学法则。今日之“假唱”者，唯钱是唱者，逢场作秀搔首弄姿者，真是夏虫不可语冰了。

图■宋 李迪 猎犬图（原图）

雪

［唐］张打油

天下一笼统，井上黑窟窿。
黄狗身上白，白狗身上肿。

与“正统诗歌”比较而言，打油诗似乎是旁门左道，或者说，前者是世家望族，后者是荜户蓬门，前者是阳春白雪，后者是下里巴人。然而，打油诗虽名打油，但好的打油诗也自有其正面价值。打油诗作为诗中的一体，其开山祖师要追溯到唐代的张打油，故又称“张打油体”。张打油其名不详，其《雪》诗见于明代学者、诗人杨慎之《升庵诗话》。打油诗的特色是语言俚俗诙谐，格调幽默风趣，内容不乏褒贬，效果令人解颐或者解恨。张打油的《雪》诗有全景式描写，有特写式渲染，有颜色的对比与变化，而且俗而又俗的“肿”字虽油光可鉴却可谓一字传神。全诗不着一“雪”字而雪景毕现，虽不能说“不着一字而尽得风流”，但打油诗开山之美名却并非浪得。

鲁迅的新诗《我的失恋》副标题即为“拟古的新打油诗”。20 世纪“文化大革命”期间，“整人”之风达于华夏整人史的巅峰，老作家夏衍也琅珰入狱，他模仿清初民间之《剃头》诗的意趣与句式，作题为《整人》的打油诗：“闻道人须整，而今尽整人。有人皆可整，不整不成人。整自由他整，人还是我人。试看整人者，人亦整其人！”

图■宋 夏圭 雪堂客话图（原图）

问刘十九

［唐］白居易

绿蚁新醅酒，红泥小火炉。
晚来天欲雪，能饮一杯无。

这是一首明白如话而又温馨如酒的小诗。明白如话，是语言平浅而口语化，没有典故，没有难懂的词语，甚至没有诗歌常用的比兴等手法，而是直言其事，直抒其情。温馨如酒，它原是一首招饮的诗，但本身却如同醇酒，令人千载之下仍然一读而熏然欲醉。

全诗由新酒、火炉、暮雪三个意象与一个问句组成。绿蚁指新酿之酒，酒面浮渣似蚁而微绿。绿色与火炉之红构成鲜明的色彩对照，情调温馨而炽热，与暮色之苍茫，与冬雪之白冷，又形成色调之强烈反差。此景此情，继之尾句一问，更觉此景如在目前，此情悠然不尽。

刘十九其名不详。白居易另有《刘十九同宿，时淮寇初破》："红旗破贼非吾事，黄纸除书无我名。唯共嵩阳刘处士，围棋赌酒到天明。"可见刘十九是曾隐居嵩山的他的好友。其名不详有什么关系呢？在当代台湾名诗人余光中的"唐诗神游"系列中，也有一首题曰《问刘十九》，诗的结尾是："我却羡慕你，白居易／那台温馨的小火炉／更羡慕你，刘十九／有这么雅兴的酒友／不用写诗，就跟着不朽！"

图 明 朱邦 雪江卖鱼图

醉着

［唐］韩偓

万里清江万里天，一村桑柘一村烟。
渔翁醉着无人唤，过午醒来雪满船。

大自然是人类精神的家园，古代如此，现代更是这样。韩偓少时喜为“香奁诗”，但历经宦海风波，身经晚唐巨变，年华老大之后便扫除腻粉，退却红妆，写了许多有关社会人生与自然景物的诗作，《醉着》就是其中出色的一首。

此诗的构图与视角是由大而小，大中取小。“万里清江万里天”，写地上之江为俯瞰，写头上之天为仰观，仰天俯地，分别以“万里”冠之，构成了辽阔邃远的大景。“一村桑柘一村烟”，句法与首句相似，但景物已缩小为一个桑柘满园炊烟四起的村庄。最后，画面聚焦于更小的覆雪渔船和醉酒渔翁，妙在无人相唤而渔翁也浑然不知。如此闲适之情，优游之趣，清远之境，不正是远离红尘浊世的诗人内心之写照与寄托吗？如此诗情，如此诗境，忙碌奔竞在滚滚红尘中的现代人读来，当会不胜心神向往。

图 清 石涛 渊明诗意图册（原图）

非酒

［唐］雍陶

人人慢说酒消忧，我道翻为引恨由。
一夜醒来灯火暗，不应愁事亦成愁！

世道多艰，人生多愁，我们早已有了“借酒浇愁”的成语，而一代英雄与诗雄的曹操，他还认为酒是唯一的消愁散与解忧方，他在《短歌行》中高吟低咏：“对酒当歌，人生几何！譬如朝露，去日苦多。慨当以慷，忧思难忘。何以解忧？唯有杜康……”

大约是因为曹孟德非等闲人物吧，唐诗人对他的咏叹多表示赞同，张谓说“还家万里梦，为客五更愁。不用开书帙，偏宜上酒楼”（《同王征君湘中有怀》）。白居易说“生计抛来诗是业，家园忘却酒为乡”（《送萧处士游黔南》）。雍陶的《非酒》唱的却是反调。他对酒的问罪之辞是：人人都说美酒可以销忧，我却说它是引发苦闷的源头，酒醒之后面对昏昏灯火，本不忧愁之事都变成了忧愁。此诗是戏言，也是正说，别具陈说翻新的诗趣，是李白“举杯销愁愁更愁”的遥远的回声，也是当代名诗人艾青的“不要以为她是水／能扑灭你的烦忧／她是倒在火上的油”（《酒》）的前奏。

图 宋 燕肃 关山积雪图

休暇日访王侍御不遇

［唐］韦应物

九日驱驰一日闲，寻君不遇又空还。
怪来诗思清人骨，门对寒流雪满山。

韦应物，京兆万年（今陕西西安）人。因其家为名门高族，相当于今日之“贵X代”，故十五岁时即为玄宗侍卫，狂放张扬，生活放浪。后来幡然悔悟，折节读书，为一代诗人，终苏州刺史，故世称“韦苏州”。

唐时官员每旬休假一日，谓之“旬休”。“怪来”，难怪，怪不得。韦应物此诗写访友不遇，首句田间往访，次句说访而不遇，如此写来只可谓平平而起，并无出彩之处，假若后两句依然如此这般，此诗就难以“及格”了。韦应物《赠王侍御》诗有“诗似冰壶见底清”之句，由此可见这位王先生的诗大约写得不错，故诗人以“怪来”设问，以写其友所居之地的景物收束，空灵新颖，不落唐人访友不遇之诗的陈套。从此诗的结句也可以领悟：诗思应该清新，构思应该脱俗，不能千人一面，千部一腔，如此意境才能清新深远，才能使全诗顿放异彩。

图：明 蓝瑛 江皋飞雪图

郢中

［唐］汪遵

莫言白雪少人听，高调都难称俗情。
不是楚王询宋玉，巴歌犹掩绕梁声。

宋玉的《对楚王问》是一篇妙文，为后代留下了“阳春白雪”与“下里巴人”两个成语，并启发了后世驳论不休的“雅”“俗”之争。汪遵的《郢中》，就是他的妙文隔代的回声与和声。

晚唐的汪遵，宣州泾县（今安徽泾县）人。少时家贫，为县中小吏，借书苦读，彻夜强记，遂工诗。后来自动离岗去京应进士试，于长安城郊邂逅送客的同乡诗人许棠，许堂侮谩他说：“小吏不忖，而欲与棠同研席乎？”汪遵咸通七年（866年）登进士第，同科状元是韩愈之孙韩衮，而许棠及第却比他迟了五年。

宋玉在《对楚王问》中说，客在“郢中”（楚国都城，今湖北江陵县北）唱《下里》《巴人》，和者数千人，唱《阳春》《白雪》，和者不过数十人。他认为“是其曲弥高，其和弥寡，故鸟有凤而鱼有鲲”。读汪遵之诗，可见他是宋玉的同调，也可见我们今日要有普及大众的“下里巴人”，也要有具有精美品质而为一个国家一个时代的文化代表的“阳春白雪”。

图 宋 李唐 万壑松风图

松

［唐］李山甫

地耸苍龙势抱云，天教青共众材分。
孤标百尺雪中见，长啸一声风里闻。
桃李傍他真是佞，藤萝攀尔亦非群。
平生相爱应相识，谁道修篁胜此君？

在中国传统的“岁寒三友”中，“松”处于领衔的地位。

我国最早的诗歌总集《诗经》，写了一百三十二种草木，“山有乔松，隰有游龙”（《郑风 · 山有扶苏》），松，早就在《诗经》中隆重出场了。晚唐诗人李山甫的《松》，既是迎霜斗雪的自然物的描绘，也是吟咏心志的高洁人格的象征。在中国古典诗歌“松意象”的发展史上，是一首承前启后的重要作品。诗人赞美松的矫矫不群、高标自守，指斥企图依傍它的浓桃艳李和意在攀附它的衍蔓曲藤，抒写自己与松的相识之情与相爱之意，并且指出即使是青青修竹，恐怕也要对它逊让三分。这是他写，也是自写，更是对天下的正人直士、志士仁人乃至英雄豪杰的高度艺术概括。

在中国新诗史上，咏松最出色的是当代名诗人郭小川。“而青松啊，决不与野草闲花为伍！一派正气，一副洁骨；一片忠诚，一身英武。”他写的《青松歌》，时至今日，仍然常常令我深长怀想。

图 元 黄公望 快雪时晴图

杜工部蜀中离席

［唐］李商隐

人生何处不离群？世路干戈惜暂分。
雪岭未归天外使，松州犹驻殿前军。
座中醉客延醒客，江上晴云杂雨云。
美酒成都堪送老，当垆仍是卓文君。

宣宗大中五年（851年）冬，李商隐以东川（梓州）节度判官的身份赴西川（成都）推狱（会审），次年春返梓，有关方面和友朋为他饯行，他即兴作《杜工部蜀中离席》一诗。“蜀中离席”点明别筵，“杜工部”则说明有意继承和发扬杜甫的诗风，诗的体裁正是杜甫最擅长的七律。

全诗夹写动乱之局与惜别之情。首联点醒题目，以反诘句从正反两面开篇。“雪岭”，即岷山，在今四川松潘县境，为唐帝国与吐蕃之分界处，也是党项族与羌族聚居之地。“松州”，即松潘县。“殿前军”乃御林军，边将为多得赏赐粮饷，奏请所部隶属中央，称为“神策行营”。此联从杜甫《秋尽》之“雪岭独看西日落，剑门犹阻北人来”化出，写时局与积弊，是为“史笔”，深得王安石的欣赏。

颈联融合流水对与句中对，写江上景色与座中情景。虽脱胎自杜甫《曲江对酒》之“桃花细逐杨花落，黄鸟时兼白鸟飞”，却自成妙句。尾联以人丽酒浓照应并反衬前文之干戈满路，点名“离席”之“席”，申惜别之情殷，见结构之严整。

图 宋 李迪 雪树寒禽图

雪

［唐］杜荀鹤

风搅长空寒骨生，光于晓色报窗明。
江湖不见飞禽影，岩谷时闻折竹声。
巢穴几多相似处，路岐兼得一般平。
拥袍公子休言冷，中有樵夫跣足行。

晚唐人写雪的诗不少，其中有的状物抒怀，情景交感，颇有雅士的逸趣闲情。然而，像杜荀鹤这种咏雪而及于民生民瘼之作，真如空谷足音，令人欣然色喜。

苏轼在任颍州（今安徽阜阳）太守时，曾作七言古诗《聚星堂雪》，诗的结尾记述他的老师欧阳修任颍州知州时约客赋雪的故事："汝南先贤有故事，醉翁诗话谁续说？当时号令君听取，白战不许持寸铁。""白战"本指徒手作战，移用于诗歌创作，相当于今日所说之"白描"。此诗通篇白描，不用典故，正是荀鹤诗通俗晓畅的本色。前六句从光线、寒度、颜色等方面渲染雪景，不用典故，不直接写雪或与雪有关的指代物体，其中的颔联从视觉与听觉写雪，本是佳对，"拗相公"王安石改作"禽飞影"与"竹折声"，认为一经倒装，语句更为劲健。此诗在层层铺叙之后，出之以后来居上的结尾，颇具思想的深度与力度，掷地有金石之声，这就远非一般的徒然吟风弄月的作者所可企及的了。

图 宋 王诜 渔村小雪图

雪中偶题

［唐］郑谷

乱飘僧舍茶烟湿，密洒歌楼酒力微。
江上晚来堪画处，渔人披得一蓑归。

晚唐诗人郑谷写渔人的绝句共有两首，除了《雪中偶题》外，《淮上渔者》也别有妙境："白头波上白头翁，家逐船移浦浦风。一尺鲈鱼新钓得，儿孙吹火荻花中。"不过，前者在当时就已广为传颂，有郑谷自己的诗为证，在《予尝有雪景一绝，为人所讽吟。段赞善小笔精微，忽为图画，以诗谢之》一诗的结尾，便是"爱余风雪句，幽绝写渔蓑"之句，可见当时就有段姓画家将他的诗转换成图画。

丹青与吟咏，妙处两相资。古罗马诗人贺拉斯说过"诗会像画"，宋代词人张舜民在他的《画墁集》中也说："诗是无形的画，画是有形的诗。"郑谷此诗前两句点明题目中的"雪"，并描绘渔人出场的背景。背景中有两处景点，一是"僧舍"，一是"歌楼"，而"乱飘"与"密洒"渲染雪花纷飞的情状，僧舍的茶烟遇雪而湿，歌楼的饮者酒力因雪寒而显得轻微。在如此铺垫陪衬之后，"堪画"即最值得描画的渔人登场，不仅画面之远近高低错落有致，而且画面也因"归"而富于动态之美而韵味悠长。

图 清 吴历 槐荣堂图

宿五松山下荀媪家

［唐］李白

我宿五松下，寂寥无所欢。
田家秋作苦，邻女夜舂寒。
跪进雕胡饭，月光明素盘。
令人惭漂母，三谢不能餐！

“五松山”，在今安徽铜陵市南，李白流落到宣城铜陵一带，已是生命的暮年，他投宿于荀姓老农妇的家中，耳闻目睹，有感于中，写下了这首另类好诗。历经磨难的诗人本已郁郁寡欢了，何况眼见田家秋日农事劳作之苦，耳闻邻女冒着夜寒舂米之声。“雕胡”，即菰米。“跪”，古人席地而坐，跪即伸腰，表示庄敬。“素盘”，白色盘子。面对荀媪献上的饭食，我们的大诗人不禁思接千载，想到曾经救济贫困之韩信的浣衣老妇，韩信后来对漂母以千金为报，自己何以报答荀媪呢？他惭愧得难以下咽，只好再三感谢荀媪的厚待。

据传李白骑驴路过华阴县衙而未下驴，县令不知是李翰林大驾光临而像对草民一样刁难，李白供状不写姓名，只大书“曾令龙巾拭吐，御手调羹，贵妃捧砚，力士脱靴。天子门前，尚容走马；华阴县里，不许骑驴？”（元辛文房《唐才子传》）县令一看当然立马换了一副嘴脸。对权贵常常金刚怒目，对草民往往菩萨低眉，我们的李白啊！

图 元 任贤佐 人马图

逢入京使

［唐］岑参

故园东望路漫漫，双袖龙钟泪不干。
马上相逢无纸笔，凭君传语报平安。

盛唐边塞诗派的掌门人岑参，一生三赴边塞，久佐戎幕，因为有切身而丰富的边塞生活体验，所以创作出了许多精彩的边塞诗。《逢入京使》作于天宝八载（749年），他首次去西部边陲的征途之中，他所抒写的乃是所有离乡背井的人对故乡之依恋和怀念。

“故园”即长安，那是诗人妻小所在之地。它高踞篇首，天地开阔。初次出塞赴边，且不说未来生死莫测，“辞家见月两回圆”，两个多月都还没有到达目的地，可见交通之不便，征途之遥远，而他“双袖龙钟泪不干”，就更是人之常情了。第三句说“相逢”，第四句将相逢与怀乡绾合在一起，集中抒写客路邂逅而托捎口信的片刻。岑参当时正在征途马上，当然连纸笔都不及准备。万语千言，千头万绪，那就只有“凭君传语”，而所传之语也只能压缩在报平安的“平安”二字之中了。时至今日，众生在互相祝愿时不还在说“平安是福”吗？不过，那已不需“凭君传语”了，“君”已变成了手机和电脑，短信一写，鼠标一点，不论千里万里，均是即传即达。

图 宋 李公麟 商山四皓会昌九老图

[双调] 折桂令·劝世

[元] 卢挚

想人生七十犹稀，百岁光阴，先过了三十。七十年间，十岁顽童，十载尪羸。五十年除分昼黑，刚分得一半儿白日。风雨相催，兔走乌飞。子细沉吟，不都如快活了便宜。

宋代词人王观《红芍药》词的上阕写道："人生百岁，七十稀少。更除十年孩童小。又十年昏老。都来五十载，一半被睡魔分了。那二十五载之中，宁无些个烦恼？"元曲家卢挚更像一位经济学家，他将人生百年的明细账目算得痛痛快快又清清楚楚，读来令人动魄惊心。然而，它已没有"少壮不努力，老大徒伤悲"的汉人风骨，没有"读书不觉已春深，一寸光阴一寸金"的唐人风标，也没有"莫等闲白了少年头，空悲切"的宋人风范，而只有及时行乐、享受人生的"子细沉吟，都不如快活了便宜"，近似于今日所谓的"享受生活""享受人生"的人生哲学，或者说近似于当代西方的"垮掉的一代"的作派。

然而，生于元朝那样一个"九儒十丐"的读书人已是"臭老九"的黑暗时代，除非醉生梦死，作为有思想有人生追求的智者，他们能够真正"快活"起来吗？

图 五代 赵干 江行初雪图

[双调] 折桂令

[元] 周德清

倚蓬窗无语嗟呀，七件儿全无，做甚么人家？柴似灵芝，油如甘露，米若丹砂。酱瓮儿恰才罄撒，盐瓶儿又告消乏。茶也无多，醋也无多。七件事尚且艰难，怎生教我折柳攀花！

这是以“柴米油盐酱醋茶”这种所谓俗物为题材的最优秀的作品。如同一面千古不磨的明镜，不仅是作者本人穷苦生活的写照，是元代下层群众生活的写照，也是千百年来普天下穷困的苍生百姓生活的写照。

马斯洛是美国当代著名的社会心理学家，他的需求层次理论将人的需求分为五个层级，最基础的就是“生理需求”。早生于马斯洛八九百年的周德清，此曲所提出的，正是人的“生理需求”这一基本的严肃的问题。“柴似灵芝，油如甘露，米若丹砂”，作者连用三喻比况“柴”“油”“米”三样物资，它们本来极为平凡普通，现在却十分珍稀贵重。这种“两极分化”突出的是易得之物变为难得，普通之物变为不普通。而排名于后的“酱”“醋”“茶”呢？不是空空如也，更是不多不多，多乎哉不多也。光景如斯，也可以说是穷斯滥矣了。

“七件事尚且艰难，怎生教我折柳攀花”，全曲的尾句是自嘲也是反讽，生存的层次这一根本问题尚且没有解决，遑论其他。

图 清 戴峻 舂米图

秋浦歌（十七首选一）

［唐］李白

炉火照天地，红星乱紫烟。
赧郎明月夜，歌曲动寒川。

秋浦，即今安徽贵池县，县内有秋浦水，县因以为名。天宝十三年（754年），李白被唐玄宗赐金还山实际上是被下岗后，他浪游江南，这一组诗《秋浦歌》就是作于此时。这组诗中最为人所熟知者，是“白发三千丈，缘愁似个长。不知明镜里，何处得秋霜”，与这一自画像同样杰出的，便是这幅描绘冶炼工人的他画像。

秋浦在唐代是铜、银产地，今日犹存多处铜坑遗址，新的矿井也仍在开采。诗的开篇，抒写月明之夜、天地之间火星飞迸青烟袅袅的冶炼情景，画面阔大，色调鲜亮，其中的“乱”字不知是否启发过李贺“桃花乱落如细雨”的诗意？击打眼球的视觉图像之后，继之以视听交织。“赧郎”，红脸的矿工。“赧”原为脸色羞红之意，此指炉火映红的矿工脸色。矿工形象是诗的中心，纸上有人，纸上也有声，那使夜山谷和秋浦水都为之摇动的歌声，时隔千年似乎仍然从唐朝隐隐传来。

谁说李白总是天马行空飘然物外呢？身为“诗仙”的他当然有时会飘飘欲仙，但他和杜甫一样也关心国难民瘼，《宿五松山下荀媪家》如此，这首中国诗史上第一首歌颂产业工人的诗，不也是这样吗？

图 宋 许道宁 云关雪栈图

寄夫

［唐］陈玉兰

夫戍边关妾在吴，西风吹妾妾忧夫。
一行书信千行泪，寒到君边衣到无？

此诗所描绘的空间是距离遥远的“边关”与“吴”地，时间是“西风”吹“寒”的秋日与冬天，人物是两地远隔的“夫”与“妾”，物件是家常的“信”和“衣”。“寒”已到而“衣”如何？“一行”信中竟有“千行”之泪？寥寥二十八字，有空间的转换、季候的对应，多少的反差、同字的叠用，寒到君边而担心御寒之衣未到的心理刻画。抒情女主人公情深义重，言短意长。

我读此诗，别有一番体会。犹记 20 世纪 60 年代伊始，我大学毕业后远去君不见之青海头，其地苦寒，其时又正值全国性大饥荒，饥饿填饱的是每一个度日如年的日子。人在南方的内子缇萦，节衣缩食先为我寄来十斤粮票，不幸我尚未启动救灾就被小偷扒去，后又为我从邮局寄来岳父大人不知怎么张罗出来的十斤炒面，岂料千里迢迢，不知在哪个环节就已渺无音讯，亦无可查询。这两件事当时令我感念无已并痛心不已，也成了我刻骨铭心的记忆。我回乡扫墓，曾向岳父连磕二十四个响头，此后每读陈玉兰此诗，也总是别有一番滋味在心头。

图 宋 牟益 溪山苍翠图

小至

［唐］杜甫

天时人事日相催，冬至阳生春又来。
刺绣五纹添弱线，吹葭六琯动浮灰。
岸容待腊将舒柳，山意冲寒欲放梅。
云物不殊乡国异，教儿且覆掌中杯。

杜甫对于中国人的生活与思想感情，作了全面深入而艺术高明的表现。即使是不同的季节与气候，也曾被他的诗作一网打尽。《小至》一诗也是穷物之理、尽人之情的物理人情兼备之作。

《小至》一诗，写于大历元年（766年）的夔州，其时杜甫的生活较为安定，创作颇丰，诗艺也达到了更高的高度。小至，指冬至前一日，一说指冬至日的第二天。此诗前六句集中抒写冬至前后的时令变化和风物特点，结尾一联则承上而来，表达自己难得的愉悦心情。虽说前六句集中抒写时令，但首联的“天时人事日相催，冬至阳生春又来”乃振起和概括全篇之笔墨，颔联与颈联则是从人事与自然两个方面，分写小至的时令节候景象：冬至后白天渐长，女工刺绣可多绣几根丝线，节气到来，乐器律管中放置用芦苇茎中的薄膜做成的灰相应飞出，堤岸即将柳眼舒青，山梅也会含苞欲放。如此景象和故乡无异，难怪一向愁眉苦脸的杜老夫子，也高兴得要儿子斟上酒来一饮而尽了。

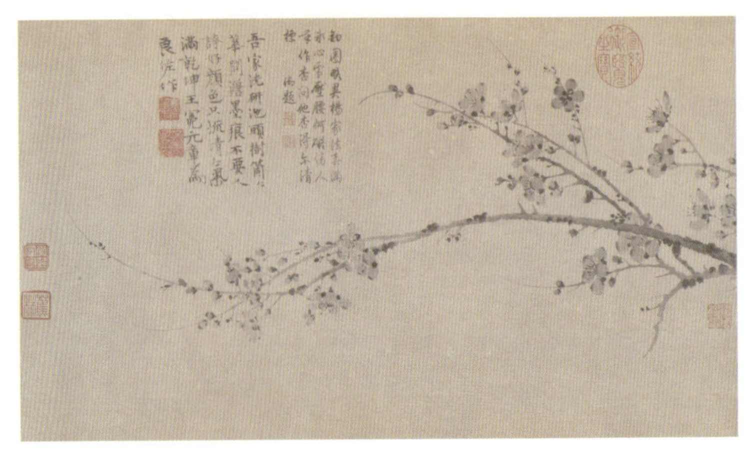

图 元 王冕 墨梅图（原图）

杂诗

［唐］王维

君自故乡来，应知故乡事。
来日绮窗前，寒梅著花未？

怀乡，是中国古典诗歌的重要母题之一，不知有多少诗人在这一竞技场上一试身手。然而，弓弦响处，诗心与诗艺的高下，判然立见。

例如同是游子向来自故乡的人询问故园消息，初唐王绩有《在京思故园见乡人问》一诗，共二十四行，一百二十字，问长问短，问三问四，遍及朋旧、童孩、弟侄、池台、旧园、新树、柳行、茅斋、竹子、梅树、水渠、石计、院果、林花等等，无所不发其问，效果是诗意索然，不堪卒读。无独有偶，其乡人朱仲梅的《答王无功问故园》诗就像命题对口作文，也是二十四行，对王绩之问巨细不遗地逐一作答，当然也就同样索然寡味，如同嚼蜡了。

同类的题材与主题，到盛唐高手王维的笔下就顿然改观。啰啰嗦嗦的十四问简化净化到只有寥寥一问而含蕴无穷：你从故乡来时，那雕花窗前梅花开了没有？明人钟惺《唐诗归》说："寒梅外不问及他事，妙甚。"亲爱的读者，请问为什么"妙甚"呢？

图 清 袁江 雪霁行旅

题旅店

[清]王九龄

晓觉茅檐片月低，依稀乡国梦中迷。
世间何物催人老？半是鸡声半马蹄！

王九龄是康熙年间的诗人，在清诗史上并无盛名，但他的《题旅店》确实是一颗不夜之珠。

“未晚先投宿，鸡鸣早看天”，这是古代旅人普遍的心态与情态。如果是现在，晚上你不论何时，都可以凭路灯或霓虹灯店招的指引找到栖身之地，而不用担心一夕之宿会成为什么问题。至于想早起赶车或赶飞机，只要你事先交待，服务员就会通过电铃按时将你叫醒，用不着你一夜辗转反侧，不是看表就是早早地到庭院中去仰观天色。

王九龄先生就不同了，他急着赶路，早上起来还神志恍惚，不知身在何处。文人总是积习难改，残梦依稀中还要诗兴大发，自我表现一番，将旅店的墙壁当成发表的场所。此诗尤其是“世间何物催人老，半是鸡声半马蹄”两句，由乡思而人生，由片刻而长远，由具象而抽象，将生命的逆旅意识表现得警醒而独到。时至今日，旅客大都不是乘汽车，就是坐火车或乘飞机，王九龄的诗句也应该改成“世间何物催人老？半是车轮半日轮”了。

图 明 唐寅 临李伯时饮中八仙全图

饮中八仙歌

[唐]杜甫

知章骑马似乘船，眼花落井水底眠。
汝阳三斗始朝天，道逢麹车口流涎，恨不移封向酒泉。
左相日兴费万钱，饮如长鲸吸百川，衔杯乐圣称避贤。
宗之潇洒美少年，举觞白眼望青天，皎如玉树临风前。
苏晋长斋绣佛前，醉中往往爱逃禅。
李白一斗诗百篇，长安市上酒家眠。
天子呼来不上船，自称臣是酒中仙。
张旭三杯草圣传，脱帽露顶王公前，挥毫落纸如云烟。
焦遂五斗方卓然，高谈雄辨惊四筵。

一首短短二十二句的七言古诗，竟然集中写了八个人物，而且每人仅仅二或三句，除了李白，这真是杜甫的独创。

八人之中，贺知章年龄最长，故列为八仙之首，且安排他“眼花落井水底眠”，匪夷所思而天真之态可掬。“汝阳”是唐宗室汝阳王李进。“左相”是左丞相李适之，遭奸相李林甫暗算而罢职。“饮如长鲸吸百川”，杜甫以夸张之笔写其豪饮，表现了对他的同情。崔宗之是与李白、杜甫以文相知的朋友，晋代阮籍见庸俗之人便以白眼相看，杜甫借用以表现他的性格，并以“玉树临风”形容他的姿容醉态。苏晋信佛却又贪杯，大约属于佛祖心中坐，酒肉穿肠过一类。杜甫与李白已同游两次，对李白之诗推崇备至，故为李白写了四句，为八人中句数最多者。“天子呼来不上船，自称臣是酒中仙”，古往今来的文人几人能够？李白之后是草圣张旭与布衣焦遂，他们的酒后现场挥毫和即席演说，可惜我们今天已看不到也听不到，只能从杜甫的诗中去以想象得之了。

杜甫不仅是中国诗史上最伟大的抒情诗人，同时，他还握有小说家与画家的笔，寥寥几笔就刻画出栩栩如生的人物形象，其笔墨之精简传神，很多小说家和画家都会相形失色。

图 唐 孙位 高逸图

偶题

［唐］郑遨

似鹤如云一个身，不忧家国不忧贫。
拟将枕上日高睡，卖与世间荣贵人。

晚唐诗人郑遨，滑州白马（今河南魏县）人。诗人大不忧已无药可救之国，小不忧家无长物之贫，他干脆率心趁意，如同野鹤闲云。他认为枕上高睡的悠闲，远胜富贵中人的忙碌。全诗如清钟一记，留下的是令人于言外可想的袅袅余音。

诗人郑遨的《偶题》原为二首，有如姐妹之篇。一首已见前文，另一首转录于此。意在让她们能在此书中团圆而不致天各一方，也让读者能一窥这小小组诗的全貌。

图 宋 徐禹功 雪中梅竹图

对雪

［唐］高骈

六出飞花入户时，坐看青竹变琼枝。
如今好上高楼望，盖尽人间恶路歧。

“昔我往矣，杨柳依依。今我来思，雨雪霏霏。”（《小雅·采薇》）空中飘飘的雪花，早就飞扬在远古的诗经里。即以唐代咏雪之诗而论，白居易的《夜雪》、柳宗元的《江雪》和刘长卿的《逢雪宿芙蓉山主人》等等，均为可圈可点之作，晚唐高骈的《对雪》，也另有一番异彩。

高骈是晚唐名将，其家世代为禁军将领。他虽以武功名世，却似乎继承了其祖高崇文的遗传基因，能诗善书。《对雪》一诗就是证明。雪花为六角形，所以“六出”即雪花的代称。此诗前两句虽然扣题，但尚属平平之笔，出彩的是后两句尤其是结句：人间尚有许多不平与险恶，有赖雪来填补和遮盖。全诗如此收束，出人意表而又言约意丰，不同的读者会有不同的理解与诠释。当代缇萦居士有《禅诗四行》云：“风，无中生有。花，骗你没商量。雪，让人找到扑空的感觉。月，一块硕大的遮羞布。”其中对月的描写与含意，近似高骈诗之结句，可以古今互参。

图 元 姚廷美 雪山行旅图

逢雪宿芙蓉山主人

［唐］刘长卿

日暮苍山远，天寒白屋贫。
柴门闻犬吠，风雪夜归人。

“芙蓉山”，神州境内芙蓉山有七八处之多，刘长卿曾漂泊湘楚，湖南冬日多雪，就不妨认为是写湘地的芙蓉山吧。此诗的构图是由远而近，由大而小，“日暮苍山远”是辽远的大背景，“天寒白屋贫”是拉近的小背景，然后再是“犬吠”与“夜归人”的特写镜头。前面是静景，诉之于视觉，后面是动景，诉之于听觉。“夜归人”是谁呢？是天涯漂泊的作者？是为生计劳碌的主人？还是其他的行客？读者不必像户籍警察一样严加核实身份，只要去领略诗的苍茫而不乏温馨的意境就好。

“风雪夜归人”乃千古名句，许多漂泊在外的现代人可能都曾身历心经这种情境。明人唐汝询在《唐诗解》中曾说：“直赋其事，然令落魄者读之，真足凄绝千古。”20 世纪“文化大革命”期间我曾下放农村劳动，要到周末始可回家探望家小。常记风雪之日长途跋涉，远望家中窗口的灯光而怦然心动，而欣然色喜，“风雪夜归人”的诗句此时也不约而来重到心头。

图 宋 马远 寒江独钓图

江雪

[唐] 柳宗元

千山鸟飞绝，万径人踪灭。
孤舟蓑笠翁，独钓寒江雪。

柳宗元是中唐名诗人，他的这首古绝先排后散，构思精妙，全为仄韵。诗人挥动他的彩笔，先以对句勾画环境，渲染气氛。一句写山，从远处和高处仰观茫茫群山，与山相依的飞鸟已经绝迹；一句写径，从低处由近及远俯察茫茫万径，路和与路相连的行人也全然不见踪迹。寥寥十个字，描绘了群山与原野所构成的阔大和凄清的环境，渲染了萧索悲凉的氛围，虽无一字正面写雪，实际上却字字写雪，使人感到雪光满纸，寒意袭人。这是十分高明的背面敷粉的笔法。

在粉砌银装的世界中，却偏偏有孤舟一叶，却偏偏有一位老翁在寒江中垂钓。如果三四两句中的“孤”字和“独”字，正面点染出表面是蓑笠翁实际上是诗人自己的孤独形象，那么，前面的环境描写，就衬托他那不与世俗同流合污的风骨。从整首诗的构图而言，全诗由大而小，由远及近，由千山万径而及于孤舟上的钓翁，最后缩小聚焦于那一根钓竿，点明题目中的“江雪”。不仅如此，四句诗的第一个字连读，竟然是“千万孤独”一语！这是全诗的主旨，不也是与丑恶与不平抗争的诗人内心的写照吗？

图 清 袁江 塞北彤云图

别董大

［唐］高适

千里黄云白日曛，北风吹雁雪纷纷。
莫愁前路无知己，天下谁人不识君！

高适这首赠别之作俊爽豪迈，远非一般赠别诗之缠绵悱恻可比，结句“莫愁前路无知己，天下谁人不识君”，乃诗之名句，这固然表现了尚在坎坷困顿之中的高适的豪情壮志，但从中也可想见“董大”其人当时之名满天下。高适既然如此推崇，后世的读者当然也亟欲知道他是何等人物。

许多人认为，“董大”可能是唐玄宗时代一位著名的琴师。有人则根据高适同时代人李颀所作《听董大弹胡笳弄兼寄语房给事》，认定董大即是房琯的门客兼红人董庭兰。房琯先为给事中后升为宰相，权重一时，这位董庭兰君倚仗房琯的权势，招纳贿赂，朝廷官员要见房琯都要走他的门路。房琯罢相之后，这位董君下场不佳，落得个得罪赐死。又，敦煌写本此诗题作《别董令望》，令望、庭兰二者是否一人？总之，高适诗中的董大，最好不是这位名声与下场均不很妙的董庭兰君，以免破坏了读者的美的期盼，山在虚无缥缈间，反倒能引人遐思远想。

图 宋 高克明 溪山雪意图

除夜作

［唐］高适

旅馆寒灯独不眠，客心何事转凄然？
故乡今夜思千里，霜鬓明朝又一年。

天宝九年（750年）冬，高适以封丘县尉奉使送兵至河北范阳之青夷军，回程经居庸关时正值年末。除夕之夜投宿于北国他乡的客舍，寒灯独对，他自然更加怀念家乡而心绪凄怆。首二句截取的是独对旅馆寒灯的生活场景，出之以自问自答之辞，情景宛然如见，第三句是所谓“从对面写来”的技法，即不写自己思家，而写千里之外的故乡亲人思念自己，结句从对方又回到寒灯独对的自己，照应开篇并点醒题目，全诗构成了一个完美的艺术整体，如天球不琢。

彭邦祯是旅美台湾诗人，他的《月之故乡》曾被谱曲而广为传唱：“天上一个月亮／水里一个月亮／／天上的月亮在水里／水里的月亮在天上／／低头看水里／抬头看天上／／看月亮，思故乡／／一个在水里／一个在天上。”中外同心，古今同慨。“故乡今夜思千里，霜鬓明朝又一年。”高适的诗句，叩响的是古今游子叩之即共振和鸣的心弦啊！

后记

一局黑白征战于枚枰之上的围棋，有它的“收官”阶段，一条千里远来的浩荡江河，有它东注于海之前的尾声，一本穷年累月结撰而成的著作呢，往往也会有一篇记述来龙去脉的后记。

中国优秀的古典诗词，是中华民族的骄傲，是中国文化的精华，是东方诗美的宝库，是我们在现代生活中引用率极高的文学经典。同时，也是忙碌浮躁、身心疲惫的当代人蓦然回首灯火永远也不会阑珊的精神家园，是他们可以俯身捧饮因而尘俗顿消的永恒不息的清清泉水。

在社会日益商业化与世俗化，而精神也日益粗劣化与沙漠化的今天，能让人气质趋于高华脱俗，而内心仍保有一方美的天地的，莫过于虔诚地阅读真正有益的诗书，而且是真正的诗书中的无上妙品的中国优秀古典诗词了。“腹有诗书气自华”，多才多艺、卓尔不群的苏东坡早在《和董传留别》诗中，就曾经如此说过。哪怕你贵居高位，哪怕你富甲连城，哪怕你贵而且富或者富而且贵，如果你对中国的国之瑰宝的古典诗词不知尊重和敬畏，知之甚少甚至茫然无知，照我看来，你在精神上就可谓低于地平之线，贫无立锥之地。芸芸众生如果只是热衷礼拜财神，沉迷方城之战，莘莘学子如果只是热衷追星捧星，津津乐道快餐文化与泡沫文学，而对古典诗词这种美文化的菁华缺乏爱心与敬意，那就更只能说是民族的悲哀，时代的弊病，社会的浮嚣。

人生天地之间，总会结下各种各样珍贵的缘分。我庆幸从小小少年时起，因为受到诗家兼书家的父亲李伏波先生的熏陶，早早就和古典诗词结下了终身不解的良缘，直至两鬓飞霜白头已老的今日。我平生的二十多本著作，都与诗特别是古典诗词有关，如《诗美学》《采笔昔曾干气象——绝句之旅》《万遍千回梦里惊——唐诗之旅》《曾是惊鸿照影来——宋词之旅》《风袖翩翩吹瘦马——元曲之旅》《风雨潇潇满天地——清诗之旅》等，至于为数不少的诗词欣赏的单篇文章，则曾先后散见于海峡两岸的一些报刊杂志。总之，我的诸多文字，是与古典诗词少年订盟的追证，是青年与中年不忘初心的明证，也是与初恋白头偕老的铁证。

如果说，我的诸多诗论评的著作和诗文化散文专著是我大半生修成的正果，那么，这本《一日一诗》则是我晚年得到的意外的如同年终奖励之“花红”了。小友李斌，乃资深编辑，他和夫人罗素娟女士均是古典诗歌的朝香者，对我的文字也情有独钟。李斌先生策划选题、筛选诗词，同时不惮烦劳搜罗我的文章，联系出版机构，与编辑商定架构版式，根据整体设想逐篇打字、增删调整、缩龙成凤、精心配图，孜孜而累月，兀兀而穷年，备极辛劳遂成此卷，令我感念无已。博览群书的文史爱好者谢如静、李倩伉俪，也协助我做了不少案头工作，解忧之情，分劳之意，也令我十分感动。编辑杨萍、林晶晶女史为此书付出诸多心力，使其外观时尚大方，内里风华秀发，我也于此秀才人情，一并道一声谢谢！

内子段缇萦，相识于我们俱是青青子衿之时，数十年艰苦共尝，相濡以沫。她本性清纯，心地慈善，虽然冰雪聪明，但却未能专攻她之所好，而是甘于自我牺牲，专心相夫教子。我平生的所谓成绩，至少有一半乃是拜她所赐。她中年于普陀山皈依佛门，法号“觉智”，系在家修行之居士，曾撰《禅诗四行》及“痴愚在眉眼际，智慧存天地间”之联语。犹记去年十月，我在日夜整理此书以及收官之作《清诗之旅》，缇萦在侧拈花微笑而叹息说：“你都八十岁了，还在梦幻泡影呀！”不意一月之后，智者的她就于睡梦中仙游她向往的西方极乐世界去了，留下痴愚之我一人咀嚼绵绵无尽的伤痛与悲凉！时温旧梦，屡念前尘，这本书，也算是我对她的小小的追怀与纪念吧！

李元洛
丁酉年五月端阳

湖南著名古典诗评论家李元洛先生，出身全国知名的北师大中文系。他家学有自，博晓贯通，诗学邃深，博闻强记远胜于我。我读了一辈子唐诗，并未修练成“也会吟”的功夫，其所赠《应怜东渡少年时》绝句一首，我吟哦再三，盛情可感，不禁神驰潇湘。

——余光中

名诗人，散文家，翻译家，台湾中山大学光华讲座教授

敬告天下父母，请在孩子卧室放置一册本为成人所撰的《一日一诗》，每夜给枕上的小儿女诵读一首。要用方言方音，轻轻念诵。注意音韵节奏，如你幼年曾听过的那样。古人的诗心与诗魂，以及美妙的想象，将陪伴小儿女的梦境，潜移而化成他们的诗心和他们的诗魂。湖湘诗学大家，吾友元洛先生做了一件为成人、为孩子们构筑心魂的大善大美之举，与有荣焉。

——流沙河

名诗人，文字学家，古典文学研究专家

古典诗词，历千百年而吟诵不绝，是我们现代人生命中的源头活水。这本由诗歌评论家李元洛先生与出版创意人海滨先生联合打造的诗美学读物，少长咸宜，可以帮助你在匆忙而琐碎的时光里，尽享一诗一画一文之美，拥抱一整年 365 天，日日好日，处处醴泉。

——骆寒超

诗学名家，浙江大学文学院教授

过一天的活，读一天的诗。诗歌鉴赏大家李元洛先生精选精析，出版创意人海滨先生配以插图，成为这诗、文、图三美的珍奇书册。立春立秋、小暑大雪、清明重九，日日月月，愿我们全年在诗意中幸福栖居。

——黄维樑

（原）香港中文大学中文系教授，香港作家协会前任主席

图书在版编目（CIP）数据

一日一诗 / 李元洛原著；海滨编纂 . -- 长沙：湖南美术出版社，2017.12
ISBN 978-7-5356-8165-2

Ⅰ . ①一… Ⅱ . ①李… ②海… Ⅲ . ①古典诗歌 - 诗集 - 中国 Ⅳ . ① I222

中国版本图书馆 CIP 数据核字 (2017) 第 229394 号

一日一诗
YIRI YISHI

李元洛 原著　海滨 编纂

出 版 人	黄　啸
出 品 人	陈　垦
出 品 方	中南出版传媒集团股份有限公司 上海浦睿文化传播有限公司 上海市巨鹿路 417 号 705 室（200020）
责任编辑	李　斌
责任印制	王　磊
出版发行	湖南美术出版社 （长沙市东二环一段 622 号）
网　　址	www.arts-press.com
经　　销	湖南省新华书店
印　　刷	恒美印务（广州）有限公司 （广州南沙经济技术开发区环市大道南路 334 号）
开　　本	787mm × 1092mm　1/16
印　　张	26
字　　数	320 千字
版　　次	2017 年 12 月第 1 版
印　　次	2017 年 12 月第 1 版第 1 次印刷
书　　号	ISBN 978-7-5356-8165-2
定　　价	128.00 元

出 品 人：陈　垦
策 划 人：海　滨
监　　制：余　西　蔡　蕾
出版统筹：戴　涛
编　　辑：林晶晶　杨　萍
封面设计：曾国展
版式设计：凌　瑛

投稿邮箱：insightbook@126.com
新浪微博@浦睿文化